Zum Buch:

Das spurlose Verschwinden der zwölfjährigen Mira stellt die Polizei vor ein Rätsel. Der Fall wird noch mysteriöser, als in den Wäldern von Trollhättan, unweit des gigantischen Wasserfalls, ein Kinderskelett aufgefunden wird, das in Miras rote Jacke gehüllt ist.
Vier ehemalige Schulfreunde teilen das furchtbare Geheimnis um den Tod eines anderen zwölfjährigen Mädchens, das fünfundzwanzig Jahre zuvor an fast genau derselben Stelle ums Leben kam. Anna sei in den Fluss gestürzt und ertrunken, so ihre damalige Aussage – eine Lüge, die sie nun einholt und ihre augenscheinlich glücklichen Leben zu zerstören droht. Doch niemand außer ihnen weiß, was damals wirklich geschehen ist. Wer hat Mira in seiner Gewalt und droht, ihr Geheimnis zu verraten? Ein gegenseitiges Blame Game beginnt, das niemand gewinnen kann.

Zum Autor:

Fredrik P. Winter wurde in Trollhättan geboren und lebt nun in Göteborg, Schweden. Er ist Anwalt bei Tag und Autor bei Nacht. Wenn er nicht als Teilhaber seiner Anwaltskanzlei tätig ist, verbringt er seine Freizeit mit Freunden und Familie, Filmen, Reisen, Lesen und dem außergewöhnlichen Hobby Segelfliegen.

FREDRIK P. WINTER

MOOSGRAB

THRILLER

Aus dem Schwedischen von
Ulla Ackermann

HarperCollins

Die Originalausgabe erschien 2021 unter dem Titel
Olycksfåglar bei Louise Bäckelin Förlag, Stockholm.

1. Auflage 2022

Deutsche Erstausgabe

Umschlaggestaltung von wilhelm typo grafisch
Umschlagabbildung von Happetr / Shutterstock
Gesetzt aus der Minion
von GGP Media GmbH, Pößneck
Druck und Bindung von CPI books GmbH, Leck
Printed in Germany
ISBN 978-3-365-00121-9
www.harpercollins.de

ERSTE SEITE

Eine Suchkette hat etwas Ästhetisches.

Blaues Licht greller LED-, Stirn- und Taschenlampen das durch Nebel dringt. Waldesstille, die von Aktivität erfüllt wird. Silhouetten von Menschen, die sich zwischen Bäumen bewegen. Ein Name, der durch die Luft hallt.

Mira!

Gebell von Spürhunden. Knackende Zweige, schwere Stiefel, die über moosbewachsene Steine und glitschige Wurzeln steigen. Geruch von feuchter Erde, nassem Moos und feuchten Wollmützen. Hunderte Freiwillige in signalgelben Westen, vereint im selben Ziel. Im Dunkeln gewechselte Blicke. Geraunte Kommunikation zwischen Menschen, die die gleichen Gefühle hegen. Die Hoffnung, ein Mädchen lebend zu finden. Die Furcht, es nicht zu finden. Oder, noch schlimmer, seine Leiche.

Nebelschwaden wabern umher, zerren wie eine namenlose Angst an den erschöpften Nerven der Teilnehmer und rauben ihren Gliedern die Wärme, während sie unermüdlich weitersuchen.

Mira!

Am Waldrand flackert Blaulicht auf. Die freiwilligen Helfer legen eine kurze Pause ein. Rentnerinnen und Rentner, die sich nicht in den dunklen Wald hineinwagen, schenken Kaffee aus. Über dampfenden Plastikbechern, Thermoskannenschraubdeckeln und mitgebrachten Tassen werden leise Gespräche geführt. Der eine oder andere verzehrt ein Butterbrot. Als der Abend in Nacht übergeht und der Nebel von anhaltendem Eisregen abgelöst wird, rechnen immer mehr Teilnehmer mit dem Schlimmsten. Trotzdem gibt niemand auf.

Ein Stück abseits steht eine Reporterin im gleißenden Schein einer Fernsehkamera. Ihre gelbe Regenjacke wirft das Licht zurück, während sie mit besorgter Miene berichtet, dass die Suche nach der zwölfjährigen Mira Stare bisher ergebnislos verlaufen ist. Sollte das Mädchen so nah am Wasserfall in den Fluss gestürzt sein, könnte die starke Strömung es kilometerweit fortgezogen haben. Nach dem regnerischen Herbst ist der Pegelstand des Vänern ungewöhnlich hoch, und der Wasserfall, Trollhättans größte Touristenattraktion, tost mit der Wucht früherer Zeiten. Um die Wassermassen am Kraftwerk Olidan zu entlasten, wird ein großer Teil des Wassers derzeit in das alte Flussbett des Göta älv geleitet, wo gefährliche Unterströmungen herrschen.

In diesem Moment, im Wald unterhalb des Wasserkraftwerks, macht jemand die entscheidende Entdeckung. Zwischen den Bäumen, am Fuß eines steilen Felshangs, leuchtet eine rote Mädchenjacke, wie Mira sie getragen hat.

Mira! Mira!

Aufgeregte Stimmen erklingen. Immer mehr Leute eilen herbei. Eine Frau presst ihr Handy ans Ohr und keucht: »Sie haben sie gefunden«, während sie durch tropfnasses Unterholz zur Fundstelle hastet.

Da sitzt jemand, zwischen knorrigen Baumwurzeln, den Rücken an einen Stamm gelehnt, umhüllt von rotem, erdverkrustetem Stoff. Aber es ist nicht Mira. Sie kann es nicht sein. Denn das, was Miras rote Jacke trägt, ist ein Skelett.

SONNTAG

Mira seit 2 Tagen vermisst

1

Die im Wohnzimmer laufenden Fernsehnachrichten drangen als störendes Stimmengemurmel in Kristina Stares unruhige Gedanken. Sie blickte durch die verregnete Scheibe auf Trollhättan, das sich am gegenüberliegenden Ufer des Göta älv erstreckte. Aus den Häusern an der Promenade fiel Licht und glitzerte im gekräuselten Wasser des Flusses.

Sie selbst stand im Dunkeln. Hier benötigte sie kein Licht, sie kannte dieses Zimmer in- und auswendig, kannte den Duft, die gräulichen Umrisse der Kissen, Puppen und Bücher und der Gitarre, die in einem Ständer an der Wand lehnte.

Alles war wie immer. Alles war an seinem Platz. Das Einzige, was fehlte, war Mira.

Ihre Tochter war seit einer gefühlten Ewigkeit verschwunden. Seit zwei Tagen. Kein Lebenszeichen seit *zwei Tagen*. Kristinas Wangen waren trocken, aber ihr Gesicht fühlte sich von den vielen Tränen verquollen und aufgedunsen an. Dies war der erste ruhige Moment, seit sie die Polizei informiert und ihre Tochter als vermisst gemeldet hatte.

Die Polizei. Kristina konnte ein Lächeln nicht unterdrücken. Bisher hatten sie nicht viel zuwege gebracht. Gut, sie hatten den

Suchtrupp koordiniert und Johan und sie von dem Fund im Wald in Kenntnis gesetzt, bevor die Medien die Nachricht in die Welt hinausposaunten. Doch trotz der zahlreichen Einsatzkräfte, die das örtliche Revier für die Suche abstellte, war das Skelett, das Miras Jacke trug, von freiwilligen Helfern entdeckt worden. Der Großteil dieser Helfer war verschwiegen, doch es gab immer jemanden, den die Sensationslust ins mediale Rampenlicht trieb.

Und in gewisser Weise konnte sie die Leute verstehen. Ihre eigene Karriere lebte davon, dass Menschen mehr ausplauderten, als sie sollten.

Kristina Stare war Schriftstellerin, die unangefochtene Königin des True Crime, Kriminalgeschichten, die auf wahren Begebenheiten beruhten. Aber ihre Bücher besaßen ein Alleinstellungsmerkmal: Sie begnügte sich nicht damit, die Wahrheit zu dramatisieren, sondern verwob sie mit Geschehnissen, die nicht stattgefunden hatten, füllte Leerstellen und Lücken mit reiner Fiktion. Ihre Bücher waren begehrt, bevor sie überhaupt den Weg aufs Papier gefunden hatten, und gingen wie geschnitten Brot über die Ladentheken der Buchhandlungen.

Als im Netz das Foto eines bräunlichen Schädels zu kursieren begann, eingehüllt in die Kapuze der roten Jacke ihrer Tochter, hatte die Polizei den Medien Fakten liefern müssen. Wäre die moderne Daunenjacke nicht gewesen, hätte das Skelett ausgesehen wie ein prähistorischer Fund. Das Bild verbreitete sich wie ein Lauffeuer in den sozialen Medien. Kurz vor den Achtzehn-Uhr-Nachrichten hatte die leitende Ermittlerin Josefin Jansson angerufen und ihr Verständnis für Kristinas Situation ausgedrückt, die durch die Veröffentlichung des Fotos nicht leichter wurde. Seitdem waren mehr als zwei lange qualvolle Stunden vergangen. Zeit, die Kristina in Miras Zimmer verbracht hatte, allein in der Stille und mit ihren Gedanken.

Im ersten Moment hatte sie wie im Schock reagiert. Sie war mechanisch in Miras Zimmer gegangen und hatte sich, am ganzen Körper zitternd, vor Miras Bett auf den Fußboden sacken lassen, den Rücken an die Bettkante gelehnt, die Beine ausgestreckt. Die Suche nach ihrer vermissten Tochter hatte durch den makabren Skelettfund eine völlig neue Wendung genommen. Während die Nachricht landesweit über die Fernsehkanäle flimmerte, brach in Miras dunklem Zimmer Kristinas gesamte Existenz zusammen.

Irgendwann hatte sie sich aufgerappelt und sich ans Fenster gestellt. Aber sie hatte nicht geweint. Auch jetzt tat sie es nicht. Der Regen floss in langen Schlieren die Scheibe hinunter, das waren Tränen genug für sie.

»Liebling?«, erklang eine gedämpfte Stimme hinter ihr. Johan. Sie antwortete nicht, blickte weiter reglos aus dem Fenster. »Liebling, wie geht es dir?«, fragte ihr Mann und trat ein paar Schritte ins Zimmer. Zögernd, als hätte er Angst, sie zu stören.

»Was glaubst du?«, flüsterte sie und spürte, wie Johan hinter ihr stehen blieb. Sein Spiegelbild zeichnete sich geisterhaft in der Fensterscheibe ab.

»Kann ich irgendetwas tun?«, fragte er.

Kristina schüttelte kaum wahrnehmbar den Kopf und heftete ihren Blick auf den Fußboden.

»Darf ich dich in den Arm nehmen?« Johans Stimme versagte.

Kristina drehte sich zu ihm um. Johan war immer schmal und schlaksig gewesen. Doch jetzt sah er ausgezehrt und hohläugig aus. Er war unrasiert, und auf seinen Wangen sprossen dunkle Bartstoppeln. Ihm setzte die Situation noch härter zu als ihr.

»Wofür sollte das gut sein?«, antwortete sie. Trotzdem ließ sie seine Umarmung zu. Sie spürte Johans Atem im Nacken, spürte, wie er vergeblich gegen die Tränen ankämpfte. Er zitterte und rang immer wieder nach Luft.

»Wer tut so etwas?«, fragte er nach einer Weile. »Wer will unserem kleinen Mädchen Böses?«

»Ich weiß es nicht.« Kristina spürte, wie das Loch in ihrem Inneren wuchs und sich mit bohrender Angst füllte. Wie lange würde es dauern, bis jemand sich zu fragen begann, warum das Skelett Miras Jacke trug? Wie viele menschliche Skelette gab es in den Wäldern, die den Göta älv säumten?

Kristina erschauderte vor Unbehagen. *Wie lange würde es dauern, bis die Polizei herausfand, dass es sich um die Überreste von Anna Fridhemsson handelte?*

Ihre Muskeln verkrampften sich. Vergeblich versuchte sie, sich zu entspannen, und strich Johan über den Rücken. Sie würde keine Ruhe finden, bevor alles vorbei und Mira wohlbehalten wieder zu Hause wäre. Aber sie wusste, dass dies erst der Anfang war.

»Haben sie in den Nachrichten irgendwas Neues gesagt?«, fragte sie leise.

Johan wand sich seufzend aus ihren Armen. »Nein. Die Suche geht weiter. Aber …« Seine Stimme versagte erneut, und er verbarg das Gesicht in den Händen. Schluchzend fuhr er fort: »Sie sind inzwischen überzeugt, dass Mira entführt wurde.«

»Aber eine Spur haben sie nicht?«

»Nein.«

Kristina legte den Kopf in den Nacken und blickte an die dunkelgraue Decke. »Diese Warterei ist entsetzlich.«

Denn Warten war das Einzige, was sie tun konnten. Kristina schloss die Augen und redete sich ein, dass es ab jetzt schneller gehen würde. Das musste es. Ihre Kraft reichte nicht ewig, aber sie würde aushalten müssen. Sie hatte keine andere Wahl.

2

Behutsam führte Kristina ihren Mann zurück ins Wohnzimmer, wo er wie ein Sack Kartoffeln aufs Sofa fiel. Im Raum brannte kein Licht, nur der Schein des Fernsehbildschirms traf auf sein Gesicht und vertiefte die dunklen Ringe unter seinen Augen.

Kristina blickte zum Fernseher. Die Nachrichten waren von seichter Sonntagabendunterhaltung abgelöst worden. Noch hatten die Medien keinen Wind davon bekommen, dass es sich bei dem vermissten Mädchen um die Tochter der berühmten schwedischen Kriminalschriftstellerin handelte. Doch das war nur eine Frage der Zeit. Früher oder später würden sie versuchen, ein Statement von ihr zu ergattern, aber einstweilen war der Sturm noch nicht ausgebrochen. Nicht einmal ihre Literaturagentin oder ihre PR-Agentur wusste Bescheid.

»Schalt das aus«, sagte sie und setzte sich neben Johan aufs Sofa, während sie versuchte, das fröhliche Gedudel der Musikshow auszublenden. »Ich habe keine Nerven für diesen Mist.«

Johan streckte sich nach der Fernbedienung und schaltete den Fernseher aus. Dann stützte er die Ellbogen auf die Knie, vergrub das Gesicht in den Händen und atmete tief ein, bemüht, nicht in Tränen auszubrechen. Eine Weile hatte keiner von ihnen die Kraft, etwas zu sagen. Kristinas Blick wanderte zum Bücherregal. Auf dem obersten Bord reihten sich Ausgaben ihrer eigenen Titel aneinander, viele davon in Sprachen, die sie nicht beherrschte, übersetzt von Menschen, denen sie nie begegnet war. Sie schüttelte den Kopf. Was sollte sie sagen, wenn die Presse vor ihrer Tür erschien? Sie konnte ihnen schlecht die gleiche Story wie beim letzten Mal auftischen. Eine Homestory für irgendeine Frauenzeitschrift, welche, hatte sie vergessen. Sie erinnerte sich nur, dass Johan und sie das Haus im Vorfeld vom Keller bis zum Dach geputzt hatten, damit alles perfekt aussah. Einen ganz normalen chaotischen Wochentag im Leben von Schwedens *True-Crime*-Königin konnte sie ihren Fans nicht präsentieren. Sie musste den schönen Schein wahren.

Die Zeitschrift hatte ihr kein Honorar gezahlt. Zunächst hatte sie darauf bestanden, die Kondition dann jedoch zähneknirschend akzeptiert und gehofft, es würde bei den Tantiemen zu Buche schlagen. Sie hatte die Reporter mit einem strahlenden Lächeln in ihrem Zuhause willkommen geheißen und auf alle Fragen bereitwillig geantwortet. Jetzt trocknete ihre Mundhöhle allein beim Gedanken daran aus, mit jemandem über das Geschehen zu sprechen.

Schon damals kursierte das Gerücht, bei Kristina Stare sei nicht alles Gold, was glänzte. Ihr auf Hochglanz poliertes Heim versteckte die Unordnung hinter den Türen, die der Fotograf nicht öffnen durfte, das Chaos war hinter Schranktüren gezwängt und unter Teppiche gekehrt, auf dieselbe Weise, wie sie ihre Probleme hinter einer Fassade aus Glamour und Opulenz verbarg, die jeden Moment bröckeln konnte. Ihre Bücher verkauften sich gut. True Crime war zurzeit das angesagteste Genre. Und ihre Geschichten trafen bei Verlagen und Lesern weltweit einen Nerv, die Einnahmen waren nicht das Problem. Sondern die Ausgaben. Sie pflegte einen aufwändigen Lebensstil. Nonstop neue Kleider und neuer Schmuck, Gesichtsbehandlungen und Botox. Sie konnte es sich noch nicht leisten zu altern. Eigentlich sollte sie von ihren Mitgliedschaften in diversen Fitnessstudios Gebrauch machen, zog aber lange Spaziergänge schweißtreibenden Trainingseinheiten mit Personal Trainern vor, und bisher blieb sie damit fit.

Hinzu kamen kostspielige Restaurantbesuche, wenn sie sich unter die schwedische Schriftstellerelite mischte. Ruhm war teuer, und wenn der Druck sie zu ersticken drohte, kaufte sie Möbel oder irgendwelchen Dekokram fürs Haus, um Johan zu zeigen, dass sie nicht alles für Feste und Partys aus dem Fenster warf.

Doch jedes Übel brachte auch etwas Gutes mit sich. Miras Verschwinden würde, nicht zuletzt seit dem makabren Skelettfund, die Verkaufszahlen ihrer Bücher in die Höhe schnellen lassen. Das hieß, sobald die Nachricht von Miras Entführung an die Presse drang. Oder … Wie konnte sie so etwas überhaupt nur denken? Kristina schüttelte unwillig den Kopf und legte Johan die Hand auf die Schulter.

»Du bist seit fast zwei Tagen wach«, sagte sie sanft. »Vielleicht sollten wir versuchen zu schlafen.«

»Ich kann nicht.« Johans Stimme klang heiser. Er hob den Kopf und sah sie an. »Welcher kranke Mensch tut so etwas?«

»Ich wünschte, ich wüsste es.«

»Und dabei schreibst du über solche Menschen.«

Kristina blickte an die Zimmerdecke und atmete tief ein. Johan hatte recht. Die Menschen, über die sie schrieb, hatten weit schlimmere Dinge getan. Hatte das ihre Empathiefähigkeit abstumpfen lassen? Immerhin war sie diejenige, die einigermaßen die Nerven behielt, während Johan vor Sorge um Mira keinen einzigen klaren Gedanken fassen konnte.

Liebt er Mira mehr als ich?

Vielleicht. Vermutlich. Kristina schob den Gedanken beiseite und strich Johan erneut über die Schulter. Es fühlte sich verlogen an.

»Ich kann nicht untätig herumsitzen«, sagte sie. »Ich muss etwas tun. Frische Luft schnappen, schreiben. Was auch immer, aber ich kann nicht einfach im Dunkeln sitzen und vor mich hin starren.« *Wie Mira es tat.*

Johan betrachtete den ausgeschalteten Fernseher. Der schwarze Bildschirm schimmerte in der Dunkelheit. »Tu, was du willst. Ich bleibe hier.«

»Möchtest du eine Decke haben?«

Er nickte stumm. Kristina nahm eine Wolldecke von der Sofalehne und legte sie Johan um die Schultern. Dann ging sie vor ihm in die Hocke.

»Sie werden Mira finden«, sagte sie mit so viel Zuversicht in der Stimme, wie sie aufbringen konnte. »Auch wenn es gerade schwerfällt, daran zu glauben, aber die Polizei wird sie finden. Okay?«

Johan kämpfte gegen die Tränen an. Kristina nahm seine Hände in ihre und drückte sie.

Gebe Gott, dass dies alles bald ein Ende hätte.

3

Kristina ließ Johan allein und ging in ihr Arbeitszimmer. Sie setzte sich an den Computer und öffnete das Word-Programm. Das Manuskript ihres neusten Romanprojekts *Pechvögel* leuchtete ihr entgegen. Ihre Hand wanderte zum Griff der Schreibtischschublade, und einen Augenblick später standen ein verschmiertes Glas und eine halb leere Flasche Wodka neben der Tastatur.

Kristina goss das Glas voll und trank ein paar große Schlucke. Der Wodka brannte in ihrer Kehle, und sie spülte das Brennen mit einem weiteren Schluck hinunter. Der Schein des Monitors brach sich in der Flüssigkeit, die ihr verführerisch zuzwinkerte. Hustend streckte sie die Hand nach der Flasche aus. Doch dieses Mal gelang es ihr, die Finger zur Faust zu ballen und ihre Hand zurückzuziehen. Sie schloss die Augen und atmete tief durch. Diesmal durfte der Alkohol nicht gewinnen. Dann würde alles den Bach runtergehen.

Die Flasche und sie lebten in einem toxischen Verhältnis. Hin und wieder schaffte sie es, das Verhältnis lange genug zu beenden, um etwas zu Papier zu bringen. Doch die Flasche war ein hartnäckiger Liebhaber, und es dauerte nicht lange, bis sie wieder miteinander im Bett landeten. Nach außen hin gelang es ihr meist, den Anschein zu erwecken, Johan sei ihre einzige Liebe. Die Flasche wusste es besser.

Kristina legte die Finger auf die Tastatur und begann zu tippen. Es war nicht ihr bestes Werk, aber das spielte keine Rolle. Sie musste jetzt schreiben, mehr denn je. Sie musste ihren Körper verlassen, der unerträglichen Realität entfliehen und sich im Text unsichtbar machen. Wenn sie im Schreibfluss war, konnte sie in den Lücken zwischen den Worten Zuflucht suchen. Verlor sie den Halt, war es die Flasche, die sie zu neuen Abenteuern verführte, Drama forderte und Aufmerksamkeit.

Sie lebte mit einem Fuß in der realen und mit dem anderen in einer völlig anderen Welt. Ihr Quäntchen Glück bestand darin, dass fremde Menschen dafür zahlten, an ihren Fantasien teilzuhaben und sie in Form von Büchern, Hörbüchern und Verfilmungen konsumierten.

Die Worte nahmen auf der weißen Seite Gestalt an und bildeten den Anfang einer vollkommen abwegigen Geschichte. Abwegiger als die unvorstellbarsten wahren Verbrechen, die sie zu Fiktion wandelte, aber was machte das schon? Diesmal hatte sie ihre üblichen Recherchen durch etwas ersetzt, das ihr am Herzen lag. Tränen stiegen ihr in die Augen. Schon auf der ersten Seite hatte sie klargestellt, dass das Opfer ein kleines wehrloses Mädchen war. Dass die Person, die es in der Gewalt hatte, ein kranker Perversling sein musste. Abgedroschener ging es kaum. Trotzdem lächelte sie. Sie würde das ausgelutschte Klischee als

Ausgangspunkt verwenden, um die Neugier ihrer Leser mit etwas weitaus Finstererem zu konfrontieren.

Kristina griff nach ihrer Kladde und notierte einige lose Ideen. Der Schlüssel, den sie als Lesezeichen zwischen die Seiten gelegt hatte, fiel klirrend zu Boden. Sie hob ihn auf, lehnte sich auf dem Stuhl zurück und ließ ihn gedankenverloren vor dem Gesicht baumeln. Als sie vor einigen Jahren einmal für ein Buch spezielle Recherchen hatte anstellen müssen, hatte die Gemeinde ihr den Schlüssel ausgehändigt, ihn aber nie zurückgefordert. Seufzend beugte sie sich zum Bildschirm und las, was sie geschrieben hatte. Der Text starrte zurück wie ein Spiegelbild. Sie verabscheute sich wegen ihrer makabren Gedanken, und einen Moment lang wünschte sie, sie besäße nicht die Fähigkeit, sie in Worte zu kleiden.

Menschen wie sie verdienten es nicht zu leben. Kristina schluckte krampfhaft. Ihr Blick verharrte abermals auf der Flasche. Die destruktiven Gedanken kehrten stets zurück, weder Schreiben noch Alkohol vertrieben sie. Ihr Herzschlag pumpte den Alkohol in ihre Blutbahn und erfüllte sie mit Scham, Schuld und Angst. Sie war da gewesen, als es passierte. Die Lüge war ihre Idee gewesen. Kristina schlug die Hände vors Gesicht und ließ ihren Tränen freien Lauf. *Es musste aufhören.*

Das Wort *sterben* leuchtete ihr vom Bildschirm entgegen, brannte sich auf ihrer Netzhaut ein und kitzelte ihr Reptilienhirn. Die Schuldigen würden sterben. Dafür würde sie sorgen. Doch zuerst mussten sämtliche Charaktere auf die Bühne.

4

»Ich bin jedenfalls heilfroh, dass ich nicht deinen Nachnamen angenommen habe.«

Robert Silver blickte von den Papieren auf, die vor ihm auf dem Küchentisch lagen. Jessikas eisblaue Augen waren wie üblich von einer dicken Schicht Make-up bedeckt. Er konnte sich kaum an eine Gelegenheit erinnern, an der sie ihr Gesicht nicht mit zig Beautyprodukten zugekleistert hatte, die sämtliche Makel verbergen und ihre Schönheit vervollkommnen sollten. Wenn er darüber nachdachte, glich ihr Gesicht diesen Schminkpuppen, mit denen die Mädchen in seiner Grundschulklasse gespielt hatten. Rot verschmierte Plastikwangen glitten an seinem inneren Auge vorüber.

Jessika holte ihn in die Gegenwart zurück.

»Wer will schon heißen wie ein alberner Pirat«, sagte sie abfällig und verschränkte die Arme unter den Brüsten. »Oder wie billige Kippen.«

Mit einem Seufzer rief Robert sich in Erinnerung, dass Jessika bald seine Ex-Frau sein würde. Sobald die Scheidung durch war. Wenn sie eine Laune an den Tag legte wie in diesem Moment, fühlte es sich nicht wie ein Verlust an.

»Was spielt das für eine Rolle?« Er legte den Stift aus der Hand. Zwischen ihnen auf dem Tisch lagen Kontoaufstellungen, Wertgutachten für das Haus und der Entwurf einer Gütertrennungsvereinbarung, den er aufgesetzt hatte, anhand einer Mustervorlage aus dem Internet.

»Keine.« Jessika blickte aus dem Fenster, vor dem das Meer schimmerte. Vom Garten ihres Hauses hatten sie freie Sicht auf den Göteborger Schärengarten.

Es war ein schönes Haus in der besten Lage von Långedrag. Ein teures Haus. Jetzt würde es verkauft werden. Robert schluckte die aufsteigende Bitterkeit herunter.

»Sollen wir das hier jetzt erledigen?«, fragte er. Nicht weil er es wollte. Jessika hatte die Scheidung eingereicht, nicht er. Er war derjenige, der ausgetauscht worden war. Gerüchtehalber hatte er gehört, dass Jessika längst einen neuen Mann gefunden hatte. Einen Mann, der mehr Geld auf dem Bankkonto hatte als er. Natürlich. Ein armer Schlucker wäre für Jessika Lööf niemals gut genug gewesen.

»Meine Eltern haben mir eine Anwältin besorgt«, sagte sie jetzt. »Eine, die ihren Beruf *versteht*, im Gegensatz zu anderen Vertretern ihrer Sparte.« Der verächtliche Blick, mit dem Jessika ihn bedachte, schnitt ihm ins Herz.

Er wusste selbst, dass er kein guter Anwalt war. Er konnte es sogar laut aussprechen. *Mein Name ist Robert Silver, und ich bin ein schlechter Anwalt*. Trotzdem verletzten ihn Jessikas Worte. Es hatte eine Zeit gegeben, in der er sich etwas anderes erträumt hatte. Doch inzwischen hieß es für ihn: mitgehangen, mitgefangen. Seine Mandanten hatten keine andere Wahl. Er war der Anwalt, den sie zugewiesen bekamen. Sie hatten irgendeine krumme Tour gedreht, im Suff eine Schlägerei angezettelt oder einen Einbruch begangen, um an Geld für Drogen zu kommen. Das Gericht teilte ihm seine Mandanten zu. Ihn wählte niemand freiwillig. Er war kein erfolgreicher Anwalt mit Privatmandanten, von Verteidigungen in Wirtschaftsrechtsfällen, wo Kollegen astronomische Stundensätze einstrichen, ganz zu schweigen. Seine Mandanten saßen mit gesenktem Kopf im Gerichtssaal, während Robert Silver, bekennender hundsmiserabler Anwalt, das tat, was er am schlechtesten konnte. Der größte Fehler ihres Lebens wurde vor Gericht verhandelt, und er notierte die Zeit, die er dem Staat in Rechnung stellen konnte. Aber es spielte auch keine Rolle, was er tat, es war ohnehin nicht sein geniales juristisches Talent, das seine Mandanten alle Jubeljahre einmal freiboxte. Manchmal fand selbst ein blindes Huhn ein Korn. So war es ihm auch bei Jessika ergangen, der Frau, die ihn jetzt abservierte. Ihm hätte von Anfang an klar sein müssen, dass es nicht für die Ewigkeit war. Er hatte sich von ihrer Schönheit blenden lassen, ihrem perlenden Lachen, ihrem strahlenden Lächeln, ihrem platinblonden Haar, das ihr perfekt über die Schultern fiel. Der Fassade aus exklusiven Make-up-Produkten.

»Was soll das heißen?«, fragte er.

»Dass ich deine Vereinbarung nicht unterschreiben werde.«

»Ich dachte, wir wären uns einig.« Robert seufzte erneut.

»Du irrst dich, wie immer.« Jessika sah sich in der Küche um, die Lippen zu einem harten Strich zusammengepresst.

Er ließ sie nicht aus den Augen, als sie ans Fenster trat und ihm den Rücken zukehrte.

»Meine Anwältin wird sich bei dir melden«, sagte sie. »Mach dich darauf gefasst, dass du aus unserer Scheidung kein so großes Kapital schlagen wirst, wie du es dir vielleicht vorgestellt hast. Gott sei Dank hat sie mich an unseren Ehevertrag erinnert.«

»Tu nicht so, als hätte ich versucht, dich über den Tisch zu ziehen. Die Bestimmungen des Ehevertrags habe ich in meinem Entwurf berücksichtigt.«

Jessika antwortete nicht, drehte sich nicht einmal um. Ihre Kälte verursachte in Roberts Ohren ein nervöses Fiepen. Jessika war immer ein bisschen reicher, ein bisschen smarter als er gewesen. Vor allem hatte ihre Familie ihr immer den Rücken gestärkt und ihn nie akzeptiert. In ihren Augen war er nur ein Emporkömmling. Jessikas Familie hatte verständnislos den Kopf geschüttelt, als er Green, eine der renommiertesten Wirtschaftsrechtskanzleien in Schweden, verlassen hatte, um sich als Strafverteidiger selbstständig zu machen. Sie wussten genauso gut wie er, dass Strafrecht nicht dieselben Summen einbrachte wie Wirtschaftsrecht. Seine Erklärung, dass er auf eigenen Füßen stehen, nicht mehr die Gaben eines gedeckten Tischs genießen wollte, kauften sie ihm keine Sekunde lang ab. Trotzdem hielt er hartnäckig an dieser Lüge fest, wie um sich selbst davon zu überzeugen.

»Ich muss jetzt los«, sagte Jessika.

»Du kannst jetzt nicht gehen«, erwiderte er. »Wir müssen eine Lösung finden.«

Jessika zuckte die Achseln und verließ den Raum. Robert blieb am Tisch zurück.

Als er hörte, wie die Haustür hinter ihr ins Schloss fiel, konnte er sich nicht mehr beherrschen. Aufgebracht fegte er die Papiere vom Tisch. »Scheiße«, fluchte er und verbarg das Gesicht in den Händen. Er zitterte, hatte keine Ahnung, was er fühlte. Es konnte Zorn, es konnte Trauer sein. Im Grunde machte es keinen Unterschied. Bis vor wenigen Wochen hatte er wenigstens Jessika gehabt, die Frau, die er liebte, und das Haus, von dem er seit seiner Kindheit träumte. Jetzt hatte er nichts mehr, nicht einmal ein Zufluchtsort war ihm geblieben.

Er saß inmitten eines Wusts von Scheidungspapieren und versuchte auszurechnen, wie lange es dauern würde, bis er in sein Büro würde ziehen müssen, um finanziell über die Runden zu kommen.

Resigniert verließ er das Chaos in der Küche, ließ sich im Wohnzimmer wie ein Sack aufs Sofa fallen, schaltete aus purer Gewohnheit den großen Flatscreen an und zappte zu den Nachrichten.

Der Beitrag handelte von dem vermissten Mädchen aus Trollhättan. Nach zwei Tagen vergeblicher Suche hatten freiwillige Helfer ein Skelett gefunden, das ihre Jacke trug.

Roberts Mund war mit einem Mal wie ausgedörrt, er musste kämpfen, um zu schlucken.

5

Robert wälzte sich unruhig und hin und her und wachte im Lauf der Nacht mehrmals mit dem Gefühl auf, nicht allein im Schlafzimmer zu sein, obwohl er ganz genau wusste, dass er es war. Er fror, als bekäme er Fieber, und zog die Bettdecke fester um sich. Sein Herz hämmerte, und seine Gedanken pendelten zwischen der Scheidung und der Nachricht von dem Skelettfund in Trollhättan hin und her. Die Konsequenzen des Funds mahlten hinter seinen Schläfen, bis er glaubte, den Verstand zu verlieren. Die feuchtkalte Luft, die durch das geöffnete Fenster hereinwehte, brachte einen leichten Seetanggeruch vom knapp hundert Meter entfernten Meer mit sich. Der Luftzug ließ ihn lächeln, automatisch drehte er sich zu Jessikas Betthälfte. Eine Sekunde lang glaubte er, sie würde neben ihm liegen, wie immer. Doch seine ausgestreckte Hand tastete ins Leere. Er lag allein im Bett. Wie jede Nacht, seit sie ihn verlassen hatte.

Die Einsicht, dass sie nie wieder an seiner Seite liegen würde, traf ihn mit voller Wucht. Er holte tief Luft und kämpfte gegen die Tränen an, die ihm in die Augen stiegen. Es war nicht fair, wie es gekommen war. Er sollte hier nicht allein liegen und frieren müssen. Jessika hatte bei geöffnetem Fenster schlafen wollen, das ganze Jahr, ganz gleich, wie kalt es war. Obwohl er es hasste, nachts zu frieren, hatte er sich daran gewöhnt – Jessika zuliebe. Sie hatten sich kennengelernt, als er noch als vielversprechendes Nachwuchstalent der Anwaltskanzlei Green gehandelt worden war, eine Zeit, die ihm inzwischen genauso viele Lichtjahre entfernt zu sein schien wie seine Kindheit. Damals war er Everybody's Darling und die Tätigkeit bei Green ihm auf den Leib geschneidert gewesen. Er war morgens aufgestanden, in einen seiner teuren Designeranzüge geschlüpft und zu Fuß von seiner Wohnung im Göteborger Stadtteil Linnéstaden ins Büro gegangen, mit einem Zwischenstopp in der angesagten Bar Centro, wo er sich einen doppelten Espresso gekauft hatte. Im Büro lief er wie eine gut geölte Maschine. Er war fast ausschließlich mit M & A, wie sie es nannten, befasst gewesen, Mergers and Acquisitions, Veräußerungen und Joint Ventures, die Sparte des Wirtschaftsrechts, in der mit Abstand das meiste Geld verdient wurde.

Für einen Anwalt war Zeit Geld. Buchstäblich. Jeder Handschlag wurde in Zeiteinheiten quantifiziert, die nie geringer waren als 0,1 Stunden. Eine kurze Antwort per E-Mail: 0,1 Stunden. Ein Telefonanruf, um einen Termin zu bestätigen: 0,1 Stunden. Eine Telefonkonferenz mit dem Anwalt der Gegenpartei in Singapur: 3,8 Stunden. Die Tage waren lang und arbeitsintensiv. Täglich verbrachte er mindestens zwölf Stunden im Büro, und online war er im Prinzip rund um die Uhr verfügbar. Unter der Woche arbeitete er täglich von morgens früh bis spät in die Nacht, und an den Wochenenden meistens vier Stunden pro Tag. Dazwischen standen Fitnessstudio und Nachtclubs auf dem Programm. *Work hard, play hard!*

Auf einer der vielen Partys war er Jessika begegnet. Sie waren zu ihm nach Hause gegangen. Berauscht von Alkohol und einander waren sie eng umschlungen in dem Bett eingeschlafen, in dem er jetzt lag, während die kalte Winternacht das Zimmer durch das Fenster auskühlte, das auf Jessikas Wunsch hin offen stand. Damals war das Bett neu gewesen und hatte in seiner Maisonettewohnung in Linnéstaden gestanden, jetzt war es ein Möbelstück voller Erinnerungen. Jessika war eingeschlafen, er hatte in der kalten Zugluft wach gelegen und hatte nicht aufhören können zu lächeln. Jessika hatte Gefühle in ihm geweckt wie keine Frau vor ihr. Gefühle, die ihn überzeugt sein ließen, dass sie mehr wert war als eine Nacht, als ein One-Night-Stand. Dass er von nun an jede Nacht mit Freuden frieren würde, nur um Jessikas Duft in der Nase zu haben.

Wenn er die Augen schloss, roch er ihn noch immer. Er hatte sich wie alter Tabakgeruch im Schlafzimmer festgesetzt, unmöglich zu entfernen. Noch vor ein paar Wochen hatte er ihn tief eingeatmet, jetzt fühlte er sich durch ihn erstickt. Wie war es so weit gekommen? Wie hatte ihre Liebe, die in diesem Bett begonnen hatte, derart toxisch werden können? Ausgerechnet das Bett war eines der wenigen Möbelstücke, die er vielleicht würde behalten dürfen.

Unwillig schüttelte Robert den Kopf. Er war es leid. Er wollte einschlafen und davon aufwachen, dass Jessika ihn aus einem Albtraum weckte. Er wünschte, er säße in einer Zeitschleife fest, wie in einer dieser Science-Fiction-Serien auf Netflix, wo die Hauptperson immer wieder denselben Tag durchlebte, auf der verzweifelten Suche nach einem Weg, dem Loop zu entkommen und zu ihren Freunden zurückzukehren. Aber er war keine Serienfigur. Und er hatte auch kaum noch Freunde, weil er Tag und Nacht gearbeitet hatte.

Sein Karrieretraum war zerplatzt. Jetzt hatte seine Ehe dasselbe Schicksal ereilt. Tief in seinem Inneren dachte er, dass es die gerechte Strafe war. Dass alles seine Schuld war und dies der Preis, den er dafür zahlte.

Das Bild des Skeletts in Mira Stares roter Jacke erinnerte ihn an die Wahrheit.

MONTAG

Mira seit 3 Tagen vermisst

6

Maria Andersson hob die Radarpistole, visierte das nächste Auto an und versuchte, das monotone Piepen auszublenden, während sie die Geschwindigkeit ablas.

Zweiundsechszig Stundenkilometer. Einwandfrei. Sogar langsamer als vorgeschrieben. Auf dieser Strecke waren siebzig erlaubt. Sie nickte zufrieden und ließ das Gerät sinken. Es war früher Morgen. Zu früh für die Rushhour. Der Sonnenaufgang färbte den Himmel über dem Industriegebiet Stallbacka pfirsichrot.

Sie gähnte. »Hast du nicht gerade was von Kaffee gesagt?«, fragte sie über die Schulter, an ihren Kollegen Anders gewandt, der ein paar Meter entfernt Protokoll führte. »Ich muss mir die Finger aufwärmen.«

Anders warf einen Blick auf seine Uhr. »Ja, Zeit für ein Päuschen«, sagte er. Er blickte die Straße hinunter und winkte ihren Kollegen am Minibus zu, der ein paar Hundert Meter entfernt am Kontrollplatz parkte und als mobile Einsatzzentrale diente, wenn sie Temposünder aus dem Verkehr winkten. »Deine Gebete scheinen erhört worden zu sein, unsere Ablösung kommt.«

Maria drehte sich um und nickte Janne und Håkan zu, die am Straßenrand auf sie zukamen. Sie streifte die Radarpistole ab und gab sie Håkan. »Übernimmst du für ein paar Minuten?«, fragte sie.

»Zu Befehl, Frau Inspektorin«, lachte er.

Maria schüttelte den Kopf und ging mit raschen Schritten zum Bus, ohne etwas zu erwidern.

Anders holte sie joggend ein. »Nimm das nicht so ernst, Maria«, sagte er.

»Wann hört ihr endlich damit auf?« Sie blickte ihn wütend an.

»Wir freuen uns für dich. Deine Beförderung ist längst überfällig. Sie kommt keinen Tag zu früh, und ich weiß, dass du das genauso siehst.«

Maria schwieg. Insgeheim gab sie Anders recht. Sie hielt schon viel zu lange an ihrem Dienstgrad fest, und etliche Kollegen hatten sie um mehrere Beförderungen überholt. Tief in ihrem Inneren wusste sie, dass sie einen besseren Posten verdiente. Trotzdem wollte sie nicht befördert werden. Warum konnten die Dinge nicht einfach bleiben, wie sie waren, warum musste sich ständig alles verändern?

Die Stelle bei der Verkehrspolizei in Trollhättan war nicht ihr Traumjob, aber er bezahlte ihre Rechnungen. Und sie fiel nicht großartig auf. Wenn sie bereit gewesen wäre, in eine andere Stadt zu ziehen, hätte sie vielleicht einen verantwortungsvolleren Posten bekommen, doch das war gar nicht ihre Ambition. Sie war in Trollhättan aufgewachsen, und sie wollte in Trollhättan bleiben. Ihre Mutter und ihr Vater waren mittlerweile beide verstorben, aber das alte Reihenhaus ihrer Eltern gab ihr ein Dach über dem Kopf, und ihre beiden Katzen konnten dort ein- und ausgehen, wie es ihnen beliebte. Das war alles, was sie wollte.

Anders schob die Seitentür des Busses auf, stützte ein Knie auf die Stufe und streckte sich nach der Thermoskanne. In diesem Moment knackte Marias Funkgerät. »Roter Volvo, sechsundsiebzig km/h. Winkt ihr ihn raus?«

Maria drückte bestätigend die Antworttaste.

»Holst du den Promilletester?«, bat sie Anders, dann trat sie einen Schritt auf die Fahrbahn und winkte den Volvo heran. Als der Wagen näher kam, sah sie, dass der Lack stumpf und glanzlos war. Die verblichene Farbe schien die feinen Regentröpfchen, die als feuchter Nebel in der Luft hingen, förmlich aufzusaugen. Die Stoßstange war verbeult, die Fahrertür zierte ein tiefer Kratzer. Sie bedeutete dem Fahrer, das Fenster herunterzukurbeln.

»Hallo«, sagte sie und sah ihn ernst an. »Das war ein bisschen schnell.«

Der Mann blickte erstaunt zurück. Er war unrasiert, Bartstoppeln scheuerten am Kragen einer verwaschenen Fleecejacke. »Das kann aber nicht viel gewesen sein«, antwortete er. »Ich hab gar nicht gemerkt, dass ich zu schnell war.«

»Sechs km/h über Maximalgeschwindigkeit«, sagte Maria. »Ihren Führerschein bitte.«

»Gibt es nicht einen Toleranzbereich?« Der Mann funkelte sie wütend an.

»Der ist bereits abgezogen. Ihren Führerschein, bitte.«

Maria seufzte und warf Anders einen müden Blick zu, während der Mann nach seiner Brieftasche kramte. Er wirkte auch auf seinem Führerscheinbild nicht gepflegter, aber der Schein galt für Motorräder und Pkw. Maria scannte den Code auf der Rückseite mit ihrem Diensthandy ein und lud die Daten in die App für Ordnungswidrigkeiten.

Anders kam zu ihr und gab ihr den Promillemesser. »Danke«, sagte sie und hielt dem Volvo-Fahrer das Gerät unter die Nase. »Dann dürfen Sie auch einmal pusten.«

»Mir bleibt wohl nichts anderes übrig«, meinte der Mann säuerlich und blies in das Mundstück. Es klickte, als das Gerät genug Atemluft enthielt. Maria kontrollierte das Ergebnis und nickte zufrieden. Nüchtern war er jedenfalls.

»Sie haben Glück gehabt. Sie kommen mit einem Bußgeld wegen Geschwindigkeitsüberschreitung davon.«

»Das ist ein Witz, oder?«

»Leider nein. Tempolimits retten Leben.« Routiniert gab Maria die letzten Daten in die App ein. »Also halten Sie sich bitte in Zukunft daran, in Ordnung?«

Der Mann murmelte etwas, das wie eine Beleidigung klang.

»Entschuldigung, was haben Sie gesagt?« Maria musterte ihn durchdringend.

»Ich würde gerne wissen, ob Sie bald fertig sind. Ich komme zu spät zu einem Termin.«

»Wenn Sie den Bußgeldbescheid akzeptieren, müssen Sie nur noch unterschreiben.« Maria streckte dem Fahrer das Handydisplay entgegen.

Der Mann kritzelte mit dem Zeigefinger einen unleserlichen Namenszug. »Kann ich jetzt weiterfahren?«

Maria betrachtete den Volvo. Sie hätte Anders bitten können, das Fahrzeug zu kontrollieren, beschloss aber, es beim Bußgeld bewenden zu lassen. »Ja, fahren Sie vorsichtig.«

Der Mann kurbelte das Fenster hoch. Maria hörte, wie er im ersten Moment zu viel Gas gab, sich dann aber offensichtlich eines Besseren besann. Als der Volvo verschwunden war, kam Anders zu ihr.

»Du bist wirklich knallhart. Ich weiß nicht, ob ich ihm wegen dieser paar Stundenkilometer ein Bußgeld aufgedrückt hätte.«

»Er ist zu schnell gefahren, und für solche Fälle gibt es den Bußgeldkatalog«, sagte Maria.

»Du hast ja recht.« Anders reichte ihr einen Kaffee. Sie schob ihre freie Hand in die Hosentasche und nippte daran. Er war schon ein wenig abgekühlt. Der Verkehr wurde allmählich dichter. Die Leute fuhren zur Arbeit. Aber sie hielten sich an die Geschwindigkeitsbegrenzung, und wenn schon nicht aus eigenem Antrieb, dann weil das hohe Verkehrsaufkommen Raserei von vornherein unterband.

»Hast du gestern Abend Nachrichten gesehen?«, fragte Anders nach einer Weile.

»Nein.« Maria guckte nie Nachrichten. Das ganze Elend auf der Welt stimmte sie nur traurig. Sie hatte ein Buch gelesen und Tarzan die Kletten aus dem Fell gekämmt, mit denen er von seinem Streifzug heimgekehrt war. Mehr Spannung brauchte sie nicht.

»Du hast es also noch nicht gehört?«

»Was denn? Will ich es überhaupt wissen?«, fragte Maria und streifte die Radarpistole über.

»Im Wald wurde ein Skelett gefunden.«

Marias Funkgerät knackte erneut. Sie schrak zusammen und starrte Anders an, während ein grauer Mercedes an ihnen vorbeiraste. Der Sogwind ließ sie frösteln. »Was hast du gesagt?« Maria umklammerte den Becher mit beiden Händen, damit Anders nicht merkte, wie sehr sie zitterten.

»Ja, ist das nicht krank? Das Skelett war in die Jacke des vermissten Mädchens gehüllt. Sie haben es in sämtlichen Nachrichten gebracht.«

Der Boden verschwand mit einem Mal unter Marias Füßen. Ihr wurde schwindelig, und sie machte einen linkischen Schritt zur Seite, um nicht zu fallen. Eine Pause entstand, während sie fieberhaft nach Worten suchte. »Wie furchtbar«, sagte sie schließlich.

»Ja, oder? Jetzt fragen sich natürlich alle, wer da gefunden wurde.«

Maria schüttelte den Kopf. »Kannst du kurz übernehmen?«, bat sie und hoffte inständig, dass Anders das Beben in ihrer Stimme nicht bemerkte. »Ich muss mich mal kurz im Bus aufwärmen, mir frieren sonst gleich die Finger ab.«

7

Ein paar Stunden später stand Maria in der Umkleide des Polizeireviers. Sorgfältig hängte sie die Uniformjacke in ihren Spind und knöpfte das Hemd auf. Im angrenzenden Duschraum drehte jemand das Wasser ab. Als ihre Kollegin Anneli Björk mit einem Handtuch um den Körper in die Umkleide kam, beugte sie sich tiefer in den Schrank.

»Hallo«, sagte Anneli lächelnd.

Verhalten lächelte Maria zurück. Sie strich ihr aschblondes Haar hinters Ohr, das jedoch gleich wieder nach vorn fiel. Wie immer. Sie trug ihr ganzes Leben lang den gleichen Pagenschnitt. Sie sah keinen Anlass, ihn zu ändern. Trotzdem kam sie nicht umhin, Anneli um ihre langen Locken zu beneiden. Beschämt schüttelte sie den Gedanken ab.

»Harte Woche?«, fragte sie.

Anneli nahm ihre Zivilkleidung aus dem Spind. »Du ahnst nicht, wie. Ich habe das ganze Wochenende Überstunden gemacht und im Wald nach dem vermissten Mädchen gesucht. Sei froh, dass dir das bisher erspart geblieben ist.«

»Es ist nur eine Frage der Zeit, bis sie uns dafür einspannen«, erwiderte Maria.

Es war Usus, dass Verkehrspolizei und Hundeführer bei Sucheinsätzen nach vermissten Personen halfen. Die meisten ihrer Kollegen sprangen bereitwillig ein, aber sie fand meistens einen Vorwand, um sich davor zu drücken. Selbst jetzt, wo fast die halbe Belegschaft bei der Suche nach Mira Stare half, nachdem ihre Jacke auf derart makabre Weise gefunden worden war. Maria senkte den Blick und schlüpfte in ihren Wollpullover. Heute musste sie nicht duschen. Nach der Frühschicht war sie nur müde, nicht verschwitzt.

»Vielleicht habt ihr Glück. Es hat bald keinen Sinn mehr, die Suche weiter fortzusetzen.« Anneli seufzte. »Nicht nach diesem Fund. Aber jetzt habe ich erst einmal frei. Hast du auch Feierabend?«

Maria nickte. »Für heute war's das. Ich habe nur noch eine Unterredung mit unserem Chef, dann gehe ich nach Hause.«

Annelis Gesicht leuchtete auf. »Richtig«, sagte sie. »Die Beförderung steht dir schon lange zu. Du hast sie wirklich verdient!«

Maria schluckte. »Danke.«

»Wir wollen Freitag nach der Arbeit alle zusammen ein Feierabendbier oder ein Glas Wein trinken. Kommst du mit?«

Maria errötete. »Nein, aber nett, dass du fragst.«

»Bist du sicher?« Anneli legte den Kopf schief. »Es täte dir bestimmt gut, ein bisschen unter Leute zu kommen. Wann warst du das letzte Mal mit uns aus?«

»Keine Ahnung.« Maria holte Luft. »Irgendwann im Sommer?«

»Du meinst wohl, im Sommer *letztes* Jahr«, erwiderte Anneli und deutete mit der Wimpernbürste auf Maria. »Wann bist du überhaupt das letzte Mal ausgegangen? Und nein, die Weihnachtsfeier zählt nicht.«

Maria wand sich unbehaglich und begann, ihre Dienstkleidung zu ordnen, die längst ordentlich auf einem Bügel im Spind hing. Dann griff sie nach ihrer Handtasche und schwang sie über die Schulter. »Ich gehe einfach nicht gerne in Kneipen. Da sind mir zu viele betrunkene Leute.«

»Das stimmt«, pflichtete Anneli ihr bei. »Aber es sind auch sehr viele nette Leute da. Und du musst Menschen kennenlernen, dir einen Freund zulegen. Das würde dir guttun.«

»Mir gefällt mein Leben so, wie es ist«, sagte Maria.

Anneli sah sie an. »Es ist natürlich deine Entscheidung. Ich will nur dein Bestes.«

»Das weiß ich. Aber ich mag die Ruhe zu Hause. Das ist alles, was ich brauche.«

Maria verließ die Umkleide, stieg die Stufen ins Erdgeschoss hinauf, passierte Rezeption und Besprechungsräume und nahm die Treppe in den ersten Stock, wo sich eine offene Bürolandschaft und separate Dienstzimmer befanden. Sie spürte ein unbehagliches Kribbeln in der Magengrube, den Drang, umzudrehen und zu fliehen, bis sie vor dem Büro von Polizeiintendant Magnus Flink stand. Die Tür war offen.

Magnus blickte vom Computer auf und winkte sie herein. »Komm rein, setz dich«, sagte er lächelnd.

»Du wolltest mit mir reden?« Maria nahm vor seinem Schreibtisch Platz. Ihre Stimme kam ihr unnatürlich leise vor.

»Ja.« Magnus beugte sich ein Stück vor. Marias Blick wanderte über die akribische Ordnung auf seinem Schreibtisch. Alle Dokumente waren säuberlich in verschiedenfarbigen Mappen geheftet und schnurgerade nebeneinander aufgereiht. »Aber vor allem will ich dir gratulieren.« Magnus lächelte breit. »Ab heute bist du Polizeiinspektorin Andersson.«

Maria spürte, wie ihr die Luft aus den Lungen entwich. Sie sollte sich freuen. Sie würde mehr Gehalt bekommen, mehr Weisungsbefugnis erhalten, und die Kollegen würden ihr ein wenig mehr Respekt zollen. Trotzdem wurde ihr schwindelig, und sie schloss die Augen.

»Freust du dich nicht?« Magnus sah sie verblüfft an.

»Entschuldige«, sagte sie. »Aber ich würde die Beförderung lieber ausschlagen, wenn das möglich ist.«

Magnus lehnte sich langsam auf seinem Stuhl zurück. Er betrachtete sie forschend. »Du bist eine gute Polizistin und ein guter Mensch. Warum willst du nicht befördert werden?«

Maria wich dem Blick ihres Chefs aus und sah sich in seinem Büro um. Auf dem Regal hinter ihm stand ein Foto, auf dem seine Frau und seine Kinder zu sehen waren. Sie saßen am Rand eines Fußballfelds auf einer Picknickdecke. Magnus' Söhne trugen gestreifte Vereinstrikots.

»Es ist nur …« Maria verstummte. Sie holte tief Luft und nahm sich zusammen. Sie wollte nicht nervöser wirken, als sie ohnehin war. »Mein Job gefällt mir. Ich will keine Beförderung, ich will nur meine Arbeit machen, wenn du verstehst, was ich meine.«

Magnus schüttelte den Kopf. »Nein, ich verstehe nicht, was du meinst. Du kannst nicht ewig Polizeiassistentin bleiben. Ich kenne niemanden, der diesen Rang länger ausgeübt hat als du.«

Maria schwieg. Magnus kratzte sich am Kopf. »Andere jubeln vor Glück, wenn sie befördert werden. Ich möchte, dass du die Position bekommst, die deiner Kompetenz entspricht, statt auf der untersten Stufe der Hierarchie zu versauern wie eine gescheiterte Anfängerin.«

»Das kann ich verstehen«, sagte Maria. »Aber meine Kompetenz wird nicht geringer, weil ich eine Beförderung ablehne.«

Magnus schüttelte wieder den Kopf. »Und was soll ich den anderen sagen, wenn ich deinem Wunsch entspreche? Sie werden glauben, dass ich dir die Aufstiegschancen verwehre.«

»Dann werde ich ihnen sagen, dass ich darum gebeten habe, nicht befördert zu werden«, sagte Maria. »Sie kennen mich, sie werden es verstehen.«

»Aber sogar deine Kollegen liegen mir in den Ohren, dass du eine Beförderung verdienst«, wandte Magnus ein. »Sie sind genau wie ich der Meinung, dass dein Rang nicht deinen Fähigkeiten entspricht. Die meisten finden, du müsstest längst Gruppenchefin oder sogar Kommissarin sein.«

»Aber das möchte ich nicht«, beharrte Maria. »Befördere jemand anderen, lass mich da bleiben, wo ich bin.«

Magnus zuckte seufzend mit den Achseln. »Na schön. Ich kann dich nicht zwingen, aber ich bitte dich, deine Entscheidung zu überdenken. Lass dir ein paar Tage Zeit, dann sprechen wir noch mal miteinander.«

Maria nickte und stand auf. »Danke, Magnus«, sagte sie. Ihre Stimme klang wieder fest, und ihre Beine zitterten nicht mehr.

Er winkte müde ab. »Keine Ursache. Aber, Maria, jetzt mal unter uns, warum bist so hart gegen dich selbst?«

Maria spürte, wie die Schuld, die sich in ihrem Inneren eingenistet hatte, aus dem Schlummer erwachte. All das, was sie erzählen wollte, aber nicht konnte. Es nicht durfte. Weil sie es geschworen hatte, an jenem Tag vor vielen Jahren.

»Ich bin mit meiner Position zufrieden«, sagte sie mechanisch.

Ja, solange die Dinge blieben, wie sie waren, war sie in Sicherheit.

8

Als Maria nach Hause kam, verdunkelten bleigraue Wolken den Himmel. Obwohl es mitten am Tag war, hätte man meinen können, es sei früher Abend.

Dicke Regentropfen trommelten auf ihren grauen Volvo, der in der Einfahrt parkte. Der alte V70 war so breit, dass er kaum durch das Tor passte. Sie fuhr ihn nur selten. Es gab auch keinen Grund, das Polizeirevier lag bloß zwanzig Minuten Fußweg entfernt. Meistens stand der Wagen nur herum, und Wind und Wetter stumpften den Lack ab. Aber sie benutzte ihn für gelegentliche Großeinkäufe, und wie das Haus hatte sie den Volvo von ihren Eltern geerbt. Nie und nimmer käme sie auf die Idee, ihn zu verkaufen.

Als sie über die Natursteinplatten, die bei Nässe glatt wie eine Eisbahn wurden, vorsichtig zur Haustür ging, schoss eine grau getigerte Katze unter einem der Gartenbüsche hervor, setzte sich maunzend vor ihre Füße und sah sie mit großen grünen Augen an.

»Hallo, Mistel«, sagte Maria lächelnd.

Auffordernd kratzte die Katze mit einer Pfote an der Eingangstür, wie immer, wenn sie ins Haus wollte. Oder nach draußen. Maria schloss auf. Sobald die Tür einen Spalt geöffnet war, schlüpfte Mistel ohne das kleinste Zeichen von Dankbarkeit hindurch.

»Gern geschehen«, lachte Maria und folgte ihr. Sie zog die Haustür hinter sich zu und schaltete die Deckenlampe im Flur an. Die altmodische Glühlampe spendete ein warmes Licht, nicht wie diese ungemütlichen LED-Lampen, die heutzutage alle verwendeten. Maria graute vor dem Tag, an dem ihr Glühlampenvorrat aufgebraucht wäre. Was sollte sie dann tun? Die orange Tapete, die seit ihrer Kindheit im Flur hing, würde in modernem LED-Licht nicht mehr dieselbe sein. Hin und wieder spielte sie mit dem Gedanken, die Tapete zu überstreichen, konnte sich aber nicht dazu durchringen. Eine neue Küche anzuschaffen, war eine Sache, eine fast identische Ausstattung gab es nach wie vor zu kaufen. Aber die orange Streifentapete würde an den Wänden bleiben, so lange sie lebte.

Sorgfältig hängte sie ihre Jacke zu anderen ordentlich aufgehängten Jacken und Mänteln an die Flurgarderobe, zog ihre Schuhe aus und ging in die Küche. Als sie einen toten Spatz auf dem Fußboden entdeckte, seufzte sie. Ein Flügel stand in einem grotesken Winkel ab. Zum Glück hatte das arme Tier nicht stark geblutet. Behutsam hob sie den Vogel mit einem Stück Haushaltspapier auf und legte ihn in die Kiste, die sie eigens für diesen Zweck im Flurschrank aufbewahrte. Tarzan kehrte von seinen Streifzügen öfter mit erlegten Vögeln zurück, und sie hatte nicht immer die Energie, sie gleich nach draußen zu bringen, vor allem nicht bei Regenwetter. Manchmal schleppte

Tarzan außerdem im Lauf des Tages mehrere Beutetiere an, sodass es ohnehin keinen Sinn hatte, jedes Tier einzeln zu entsorgen. Rasch wischte Maria den Fußboden. Dann wusch sie sich die Hände und öffnete den Schrank mit dem Katzenfutter. Kaum hatte sie die Packung herausgenommen, erklangen Mistels Pfoten auf der Treppe, und auch Tarzan erschien augenblicklich in der Küche und strich ihr um die Beine.

»Du hast also immer noch Hunger, du kleiner Mörder«, sagte sie und füllte Trockenfutter in beide Fressnäpfe. Einen für Tarzan, einen für Mistel. Maria ging in die Hocke, streichelte Tarzans schwarzes Fell und kraulte ihn hinter seinem weißen Ohr. Sie spürte, wie sein Leib beim Fressen zuckte, hörte, wie er das Futter hungrig zerbiss. Ihr wurde warm ums Herz, und sie betrachtete ihn mit schief gelegtem Kopf. Tarzan war ein schönes Tier. Sein schwarzes Fell glänzte ganz anders als Mistels, das einen stumpferen Farbton besaß und länger war. Aber außer wenn er fraß, war Tarzan weniger verschmust als Mistel.

Während sie ihren Kater mit Streicheleinheiten verwöhnte, meldete sich ihr eigener Magen zu Wort. Sie hätte sich gerne etwas Besonderes zum Mittagessen gekocht, aber ihr fehlte die Kreativität. Eigentlich kochte sie gern, doch an Tagen wie heute, wenn sie Frühschicht gehabt hatte und obendrein noch ein stressiges Gespräch mit ihrem Chef, verließ sie die Energie. Sie nahm ein Tiefkühl-Fischgratin aus dem Gefrierfach, schob es in den Backofen und stellte eine Eieruhr auf fünfundvierzig Minuten. Dann kochte sie sich einen Rooibostee und wischte die Teeblätter auf, die neben das Sieb und auf ihre blitzblanke

Arbeitsfläche gefallen waren. Sie trank immer gern einen Tee, wenn sie darauf wartete, dass das Essen fertig wurde, und es draußen kalt und regnerisch war.

Maria nahm den Tee mit ins Wohnzimmer, zog die ordentlich gefaltete Wolldecke von der Sofalehne, breitete sie über ihre Beine und zappte durch das Fernsehprogramm. Mistel rollte sich neben ihr wie eine Zimtschnecke zusammen und döste augenblicklich ein. So fühle ich mich wohl, dachte Maria, schaltete den Fernseher aus und griff nach dem Buch, das auf dem Wohnzimmertisch lag. Ein unkomplizierter Liebesroman über eine Frau, die eine alte Buchhandlung geerbt hatte. Die Geschichte stimmte sie fröhlich und ließ sie den Alltag für eine Weile vergessen. Sie hatte ihren Tee, ihren Fernseher und ihre Katzen. Wozu brauchte sie eine Beförderung?

Beim Lesen spürte sie die kalte Zugluft, die durch die Ritze zwischen den Terrassentüren drang. Auf ihren Armen bildete sich eine Gänsehaut. Sie blickte in ihr Gärtchen und auf das kleine Rasenquadrat hinaus. Türen und Fenster waren alt und müssten eigentlich erneuert werden, doch die Kosten schreckten sie ab. Einen Moment lang bereute sie, die Beförderung abgelehnt zu haben. Eine Gehaltserhöhung wäre nicht verkehrt gewesen. Seufzend legte sie das Buch aufgeschlagen aufs Sofa und schob die Decke beiseite, um sich einen Pullover zu holen.

Als sie aufstand, wachte Mistel auf und lief vor ihr die Treppe ins Obergeschoss hinauf. Lächelnd schüttelte Maria den Kopf. Mistel folgte ihr im Haus auf Schritt und Tritt und mogelte sich grundsätzlich an die Spitze, als gebe sie die Marschrichtung vor, im Gegensatz zu Tarzan, der kam und ging, wie es ihm passte. Auch jetzt war er längst wieder durch die Katzenklappe in der Terrassentür hinausspaziert und würde vermutlich die ganze Nacht nicht nach Hause kommen. Maria war überzeugt, dass er sich inzwischen mit der Hälfte seiner weiblichen Artgenossen in der Nachbarschaft gepaart hatte. Sie sollte ihn sterilisieren lassen, bevor er anfing, seine Urinmarkierungen an den falschen Stellen zu setzen, oder zu viele Nachkommen produzierte.

Mit schweren Schritten stieg sie die Treppe hinauf. Jedes Mal wenn sie ins Obergeschoss ging, unterdrückte sie die bohrende Angst, die in ihrer Magengrube rumorte. Im ersten Stock lagen ihr Schlafzimmer, Bad und Gästezimmer – als ob sie je Gäste hätte – und der Raum, den sie niemals betrat, der Raum hinter der geschlossenen Tür gegenüber dem Treppenabsatz. Maria biss die Zähne so fest zusammen, dass sie knirschten, und tat so, als gäbe es die Tür nicht.

Mistel machte dieses Vorhaben zunichte. Maunzend kratzte sie mit der Pfote an der geschlossenen Tür. Maria verharrte auf der obersten Treppenstufe. Mistel drehte den Kopf und sah sie mit ihren grünen Katzenaugen an. Sie maunzte erneut. Von dem Geräusch bekam Maria eine Gänsehaut.

Angst befiel sie. Sie zwang sich, den letzten Schritt die Treppe hinauf zu machen.

»Nein, Süße«, flüsterte sie, als befände sich hinter der Tür jemand, der sie nicht hören durfte. »Da gehen wir nicht rein.«

Sie nahm Mistel auf den Arm und drückte das warme Tier an sich. Noch einmal begegnete sie dem Blick der grünen

Katzenaugen, dann machte Mistel die Augen zu und begann zu schnurren. Der gleichmäßige und vibrierende Klang sandte Wärme durch Marias Körper, während sie Mistel mit ins Schlafzimmer nahm.

»Hier ist es viel schöner«, sagte sie. »In dem Raum da drüben gibt es nichts für dich.« Mistel bewegte sich leicht, genoss es aber, auf dem Arm herumgetragen zu werden. Als Maria über die Schulter einen Blick auf die geschlossene Tür warf, erstarrte ihr Lächeln zu einer Grimasse.

Und für mich auch nicht, dachte sie, griff nach dem Pullover, der akribisch gefaltet auf der Kommode am Fußende ihres Bettes lag, und ging nach unten ins Wohnzimmer zurück. Mistel begann zu strampeln. Maria setzte die Katze auf den Fußboden, streifte den Pullover über und wickelte sich in die Decke. Sobald sie die geschlossene Tür im Obergeschoss nicht mehr sah, flaute ihre Unruhe ab, und sie vertiefte sich wieder in den Liebesroman, bis ihr Handy vibrierte.

Eine SMS von einer unbekannten Nummer. Stirnrunzelnd öffnete Maria die Nachricht.

9

Kristina spähte durch die Lamellen der heruntergelassenen Jalousie am Küchenfenster. Sie hätte schwören können, dass jeder, der an ihrem Haus vorbeiging, versuchte, in die Fenster zu schauen. Aasgeier, die jetzt, wo die Nachricht an die Öffentlichkeit gedrungen war, hofften, einen Blick auf sie zu erhaschen.

Sie hatte die ganze Zeit gewusst, dass es nur eine Frage der Zeit war, bis jemand dahinterkam, dass es sich bei dem vermissten Mädchen um ihre Tochter handelte. In Trollhättan gab es keine andere Familie mit ihrem Nachnamen. Seit die Nachricht von dem Skelettfund viral gegangen war, waren die Newsseiten förmlich explodiert und das Rätsel um die Identität des vermissten Mädchens heiß diskutiert worden.

Johan hatte sie geweckt und sie gezwungen, die Frühnachrichten anzusehen, während er panisch durchs Haus gelaufen war und sämtliche Gardinen zugezogen hatte, um den Fotografen den Einblick zu erschweren. Die Medien würden kommen, das wussten sie beide. Bisher hatten sie die Suche nach Mira aus der Ferne verfolgt, vom Parkplatz am Waldrand, wo der Suchtrupp seinen zentralen Knotenpunkt eingerichtet hatte, aber jetzt witterten sie Blut.

Doch noch war die Straße vor ihrem Haus verwaist. Kristina ließ die Lamellen zurückschnappen und griff nach ihrem Handy. Das Display zeigte unzählige verpasste Anrufe und Nachrichten an. Rasch sah sie nach, ob einer der Anrufe einen Rückruf erforderte. Es waren Nummern von Freunden und Bekannten, aber auch unbekannte Nummern oder Nummern von Journalisten, denen sie schon mal ein Interview gegeben hatte. Sie hatte keine Kraft, mit irgendjemandem zu reden, und mit der Presse schon gar nicht. Nicht jetzt. Vielleicht später, wenn alles ausgestanden wäre. Bis dahin konnten die Medien so viel spekulieren, wie sie wollten. Bevor Mira nicht heil und gesund wieder zu Hause war, würde sie ihnen nicht helfen, Schlagzeilen zu produzieren.

Kristina scrollte durch die Textnachrichten und löschte einen offensichtlichen Versuch nach dem nächsten, sie zu einem Statement zu bewegen, bis zu einer Nachricht, bei der ihr der Atem stockte. Sie öffnete die Komplettansicht, doch genau in diesem Moment kam Johan in die Küche.

»Jetzt können diese Aasgeier wenigstens keine Fotos von uns machen«, sagte er kopfschüttelnd und fuhr sich durch seinen wirren Haarschopf. »Unfassbar, dass man sich in seinem eigenen Zuhause verstecken muss.«

Kristina legte ihr Handy mit dem Display nach unten auf den Küchentisch und seufzte schwer. »Nichts ist mehr heilig«, sagte sie.

»Nein, wohl nicht.« Johan sackte auf einen Küchenstuhl und starrte mit leerem Blick vor sich hin. »Diese verfluchten

Hyänen. Ist es nicht schlimm genug, dass Mira verschwunden ist? Müssen sie sich auch noch an unserem Unglück weiden?«

Kristina legte ihm eine Hand auf die Schulter. »Mira lebt. Wir dürfen die Hoffnung nicht aufgeben.«

Johan verbarg das Gesicht in den Händen und schluchzte auf. Es war deutlich, dass er nicht zeigen wollte, wie ängstlich und verzweifelt er war. Aber Kristina wusste es. Ihren Mann so krank vor Sorge zu sehen, tat ihr in der Seele weh, gleichzeitig verachtete sie ihn dafür. Sie sollte es nicht, aber sie tat es. Johan sollte der Stärkere von ihnen beiden sein, nicht sie. Er war Ingenieur und der bodenständige Part in ihrer Ehe, sie die sensible Künstlerin. Kristina presste die Kiefer aufeinander, ihr Blick wanderte zu ihrem Telefon.

Sie hatte die SMS so deutlich vor Augen, als ob der Text durch das Gehäuse leuchtete. Sie schluckte und streichelte Johans Schulter.

Das Einzige, was sie tun konnte, war warten.

10

Erik umschloss den Stift mit ungelenken Fingern. Seine Hand zitterte wie früher, wenn der Alkoholpegel in seinem Körper gesunken war, aber er war trocken. Seit zweihundertsiebenundachtzig Tagen. Und nicht nur das, er lag nicht auf einem schmuddeligen Sofa in einer versifften Absteige, in der es nach Bier und Erbrochenem stank, sondern er saß in einem hellen, funktional eingerichteten Büro der Wohnungsgesellschaft Eidar.

»Wo …« Er räusperte sich. »Wo muss ich unterschreiben?«

Die Frau auf der anderen Seite des Schreibtischs lächelte nachsichtig. Sie trug eine Cateye-Brille und hatte ihr rotes Haar im Nacken zu einem Knoten aufgesteckt.

»Hier.« Sein Betreuer Jonas, der neben ihm saß, deutete auf die Linie über Eriks vollem Namen am Ende des Mietvertrags.

Erik Stiernström. Erik lächelte. Er hatte einen klangvollen Familiennamen. Dieser Gedanke war ihm seit vielen Jahren nicht mehr gekommen. Im Gegenteil. Angesichts der Tatsache, dass seine Familie nichts mehr mit ihm zu tun haben wollte, hatte er seinen Nachnamen gehasst. Doch die meiste Zeit hatte er so gut wie gar nichts gefühlt und gedacht, während er in einem dichten Nebel aus Alkohol und Drogenmissbrauch herumgeirrt war. Zum großen Teil hatte er es Jonas zu verdanken, dass er sein Leben wieder in den Griff bekam.

»Du musst nur noch unterschreiben, dann kriegst du die Schlüssel zu deiner eigenen Wohnung ausgehändigt«, fuhr Jonas fort. »Ist das nicht ein supergutes Gefühl?«

Erik nickte mechanisch und kritzelte ein paar unleserliche Hieroglyphen über seinen computergeschriebenen Namen. Dann fiel ihm der Stift aus der Hand, und er schniefte, um nicht loszuheulen. Rasch fuhr er sich mit der Hand unter der Nase entlang und fing einen Tropfen Rotz auf.

»Ich gratuliere Ihnen«, sagte die Frau und legte ein Bund mit zwei abgenutzten Schlüsseln vor ihn hin. »Hier sind Ihre Wohnungsschlüssel.«

»Glückwunsch, Mann!« Jonas schlug ihm auf die Schulter. »Ist das nicht cool? Deine eigene Bude, Kumpel.«

Erik konnte nur nicken. Er ließ seinen Tränen freien Lauf, griff jedoch, über das ganze Gesicht strahlend, nach dem Schlüsselbund und ballte die Faust darum. Die Metallkanten schnitten in seine Handfläche, aber das war ihm scheißegal.

Unbändige Freude sprudelte in ihm auf. Er hatte eine zweite Chance bekommen, ein zweites Leben. Vor einem knappen Jahr wäre sein Leben fast zu Ende gewesen. Tabletten, Alkohol und Drogen flossen in derartigen Mengen in seinem Blut, dass er geglaubt hatte, es würde nichts anderes mehr existieren. Er war mitten in der Nacht durch die Straßen geirrt und am nächsten Morgen vor der Lextorpskyrkan aufgewacht, ohne zu wissen, wie er dahingekommen war. Das hohe Kirchendach hatte seinen Blick emporgezogen, während er ins Kirchenschiff gewankt war, wo gerade der Konfirmandenunterricht stattfand. Auf einer der Bänke war er zusammengebrochen.

Der Pfarrer hätte die Polizei rufen können. Aber er hatte es nicht getan. Sondern behutsam mit ihm geredet. Seine Stimme hatte den Nebel gelichtet und das erreicht, was von Erik unter all den chemischen Substanzen noch übrig gewesen war.

Gott hatte ihn nicht erlöst, aber der Pfarrer hatte ihm das Leben gerettet. Der Pfarrer und Jonas, der dafür gekämpft hatte, dass Erik von der Flasche und den Drogen loskam. Das hatte er zwar schon zigmal versucht, immer wieder, aber er war jedes Mal gescheitert. Doch diesmal hatte er einen Schwur geleistet. Nie wieder. Er würde für den Rest seines Lebens clean bleiben.

Erik versuchte, seine Ungeduld in Schach zu halten, während Jonas die Bürgschaftserklärung im Auftrag des Sozialdienstes unterschrieb und den Mietvertrag mit der Sachbearbeiterin, deren Namen er nicht mitbekommen hatte, unter Dach und Fach brachte. Schließlich bedankten sie sich, gaben ihr die Hand, verließen das Gebäude und traten in die feuchte Vormittagsluft hinaus.

»Ich bin stolz auf dich«, sagte Jonas, als sie in sein Auto stiegen. »Du hast etwas geleistet, was die meisten nicht schaffen, ist dir das klar?«

Erik lächelte. »Nein.«

»Das hast du. Du bist auferstanden wie Phönix aus der Asche. Du bist frei.« Jonas sah ihn ernst an. »Aber Freiheit bedeutet

Verantwortung. Ich vertraue dir, aber du musst deinen Therapieplan einhalten, zu den Treffen der Anonymen Alkoholiker gehen, und du darfst keinen einzigen Tag unentschuldigt bei der Arbeit fehlen. Falls du unsicher bist, was du tun sollst, rufst du mich sofort an. Okay?«

»Na klar«, versprach Erik. Jonas hatte ihm einen Job bei einer Reinigungsfirma vermittelt. Seit zwei Monaten fuhr er jeden Morgen mit dem Bus ins Industriegebiet Stallbacka und putzte in einem Büro in der Nähe der Feuerwehr. Es war kein Traumjob, aber die Arbeitszeiten sorgten dafür, dass er hinterher zu müde war, um mit seinen alten Saufkumpanen abzuhängen. Würde er das tun, wäre er in Nullkommanix wieder in der Spirale aus Drogen und Alkohol gefangen. Er würde sich von seinen alten Kreisen fernhalten, das hatte er sich geschworen.

»Wunderbar!« Jonas ließ den Motor an. »Auf geht's zu dir nach Hause.«

Es war nicht weit, Trollhättan war keine große Stadt. Sie hörten Radio, bis die Nachrichten um das Skelett zu kreisen begannen, das in der Jacke des vermissten Mädchens gefunden worden war. Jonas schaltete das Radio aus und murmelte etwas über kranke Menschen. Erik gab ihm recht und verspürte einen Anflug von Erleichterung. Er hatte genug eigene Sorgen. Einen Moment lang überlegte er, ob jemand ahnte oder möglicherweise sogar wusste, zu wem das Skelett gehörte. Ihn schauderte, doch in diesem Moment parkte Jonas vor einem der roten Backsteinhochhäuser im Lantmannavägen, und er schob den Gedanken beiseite. Sie waren da.

Im Fahrstuhl und auf dem Weg durch den Flur redete Jonas pausenlos auf ihn ein, bis sie vor einer abgenutzten dunkelbraunen Holztür haltmachten. Die Wand neben der Wohnungstür war mit Graffiti beschmiert. Mit zittriger Hand schob Erik den Schlüssel ins Schloss. Er rechnete damit, dass der Schlüssel nicht passte, dass sich alles nur als böser Scherz entpuppte. Doch das Schloss klickte, wie es sollte, und die Wohnungstür ging auf. Sie betraten ein schlichtes Ein-Zimmer-Appartement mit Kochnische. Das Fenster ging auf den Parkplatz und Kronogårdens Zentrum hinaus. Lachend deutete Jonas auf das Dach seines alten Saab.

Das Appartement war nur spärlich möbliert. In einer Ecke stand ein altes Bett mit einer blau-weiß gestreiften Matratze, daneben eine Stehlampe mit einem altmodischen Schirm, und vor dem gardinenlosen Fenster stand ein ausgedienter Holztisch mit zwei Stühlen. Aber Erik war das herzlich egal. Es war *seine* Wohnung. Stolz lächelnd fuhr er mit der Hand über die Küchenarbeitsfläche, drehte das Wasser in der Spüle auf und trank direkt aus dem Hahn. Ein paar Tropfen blieben in seinen Bartstoppeln hängen. Er wischte sie mit dem Ärmel weg, dann drehte er sich um und sah Jonas mit Tränen in den Augen an.

»Hier wohne ich«, sagte er, machte eine ausholende Geste und sah sich um. »Das ist *meine* Wohnung!«

»Ganz genau«, bestätigte Jonas. »Wir müssen sie nur noch ein bisschen aufhübschen, dann hast du's hier urgemütlich.« Misstrauisch ruckelte er an einem Bettpfosten und brachte damit das ganze Gestell ins Schwanken.

»Aber das Bett hat seine besten Tage eindeutig hinter sich. Ich werde prüfen, ob ich nicht einen Bezugsschein für ein neues Bett bewilligt bekomme.«

Erik hörte gar nicht zu. »Ein Fernseher wäre toll«, sagte er verträumt. Im Übergangsheim hatte er viel ferngeguckt. Er hatte stundenlang im Gemeinschaftsraum gesessen, vollkommen reglos auf dem Sofa, und sich von seichten Unterhaltungsshows berieseln lassen. Glücklich holte er Luft. »Ich will nach der Arbeit einfach nur vor der Glotze hocken. Jeden Abend.«

Jonas nickte. »Dein Lohn muss für deinen Lebensunterhalt reichen, und du darfst auf gar keinen Fall mit der Miete in Rückstand kommen. Ich versuche, im Internet einen gebrauchten Fernseher für dich aufzutreiben, dafür finden wir eine Lösung.«

»Danke. Aber ich habe nicht vor, tausend Dinge zu kaufen.« Erik zuckte die Achseln. »Ich brauche nicht viel. Meine Habseligkeiten trage ich am Leib.« Er log Jonas nicht gerne an, aber er hatte keine andere Wahl. Einige seiner persönlichen Gegenstände waren noch in der Wohnung, in der er vor dem Entzug gehaust hatte – vorausgesetzt, sie waren nicht geklaut worden. Doch Jonas würde nie und nimmer erlauben, dass er dorthin ging und sie holte.

Aber er würde es tun. Später. Es gab etwas, von dem er hoffte, dass niemand es entwendet hatte. Etwas, das er brauchte, um sein altes Leben endgültig hinter sich zu lassen. Jonas musste nicht alles wissen.

Ein Freudenschrei aus dem Badezimmer riss ihn aus seinen Gedanken. Jonas hatte die Wohnungsbesichtigung fortgesetzt.

»Du hast sogar eine Badewanne. Luxus, Kumpel!«

11

Knapp zwei Stunden später lief Erik in Richtung der hellroten Backsteinhäuser im Stadtteil Humlan. Er folgte denselben maroden, mit Stolperfallen übersäten Gehwegen, die er schon so viele Male zuvor entlanggegangen war, und verschwand zwischen den dicht an dicht stehenden dreistöckigen Mietskasernen des Viertels. Obwohl sie als Teil des Millionenprogramms der schwedischen Regierung Ende der Sechzigerjahre aus dem Boden gestampft worden waren, wirkten die Gebäude vergleichsweise freundlich und gepflegt, wenn auch anonym und in die Jahre gekommen. Die Siedlung war kein unbehaglicher Ort, aber auch kein Ort, an den er sich zurücksehnte.

Schließlich hatte er sein Ziel erreicht. Er blieb vor der Eingangstür eines der Häuser stehen und sammelte Kraft. Für jeden anderen war es nur irgendeine Eingangstür zu irgendeinem Treppenaufgang in irgendeinem tristen Randbezirk von Trollhättan. Aber nicht für Erik Stiernström. Für ihn war es der Eingang zu einer Prüfung, vergleichbar mit dem magischen Portal, das die Helden in Fantasyromanen durchschritten, um sich der vor ihnen liegenden Aufgaben und Herausforderungen als würdig zu erweisen.

Erik streckte die Hand nach der Klinke aus. Seine Finger zitterten, und ihn überkamen Zweifel. Er ballte die Hand zur Faust, zog sie zurück, schloss die Augen und gab sich Mühe, ruhig zu atmen. Jonas hätte nie zugelassen, dass er tat, was er im Begriff war zu tun. Er hätte es fast selbst nicht zugelassen. Er wollte auf dem Absatz kehrtmachen, in seine neue Wohnung zurückgehen, weg von diesem Haus, aber er wusste, dass er es tun musste. Allein. Manchmal musste man sich seinen Dämonen stellen, und sei es nur, weil sie weniger furchteinflößend waren, sobald sie sich zu erkennen gegeben hatten.

Erik streckte die Hand aus, zog die Tür auf, betrat mit einem entschlossenen Schritt das Treppenhaus, und sofort war alles wieder wie früher. So fürchterlich bekannt. Die dunkelgrauen Betonstufen und der Geruch von Reinigungsmittel. Während er langsam Stufe für Stufe hinaufging, suchten ihn Erinnerungen heim.

Von Zeit zu Zeit, in Phasen, in denen er ganz tief im Drogensumpf gesteckt hatte, hatte er in einer Wohnung im zweiten Stock genächtigt. Doch das würde niemals wieder sein Zuhause werden. Er war fertig mit diesem Ort.

Der Schlüssel fühlte sich schwer und kalt an. Er zog ihn aus der Tasche und schob ihn ins Schloss. Als er ihn herumdrehte, merkte er, dass er sich die Mühe hätte sparen können. Die Tür war unverschlossen. Kopfschüttelnd drückte er die Klinke herunter und stieß die Tür auf.

Im Flur war es dunkel. Es gab keine Lampe, das einzige Licht fiel durch das Wohnzimmerfenster am hinteren Ende der

Wohnung. Hier empfing ihn ein gänzlich anderer Geruch als im Treppenhaus. Müll, der seit Tagen vor sich hin gammelte. Säuerlicher Biergestank. Der Geruch von Erbrochenem. Erik schluckte die aufwallende Übelkeit herunter und betrat den Flur. So hatte er gelebt. Die meiste Zeit war er stoned gewesen. Hier war er öfter aufgewacht, als er sich eingestehen wollte, allein oder mit anderen Junkies, die genauso zugedröhnt gewesen waren wie er. Meistens hatte er keine Erinnerung daran gehabt, was er gemacht hatte. Er konnte von Glück sagen, dass er die Bude nicht abgefackelt hatte, weil er mit einer brennenden Kippe in der Visage eingeschlafen war.

So leise er konnte, schlich er den Flur entlang an einem der Schlafzimmer vorbei. Die Tür war geschlossen, aber er wusste, wie es dahinter aussah, er war viele Male in dem Raum gewesen. Obwohl es nach drei Uhr nachmittags war, schnarchte dort jemand. In dieser Wohnung war die Zeit aus den Fugen geraten. Die Nächte versanken in Rausch, die Tage in Schlaf, bis Zeit keine Rolle mehr spielte.

Das Schlafzimmer gehörte Jörgen, dem Mann, dessen Name trotz der Dinge, die seit Jahren in dieser Wohnung abliefen, noch immer im Mietvertrag stand. Dass die Hausverwaltung ihn nicht rausschmiss, grenzte an ein Wunder, ebenso wie die Tatsache, dass er noch am Leben war. Erik ging in die Küche.

Ein einziger Blick ließ weitere Erinnerungen hochkommen. Auf dem Tisch häuften sich Dosen und Flaschen. Offenbar hatte jemand den Aschenbecher vom Tisch gefegt, und der Fußboden war mit Asche, Kippen und Scherben übersät. Kopfschüttelnd ging Erik ins Wohnzimmer. Der Couchtisch war wie der Küchentisch mit Flaschen voll gestellt. Ein Pizzakarton in der Mitte war die einzige Spur von fester Nahrung. Aber auch der Karton hatte als Aschenbecher gedient. In einem letzten vertrockneten Pizzastück steckte ein Zigarettenstummel.

Auf dem Sofa lag eine Frau. Ihre Bluse hatte sich eng um ihren Oberkörper geschnürt, fettige blonde Strähnen hingen ihr ins Gesicht. Sie war älter als er, eher fünfzig als vierzig. Er hatte sie noch nie gesehen. Wohl eine neue Bekanntschaft. Zum Glück musste er nicht mit ihr reden. Sie schlief tief und fest, einen Arm über der Stirn, die nackten Beine auf die Armlehne gelegt. Sie trug einen beigefarbenen Slip.

In ihrer Reichweite stand eine fast leere Flasche Whisky. Das Tageslicht, das durchs Fenster fiel, spiegelte sich in der bernsteinfarbenen Flüssigkeit und zog Eriks Blick an. Seine Zunge fühlte sich augenblicklich trocken an. Er war den ganzen Weg zu Fuß gegangen. Der Spaziergang hatte ihn durstig gemacht. Es wäre so leicht, die Flasche zu nehmen und seinen Durst zu stillen. Ein winziger Schluck konnte doch wohl nicht schaden? Ein Schluck, mehr nicht.

Eriks Puls beschleunigte sich. Ohne es zu merken, hatte er einen Schritt auf die Flasche zugemacht, jetzt erstarrte er mitten in der Bewegung. Das war genau das, was Jonas befürchtet hätte. Zu Recht. Er war wieder da, wo sein Abstieg begonnen hatte. Gelegenheit machte Diebe oder in seinem Fall: den Säufer. Am Anfang hatte er gesoffen, um zu vergessen, dann hatte er weitergesoffen, um nicht an das erinnert zu werden, was er vergessen wollte. Natürlich hatte das nicht funktioniert. Die Erinnerungen, die er hatte ertränken wollen, waren umso klarer hervorgetreten, je verzweifelter er versucht hatte, sie zu verdrängen. Jetzt musste er darum kämpfen, dass sie ihn nicht wieder in den Abgrund zogen. Er war nicht hier, um sich zu betrinken.

Erik riss den Blick von der Whiskyflasche los und schaute zum zweiten Schlafzimmer, dessen Tür offen stand. Er sah das Bett, in dem er viele Jahre geschlafen hatte. Darin lagen ein Mann, den er nicht kannte, und eine dunkelhaarige Frau, die er kannte. Es kribbelte in ihm, als er an sie dachte. Dinge, die sie im Rausch miteinander getan hatten, stiegen in ihm auf und weckten beschämende Erinnerungen. Zum Glück schlief sie. Alles, was er tun musste, um diesen Ort wieder zu verlassen, war, in das Zimmer zu gehen und seinen Rucksack herauszuholen – wenn er noch da war.

Leise schlüpfte er ins Zimmer und tastete sich an der Wand entlang. Die Jalousie war heruntergelassen, und im Dunkeln konnte er kaum etwas erkennen. Abgesehen von zwei Betten war der Raum unmöbliert. Das Pärchen, das in einem der Betten schlief, lag aufeinander, als wären sie mitten im Akt eingeschlafen. Das zweite Bett war leer. Daneben, an die Wand gelehnt wie ein schlaffer Sack Kartoffeln, stand sein Rucksack. Er war leichter, als er es in Erinnerung hatte, aber leer war er nicht. Erik zog den Reißverschluss auf und wühlte darin herum. Einige Sachen fehlten, jemand hatte seine Abwesenheit genutzt, um nützliche Dinge zu klauen.

»Verdammte Idioten«, murmelte er leise, während er kontrollierte, was noch da war. Seine Klamotten waren weg. Damit hatte er gerechnet. Aber es ging ihm nicht um seine alten Klamotten. Die würde er nicht vermissen. Im Übergangsheim hatte er neue Kleidung, die Jonas ihm in die Wohnung bringen würde.

Als seine Finger auf etwas Hartes stießen, schnellte sein Puls in die Höhe, und er nahm den Gegenstand heraus. Es war noch da. Sein Tagebuch. Erik seufzte erleichtert und blätterte das Buch rasch durch, um sich zu vergewissern, dass keine Seite fehlte. Wie durch ein Wunder war es unversehrt. Wahrscheinlich hatte sich keiner für eine alte, schmierige Kladde interessiert. Wenn jemand darin gelesen hatte, war die Neugier desjenigen ganz bestimmt schnell versiegt. Für die Säufer hier war das Tagebuch uninteressant, für Erik jedoch war es lebenswichtig. Auf diesen Seiten stand all das, an das er sich erinnern wollte. Dinge, für die er sich schämte, aber auch Lichtblicke, die er an guten Tagen geschrieben hatte, oft auf denselben Seiten wie die furchtbaren Dinge. Und weil er die guten Erinnerungen nicht vernichten konnte, mussten auch die schlechten bestehen bleiben, Seite an Seite neben den guten.

Lächelnd fuhr Erik mit der Hand über den Einband. Von nun an würde er das Tagebuch nur noch mit schönen Erinnerungen füllen. Sobald diese Geschichte mit Mira Stare ausgestanden war. Er legte das Tagebuch zurück in den Rucksack und warf ihn sich über die Schulter. Er hatte gefunden, weshalb er gekommen war. Jetzt galt es, diesen Ort so schnell, wie er nur konnte, zu verlassen.

Als er auf den Flur hinaustrat, war die fremde Frau auf dem Sofa aufgewacht. Sie blinzelte ihn mit verschwommenem Blick an.

»Wer zum Teufel bist du?«, krächzte sie.

»Das geht dich einen Scheißdreck an«, erwiderte er und ging den Flur hinunter.

Doch als er die Tür öffnen wollte, war sie verschlossen. Merkwürdig, dachte er und fummelte am Türknauf herum, als ihm jemand eine Hand auf die Schulter legte.

»Na so was! Wen haben wir denn hier? Kommst du uns mal wieder besuchen, Erik?«

Erik fuhr herum und blickte in ein unrasiertes, von zerzausten, ungewaschenen Haaren umgebenes Gesicht. Ein durchdringendes graues Augenpaar schimmerte im Halbdunkel und blickte ihn an. *Jörgen*. Die Tür zu seinem Schlafzimmer stand jetzt offen.

»Willkommen zu Hause«, sagte er. »Bleib doch noch ein bisschen. Wir zwei Hübschen haben was zu besprechen.«

12

Erik hievte den Rucksack höher auf die Schulter.

»Ich muss gehen«, sagte er.

Jörgen schüttelte den Kopf. »Warum so eilig?«

Die Frau, die auf dem Sofa gelegen hatte, tauchte wie ein Schatten vor dem Wohnzimmerfenster auf. Sie lehnte sich an die Wand und zündete sich eine Zigarette an.

»Nein, nein.« Jörgen schwankte leicht, als er Erik im Nacken packte und ihn zurück in die Wohnung dirigierte. Sein Atem stank nach Alkohol. Die Frau blies eine Nikotinwolke aus. Die Gerüche vermengten sich und kitzelten Eriks unterdrückte Süchte. Vergeblich versuchte er, sich aus Jörgens Griff zu winden. Der ältere Mann wirkte äußerlich nicht wie ein Kraftprotz, aber seine Finger waren stark und umklammerten Eriks Hals wie eine Schraubzwinge.

»Ich habe nur geholt, was mir gehört«, keuchte Erik. »Ich habe hier nichts mehr zu schaffen, und ich habe nichts genommen, was dir gehört.«

Jörgen stieß ihn in die Küche. »Setz dich. Kann ich dir was anbieten?«, fragte er und hielt eine ungeöffnete Bierdose hoch.

Erik betrachtete die verführerisch glänzende Dose und wich vor ihr zurück wie vor einer glühenden Speerspitze. »Nein«, sagte er. Seine Achselhöhlen wurden schweißnass.

»Was hast du? Ist mein Bier etwa nicht mehr gut genug für dich?«

»Doch, aber …« Erik verstummte.

»Was, aber?« Jörgen starrte ihn an. »Dann trink.«

»Ich habe aufgehört«, sagte Erik.

Jörgens Blick wanderte zwischen Erik und der Bierdose hin und her. Er setzte eine verständnisvolle Miene auf, stellte die Dose auf den Küchentisch, ließ sie aber nicht los. »Setz dich«, wiederholte er und deutete auf einen Stuhl.

Eriks Puls hämmerte. »Ich muss los«, beharrte er.

Jörgen schlug die Dose mit einem Knall auf den Tisch. »Setz dich, verflucht noch mal!«, spie er.

Eriks Beine gehorchten kaum. Seine Knie versagten ihm, als er widerstrebend auf den Stuhl sank, auf den Jörgen zeigte. Lächelnd setzte Jörgen sich auf den Stuhl ihm gegenüber. Mit einem Zischen öffnete er die Bierdose, die Erik ausgeschlagen hatte, und weißer Schaum quoll daraus hervor. Warmer Biergeruch kroch Erik in die Nase.

»Du kapierst doch wohl, dass du nicht einfach die Biege machen kannst?«, sagte Jörgen und suchte etwas zwischen den leeren Flaschen auf dem Tisch.

»Ich kann nicht weiter hier wohnen«, erwiderte Erik. »Das musst du verstehen.«

»Mmm«, murmelte Jörgen und entdeckte eine Zigarettenkippe, an der noch ein guter Zentimeter Tabak hing. »Schon klar, ich verstehe, du bist jetzt clean. Ein neuer Mensch.« Er steckte sich die Kippe an und sog den Rauch genüsslich ein.

Erik konnte nichts sagen. Er nickte nur.

Jörgen ließ den Rauch zwischen seinen aufgesprungenen Lippen entweichen und blies Erik eine Qualmwolke ins Gesicht. »Halleluja. Aber so einfach ist es nicht, mein Freund. Das ist dir doch klar? Alles im Leben hat seinen Preis.«

»Ich habe keine Ahnung, was du meinst.« Erik schluckte.

»Doch, hast du. Glaubst du etwa, du hast hier für lau gewohnt?«

»Bitte, Jörgen. Keiner hat was von Miete gesagt. Scheiße, das Bett war ja nicht mal jede Nacht frei.«

»Nein, manchmal hattest du darin Gesellschaft.« Jörgen wies mit der Kippe in Richtung Wohnzimmer. »Betty da, die kostet auch, weißt du? Aber wie auch immer, ich verlange das, was mir zusteht.«

»Wir haben nie …«, begann Erik, doch Jörgen brachte ihn mit einem Blick zum Schweigen.

»Bist du dir da sicher? Denk bloß mal an das ganze Zeug, mit dem du dich hier zugedröhnt hast.« Jörgen tippte sich an die Brust. »Mein Alk. Mein Koks. Alles war meins. All das hat Kosten verursacht, mein Freund. Und jetzt ist es Zeit, dass du deine Schulden begleichst.«

Erik versuchte, gelassen zu bleiben, obwohl die Angst in ihm brodelte. Schweigend sah er zu, wie Jörgen ein letztes Mal an der Kippe zog, nach der Bierdose griff und ein paar Schlucke trank. Dann streckte er ihm die Dose hin. »Bist du sicher, dass du nicht willst?«

Erik schüttelte den Kopf. »Du weißt, dass ich keine Kohle habe.«

»Das ist mir scheißegal.«

Eriks Hände zitterten. Er ballte sie unter dem Tisch zu Fäusten, damit Jörgen es nicht bemerkte. Die Frau aus dem Wohnzimmer kam in die Küche. Sie legte Erik eine Hand auf die Schulter und sah Jörgen an. Jörgen grinste und trank noch einen Schluck Bier.

»Sei nicht zu hart zu ihm«, sagte sie. Jahrelanges Rauchen hatte ihre Stimme auf ein heiseres Krächzen reduziert. »Er ist immerhin dein Kumpel.«

Jörgen nickte. »Ja klar, aber trotzdem will ich das Geld, das mir zusteht.«

Die Frau streichelte Eriks Wange mit unsanfter Hand und presste seinen Kopf gegen ihren harten Hüftknochen.

»Ich habe keine Kohle«, wiederholte Erik. Er wehrte sich nicht. Er hatte keine Ahnung, ob die Frau wirklich auf seiner Seite stand oder ob sie in Jörgens miesem Spiel mitspielte.

»Fünfundsiebzigtausend.« Jörgen zuckte die Schultern und sah Erik an.

Eriks Magen verkrampfte sich vor Panik. Er schüttelte Bettys Hand ab und setzte sich aufrecht hin. »Fünfundsiebzigtausend? Bist du irre?«

»Das ist bei Weitem nicht die Summe, die du mir schuldig bist. Aber wie Betty sagt: Du bist ein Kumpel. Ich will nicht zu hart zu dir sein.«

»Wie soll ich an so viel Geld kommen, verdammte Scheiße?«

»Ein kleines Vöglein hat mir gezwitschert, dass du einen Job hast.«

Betty sah ihn an und nickte beeindruckt, doch Erik schüttelte den Kopf. »Was ich da verdiene, reicht gerade mal mit Ach und Krach für Miete und Lebensmittel.«

»Ganz genau. Es reicht für die Miete, die du mir schuldest.« Jörgen grinste wieder. Die gelben Zähne unter seinen bärtigen Lippen glichen Reißzähnen. »Dir wird schon was einfallen. Und wenn nicht, kannst du deine Schulden jederzeit abarbeiten, indem du mein Koks vertickst. Was sagst du?«

»Ich will Koks.« Betty setzte sich neben Jörgen und streichelte seinen Nacken.

»Niemals«, sagte Erik und nutzte die Gelegenheit, um aufzustehen.

»Du hast eine Woche.«

Betty begann Jörgen zu küssen. Erik ging in den Flur und schloss die Wohnungstür auf.

»Ich weiß, wo du wohnst«, rief Jörgen ihm nach.

Erik ließ die Tür hinter sich zufallen. Dann rannte er die Treppe hinunter, stürzte ins helle Tageslicht hinaus und rannte, so weit ihn seine Beine trugen. An einem verwaisten Spielplatz blieb er stehen und sog frische Luft in die Lungen, während er versuchte, seinen Herzschlag unter Kontrolle zu bringen. Die frische Luft fühlte sich befreiend an, rein, frei von Nikotin- und Müllgestank. In Eriks Kopf drehte sich alles. Er hatte seine letzte Prüfung bestanden und war aus Jörgens

Wohnung entkommen, ohne den Verlockungen zu erliegen. Trotzdem konnte er keinen klaren Gedanken fassen. Panik packte ihn.

Zwei Elstern hüpften zwischen den Klettergerüsten umher. Erik sah ihnen zu, während er versuchte, seine Panik zu bezwingen. Doch schließlich flatterten sie davon und ließen sich ein Stück entfernt auf einem Balkongeländer nieder.

Er hatte immer gewusst, dass Jörgen ihm früher oder später Geld abpressen würde. Und fünfundsiebzigtausend war weniger, als er erwartet hatte. Erik sank auf die Kante einer alten Rutsche und atmete tief durch. Dann zog er sein Handy aus der Hosentasche. Er hatte eine SMS bekommen. Er öffnete die Nachricht und las sie durch, wieder und wieder.

13

Robert wanderte ungeduldig vor den Anzeigetafeln auf und ab, die verkündeten, in welchen Sälen die Verhandlungen anberaumt waren. Der Schlafmangel saß ihm in den Gliedern, drei Tassen Kaffee als Mittagessen hatten keine Abhilfe geschaffen.

Seine Verhandlung begann in einer Viertelstunde in Saal 14. Die Staatsanwaltschaft gegen Linda irgendwas, den Nachnamen hatte er vergessen. Er war der Frau nie persönlich begegnet, dafür war keine Zeit gewesen. Sie hatte ihm eine E-Mail geschrieben, in der sie ihm mitgeteilt hatte, dass sie dieses Schwein (ihre Wortwahl) sehr wohl geschlagen hatte, weil er es nicht anders verdient hatte. Das entsprach vermutlich sogar der Wahrheit, aber es gab ihm nichts an die Hand, um seine Verteidigung aufzubauen. Das Einzige, was er tun konnte, war, dem Richter verständlich zu machen, *warum* das Schwein es verdient hatte, und darauf zu hoffen, dass der Grund schlimm genug war, um das Strafmaß zu mindern. Auf Notwehr zu plädieren, wäre dann doch zu viel des Optimismus gewesen.

Um sich wach zu halten, zog er sein Handy aus der Innentasche seiner Anzugjacke und loggte sich in seinen E-Mail-Account ein. Eine E-Mail kam von einer Anwältin namens

Johanna Granwall, die Betreffzeile lautete: *Gütertrennungsvereinbarung*. Misstrauisch äugte er auf das Display und öffnete die Nachricht. Sie betraf keine berufliche Angelegenheit, sondern eine persönliche. Die Absenderin stellte sich übertrieben förmlich als Jessika Lööfs Rechtsberaterin in der Scheidungsangelegenheit Lööf – Silver vor und übersandte ihm auf diesem Wege (im Anhang) einen Entwurf der Gütertrennungsvereinbarung zur Durchsicht und Stellungnahme.

Der Ton der E-Mail und Jessikas Verhalten gestern Abend sprachen dafür, dass von ihm erwartet wurde, dem Inhalt des Entwurfs zuzustimmen, gleichgültig, ob er Einwände hatte oder nicht. Die Anwaltskanzlei war bekannt für ihre Kompetenz in Familienrechtsfällen. Er wusste, dass er sich auf dünnem Eis bewegte. Im Familienrecht kannte er sich zwar kaum aus, aber seine Kenntnisse genügten, um zu erkennen, dass die Gütertrennungsvereinbarung, die ihm ins Gesicht leuchtete, ein ganz anderes Format besaß als der Entwurf, den er zusammengeschustert hatte. Der Vertrag war bis ins kleinste Detail ausgefeilt.

Das Einzige, was ihm hier noch zugestanden wurde, war das Recht, sein eigenes Anwaltsbüro weiter in den Konkurs zu treiben; weit entfernt von finanziellen Mitteln, die es ihm ermöglichten, eine neue Wohnung in einer Gegend zu finden, in der er sich vorstellen konnte zu wohnen.

Robert bekam einen Tunnelblick, ihm wurde schwindelig. Vor den Fenstern stand eine Stuhlreihe. Blinzelnd sank er auf einen Sitz, schloss die Augen, verbarg das Gesicht in den Händen und versuchte, seine Nerven in den Griff zu bekommen. Sein Herz hämmerte gegen die Rippen, beruhigte sich aber, als er sich auf seine Atmung konzentrierte. Er würde dieses Tief überstehen. Das Schlimmste war bald vorbei, und früher oder später würde er wieder lachen können, auch wenn sein letztes Lachen so lange zurücklag, dass er kaum noch wusste, wie das ging.

Sein Handy vibrierte. Er öffnete die Augen und sah, dass ihm jemand eine SMS geschickt hatte. Das war ungewöhnlich, normalerweise erhielt er E-Mails. Mit einem Anflug von Panik klickte er die Nachricht an.

»Was zur Hölle?!«, fluchte er laut. Rasch blickte er sich um, ob jemand seinen Ausruf gehört hatte. Doch niemand schien reagiert zu haben. Er las die Textnachricht ein zweites Mal.

Es war ein Foto, ein Screenshot aus dem Internet. Von einem bräunlichen Skelett in einer roten Mädchenjacke. Das Bild, das gestern in sämtlichen Nachrichten zu sehen gewesen war. Die Tatsache, dass es jemand direkt auf sein Handy geschickt hatte, ließ seinen Mund trocken werden, während er die knappe Begleitzeile las.

Du weißt, wer das ist.

Was hatte das zu bedeuten? Als jemand ihm vorsichtig auf die Schulter tippte, schrak er zusammen und presste das Display instinktiv an die Brust.

»Entschuldigung«, sagte eine zierliche junge Frau mit einem Piercing in der Unterlippe. »Ich wollte Sie nicht erschrecken, aber sind Sie vielleicht mein Anwalt?«

14

Kristina schloss sich im Badezimmer ein, zog ihr Handy aus der Hosentasche und scrollte durch die Nachrichten. Freunde und Bekannte zeigten sich entsetzt von Miras Verschwinden. Wer tat einem kleinen Mädchen so etwas an? Und dieses Skelett, das in Miras Jacke gefunden worden war – was hatte das zu bedeuten?

Kristina las einige Nachrichten, ignorierte andere und löschte etliche gleich. Das, wonach sie suchte, war nicht dabei.

Sie sank auf den Toilettendeckel und vergrub den Kopf in den Händen. Ihre Augen brannten vom vielen Weinen. Sie waren gerötet und ihre Lider geschwollen. Die psychischen Strapazen der letzten Tage machten sich bemerkbar. Selbst das Atmen fiel ihr schwer, aber sie musste durchhalten. *Wie lange hielt Mira durch?* Sie presste die Kiefer so fest aufeinander, dass ihre Backenzähne knirschten.

Kristina tippte in der Kontaktliste auf den gesuchten Namen, und während es in der Leitung klingelte, stellte sie die Dusche an, damit Johan nicht hörte, dass sie telefonierte. Nach drei Klingelzeichen meldete sich eine Frauenstimme.

»Maria hier.« Sie klang überrascht, möglicherweise alarmiert, obwohl sie früher oder später mit Kristinas Anruf gerechnet haben musste.

»Ich bin's«, sagte Kristina.

»Ich weiß. Was ist passiert?«

»Das, was nicht hätte passieren dürfen«, antwortete Kristina.

Maria Andersson stieß am anderen Ende der Leitung einen tiefen Seufzer aus. »Das ist unmöglich. Niemand weiß davon. Wie sollte es jemand erfahren haben?«

Kristina hätte am liebsten gelacht. Obwohl Maria Polizistin geworden war, war sie noch genauso naiv wie damals als Zwölfjährige, als es passiert war. Die blauäugige, brave Maria schien keinen Tag älter geworden zu sein. Sie war noch immer das kleine Mädchen, das Regeln für unverbrüchlich hielt wie magisch besiegelte Schwüre.

»Wir wissen es«, sagte Kristina.

»Ja, aber …«

»Einer von uns muss es jemandem erzählt haben. Die Frage ist nur, wer und wem.«

»Das würde keiner von uns tun!« Maria klang jetzt hörbar aufgebracht. »Wir haben es geschworen!«

»Ja, Maria. Wir haben es *geschworen.* Aber jemand hat sie ausgegraben und sie in die Jacke meiner Tochter gehüllt.« Kristinas Atem ging schnell und flach. Der warme Wasserdampf aus der Dusche machte die Luft feucht, und ein süßlicher Seifengeruch breitete sich im Bad aus. Das Herz schlug ihr bis zum Hals, als sie fortfuhr: »Das ist ein Notfall. Wir müssen uns treffen, alle vier. Wir müssen etwas unternehmen.«

»Nein«, erwiderte Maria. »Wir können uns nicht treffen, das ist ausgeschlossen. Außerdem ist gar nicht gesagt, dass es *ihr* Skelett ist. Es könnte jemand anderes sein, wer auch immer.«

Kristina schüttelte den Kopf. »Wer sollte es sonst sein? Denk nach, wie viele Skelette, glaubst du, sind in den Wäldern rings um Trollhättan vergraben?«

»Mehr, als du glaubst«, erwiderte Maria. »Können wir nicht warten, bis wir mehr wissen?«

»Kapierst du nicht?«, zischte Kristina. »Wer auch immer dieses Skelett im Wald platziert hat, hat meine Tochter entführt. Wir haben keine Zeit zu warten, wir müssen handeln. Sofort, bevor es zu spät ist.«

Maria schwieg.

»Bist du noch da?«, fragte Kristina.

Es knisterte in der Leitung, dann antwortete Maria. »Okay.«

»Gut.« Kristinas Lippen umspielte ein Lächeln. »Hast du noch Kontakt zu Erik?«

»Ab und zu.« Maria seufzte wieder. »Ich versuche, ihn zu erreichen. Wenn er nüchtern ist. Aber du musst mit Robert reden.«

Kristina zögerte. Dann nickte sie, obwohl sie wusste, dass Maria es nicht sah. »In Ordnung.«

Sie legten auf. Kristina blieb mit dem Handy in der Hand sitzen, bis das Display erlosch.

Sie hatte Roberts Nummer. Dieser Anruf sollte nicht schwieriger sein als der bei Maria. Trotzdem brachte sie es nicht fertig, das Display zu entsperren, geschweige denn seine Nummer zu wählen.

Sie hatte seit zwölf Jahren nicht mehr mit Robert Silver gesprochen, ihn nicht gesehen, nichts von ihm gehört. Er war auch nicht zu ihren Klassentreffen gekommen. Ehemalige Mitschüler, die behaupteten, etwas von ihm zu wissen, hatten nur gesagt, dass er sich jetzt, wo er in dieser renommierten Anwaltskanzlei tonnenweise Kohle scheffelte, zu fein sei, um sich mit niederen Kreisen abzugeben. Vielleicht hatten sie recht. Robert war immer anders gewesen, seine Eloquenz, mit der er andere dazu brachte, das zu tun, was er wollte, war ihr nie geheuer gewesen. Er war nach dem Abitur aus Trollhättan weggegangen, um Jura zu studieren, und sie war in ihre Fantasiewelt aus Büchern und Verbrechen abgetaucht. Sie hatte Johan kennengelernt, während Roberts Facebook-Seite von Fotos mit einer blonden Beautyqueen überquoll, die nach Geld und Sex duftete. Die einzigen Dinge, die Robert liebte.

Kristina versuchte, an Johan zu denken. Johan war das komplette Gegenteil von Robert: nett, zuverlässig, langweilig – aber er tat ihr gut. Er blieb bei ihr, trotz der Person, zu der sie wurde, wenn die Flasche die Oberhand gewann und sie sich wie die Diva aufführte, als die die Boulevardpresse sie zeichnete. Und er war ein guter Vater für Mira. Das wäre Robert niemals gewesen.

Kristina gab sich einen Ruck und entsperrte das Telefon. Sie konnte nicht ewig vorgeben zu duschen, Johan würde misstrauisch werden. Ihre Kiefer verkrampften sich, und sie atmete stoßweise durch die Nase, während sie die Scham überwand und Roberts Nummer wählte.

15

Nach dem Aufeinandertreffen mit Jörgen waren Eriks Beine weich wie Pudding. Auf dem Rückweg blickte er alle paar Meter über die Schulter zurück, doch es schien ihm niemand zu folgen. Als er sein Wohnviertel erreichte, beschloss er, einkaufen zu gehen. Im Eingangsbereich des Supermarkts stand ein Stapel Einkaufskörbe. Bis er schnallte, dass die Körbe vier Rollen und zwei Griffe hatten, einen zum Tragen und einem zum Ziehen, hatte er fast den kompletten Stapel zum Einsturz gebracht. Wütend schüttelte er den Kopf über sich selbst. Er sollte wissen, wie das ging. Er hatte Körbe wie diese schon benutzt, doch in diesem Moment kamen sie ihm vor wie eine neue Erfindung. Genau wie sein gesamtes Leben. Die Nerven gingen mit ihm durch. Trotz Jonas' Zuspruch plagten ihn noch immer Zweifel. Aber er weigerte sich aufzugeben. Er würde sein neues Leben bewältigen, koste es, was es wolle. Ein Leben ohne Drogen und Alkohol, ohne Angst und ohne falsche Freunde, die sich nur meldeten, wenn er Alk hatte. Oder Kohle.

Ein Leben ohne Schuld.

Beim letzten Gedanken schluckte er schwer. Das war ein Wunschtraum. Er würde nie ein Leben ohne Schuld führen.

Die Rollen des Einkaufskorbs quietschten, als er ihn hinter sich her zog. Sein Blick wanderte über die Regale, als wüsste er ganz genau, wonach er suchte. Dabei hatte er keinen blassen Schimmer. Er brauchte Lebensmittel, aber er hatte keine Fantasie, keine Rezepte. Während er nachdachte, ging er in die Obst- und Gemüseabteilung und griff sich ein paar Tomaten. Tomaten aß er gerne.

Das erinnerte ihn daran, dass er auch gern Tomatensoße aß und Nudeln. Wieder wanderte sein Blick an den Regalreihen entlang, ohne dass er das Gewünschte fand. Dafür entdeckte er Brot. Große Packungen mit herrlich weichem Toastbrot.

Ehe er sichs versah, hatte er zwei Packungen in den Einkaufskorb gelegt. Und irgendwo im Milchregal musste auch Butter sein. Außerdem hatte Jonas gesagt, dass man im Supermarkt Gratisrezepte bekam. Erik lachte in sich hinein – dass er daran nicht gedacht hatte. Natürlich gab es im Supermarkt Rezepte – noch dazu für lau. Schließlich sollten die Leute die Zutaten kaufen.

Er kam sich vor wie jemand, der zum ersten Mal in seinem Leben einen Supermarkt von innen sah. Natürlich tat er das nicht, aber soweit er sich erinnern konnte, war es das erste Mal, dass er allein einkaufen ging, ohne Jonas oder einen der anderen Betreuer, die im Übergangsheim gearbeitet hatten. Immer war jemand dabei gewesen, der ihn angeleitet oder eine Idee für ein leckeres Gericht gehabt hatte. Jemand, der ihn abgelenkt hatte, wenn sie an den verführerischen Regalen mit Bier vorbeigegangen waren.

Fast jeden Abend hatten sie alle zusammen in der Gemeinschaftsküche des Übergangsheims gekocht, literweise Hackfleischsoße und kiloweise Spaghetti. Nach diesem Essen sehnte er sich. Während er zwischen den Regalen umherirrte und Dosen und Tüten herauszog, versuchte er, sich das Rezept in Erinnerung zu rufen.

Zwischendurch ging er zum Brotregal zurück und tauschte eine Packung Toastbrot gegen dunkles Vollkornbrot. Zeit, sich ein wenig gesünder zu ernähren, dachte er und nickte zufrieden.

Schließlich hatte er alle Zutaten zusammen, um Jonas' Hackfleischsoße zumindest annähernd nachzukochen. Er hatte ein Rezeptheft zum Mitnehmen eingesteckt und, sogleich inspiriert, Zutaten für eine Lasagne mit Oliven in den Korb gepackt, die lecker klang. Es machte ihm nichts aus, zwei, drei Tage hintereinander Pasta zu essen. Er durfte nicht mehr trinken und keine Tabletten mehr einwerfen, darauf kam es an.

Als er stolz von seinem randvollen Einkaufskorb aufblickte, fiel sein Blick auf schimmernde Dosenreihen. Er war bei den Versuchungen angelangt, Versuchungen, denen er nicht erliegen durfte. Trotzdem wurde sein Gaumen feucht. Im Supermarkt gab es zwar nur Lightbier, doch das war gefährlich genug. Er hatte das Zeug dosenweise gesoffen, nur um den winzigen Dusel zu spüren, den es bewirkte. Aber das würde er nicht mehr tun. Das war endgültig vorbei. Es *musste* endgültig vorbei sein.

Er nahm eine große Flasche Cola aus dem Regal und wandte der Gefahr rasch den Rücken zu. Dabei umklammerte er die

Plastikflasche so fest, dass die Kante des Schraubverschlusses schmerzhaft in seinen Zeigefinger schnitt. Erik atmete tief durch, sein Puls beruhigte sich. Das Gefühl, gesiegt zu haben, ergriff von ihm Besitz. Und das war besser als jeder Rausch. Er hatte der Versuchung widerstanden. Das würde er feiern, indem er heute Abend die ganze Flasche Cola trank. Das würde er sich gönnen.

Berauscht von seiner eigenen Willensstärke ging er zur Kasse und stellte sich in die Schlange. Sein Blick fiel auf den Zeitungsständer neben dem Warenband. Sämtliche Schlagzeilen kreisten um die Identität des Skeletts, das im Wald gefunden worden war und die Jacke des vermissten Mädchens getragen hatte. Wer hatte Mira Stare entführt? Fotos eines lachenden zwölfjährigen Mädchens standen im morbiden Gegensatz zu den Bildern eines bräunlichen Schädels, der aus der Kapuze einer leuchtend roten Kinderjacke hervorlugte.

Ein Tsunami aus Schuldgefühlen überflutete ihn. Er presste die Kiefer aufeinander, bis die Schlagzeilen aus seinem Blickfeld verschwanden, und begann, seine Einkäufe aufs Band zu packen. Er konnte nichts tun.

Was geschehen war, war geschehen.

16

Robert starrte auf den Brief vom Amtsgericht, der mit der Post gekommen war. Nachdem er einen Tag lang bei Regen im Briefkasten gelegen hatte, war der ursprünglich blütenweiße Umschlag durchweicht und wellig. Robert ließ ihn auf den Küchentisch fallen und sank auf einen Stuhl.

Draußen war es noch hell. Der Wind trieb einen letzten Regenschauer gegen das Fenster, dann riss die Wolkendecke auf. Meereslicht ist speziell, dachte Robert. Das blasse, klare Licht über der endlosen Weite des Wassers war besonders.

Sobald das Haus verkauft war, würde er diesen Anblick nicht mehr genießen können. Er hatte keine Ahnung, wo er dann wohnen würde. Das Einzige, was er wusste, war, dass seine Tage im Haus gezählt waren.

Der Brief starrte ihn vom Küchentisch aus an, schrie förmlich danach, geöffnet zu werden. Robert weigerte sich. Er wusste ganz genau, was er enthielt. Er wünschte, er könnte weinen, aber seine Augen waren trocken. Tränen würden den Druck ein wenig lindern, doch nicht einmal dieser winzige Trost war ihm vergönnt.

Er stand auf, nahm einen Kaffeebecher aus dem Küchenschrank, öffnete die Terrassentür und stellte den Becher auf der

Stufe davor ab. Dann hockte er sich daneben, zog die Knie an die Brust, lehnte den Rücken gegen den Türrahmen und betrachtete die Aussicht, die er bald verlieren würde. Sie hatten den Außenbereich mit Granitplatten gepflastert, komplett, bis zu der hochwertigen Outdoorküche mit integriertem Gasgrill. Hinter der penibel gemähten Rasenfläche konnte er die Sonnenuntergänge über Göteborgs Königlichem Jachtclub bewundern und weit aufs Meer hinausblicken, bis zu den Inseln des Schärengartens am Horizont. Ein kalter Wind wehte vom Meer herüber und fuhr ihm durch die Haare. Die Wolkendecke zog wieder zu. Der nächste Regenschauer kündigte sich an. Robert spürte, wie die Kälte der Steinstufe durch seine Anzughose drang.

Ich muss mich mit dem Schlussstrich abfinden, dachte er. Mit vor schlechtem Gewissen zitternden Fingern pfriemelte er die Folie von einer Zigarettenschachtel. Er hatte keine Ahnung, warum er sich deshalb so sehr schämte, aber er tat es. Um nicht von etwaigen Bekannten ertappt zu werden, war er extra zu einer Tankstelle in Partille gefahren. Als würde er Drogen kaufen.

Robert schob eine Zigarette zwischen die Lippen und mühte sich dann mit etlichen Streichhölzern ab, um sie anzuzünden. Das erste Streichholz erlosch, bevor es seinen Zweck erfüllte. Das zweite brach ab. Verstohlen blickte er sich um. Wie ein Teenager, der heimlich paffte. Schließlich gelang es ihm, die Zigarette anzustecken, und er nahm den ersten tiefen Zug seit ewigen Zeiten. Er hatte keine Ahnung, welche Linderung er erwartet hatte, doch sie stellte sich nicht ein. Das Einzige, was er spürte, war sein Versagen, das in ihm wuchs und wuchs wie ein hungriger Parasit.

In der Hoffnung, es würde etwas verändern, inhalierte er einen zweiten tiefen Zug, dann begann es zu regnen.

»Scheiße«, fluchte er, hustete den Rauch aus seinen Lungen und drückte die halb gerauchte Kippe in den Kaffeebecher, wo sie durchbrach und erlosch. Robert legte den Kopf in den Nacken und ließ die eiskalten Regentropfen auf sein Gesicht prasseln. Über den Dächern erklang anschwellendes Möwengeschrei, als wollten die Viecher sich gegenseitig übertönen. Robert kniff die Augen zu und wünschte, er hätte ein Luftgewehr, um sie abzuknallen.

Fröstelnd wischte er sich den Regen aus dem Gesicht und stand auf, um ins Haus zu gehen. In dem Moment klingelte sein Handy in der Hosentasche. Er angelte es hervor. Jessika. Die Person, mit der er gerade am allerwenigsten reden wollte. Aber ihm blieb wohl keine Wahl.

»Hallo?«, meldete er sich.

»Hallo«, erwiderte sie kühl. »Meine Anwältin sagt, du antwortest nicht auf ihre E-Mails. Was bezweckst du damit?«

»Nichts, ich hatte einfach keine Zeit«, log er und schielte auf den Brief vom Amtsgericht, der noch immer ungeöffnet auf dem Küchentisch lag.

»Komm nicht auf die Idee, die Sache zu verzögern«, sagte Jessika mit Eiseskälte in der Stimme. »Du weißt, dass kein Weg daran vorbeiführt. Verschleppungstaktiken kannst du dir sparen.«

»Ich war nicht derjenige, der die Scheidung eingereicht hat«, erwiderte er und zog die Terrassentür hinter sich zu. Der Becher mit der Zigarettenkippe konnte bleiben, wo er war. Wen kümmerte es? Ihn nicht.

»Spiel nicht das Unschuldslamm.«

»Was zum Teufel soll das heißen?«

»Tja, streng deine grauen Zellen ruhig ein wenig an, aber wie auch immer. Meine Anwältin hat dir eine neue Gütertrennungsvereinbarung gemailt. Ich will, dass du sie durchliest und dich diese Woche noch dazu äußerst, sonst werde ich ihren Rat befolgen und eine Schiedsperson hinzuziehen. Hast du mich verstanden?«

Robert hörte Jessika nicht mehr zu. Sein Blick haftete auf dem ungeöffneten Brief. Er enthielt den Beweis seines Versagens. Das Scheidungsurteil, das in gestelztem Amtsschwedisch bestätigte, dass er rausgevotet, abserviert und beiseitegeworfen worden war wie ein alter Lumpen.

»Ich habe dich verstanden«, sagte er abwesend.

»Du hörst nicht einmal zu«, erwiderte Jessika. »Ich kenne dich. Ich weiß, wie du …«

Jessika hatte recht. Er hörte nicht zu. Er hörte nicht, was sie sagte, obwohl er das Telefon an sein Ohr hielt. Heute gab es nichts mehr zu sagen. Er ließ das Handy sinken und legte auf, blieb mit dem Telefon in der Hand am Küchentisch stehen und ließ es klingeln, als Jessika erneut anrief.

Aus alter Gewohnheit schob er das Handy in die Innentasche seiner Anzugjacke und zog die Terrassentür wieder auf. Inzwischen goss es in Strömen, aber das war ihm egal. Er drehte sich aus dem Wind und zündete sich eine neue Zigarette an.

Diesmal erfüllte sie ihren Zweck. Nikotin flutete durch seine Adern und verdrängte das Gedankenchaos. Aggressiv sog er den Rauch in die Lungen, bis der Filter ihm die Lippen verbrannte. Dann ging er zurück in die Küche und kramte eine Flasche Whisky hervor. Der Schraubverschluss fiel zu Boden. Er setzte die Flasche an den Hals und nahm einige kräftige Schlucke, dann sank er auf einen Stuhl. Dort blieb er sitzen, bis es draußen dunkel zu werden begann und in den Nachbarhäusern das Licht anging. Als die Dämmerungssensoren auf ihrem Grundstück ansprangen, tauchten die Fassadenleuchten den Garten in warmes Licht.

Seufzend hob Robert eine Ecke des Briefumschlags an. Sie allein kam ihm schwer wie Blei vor. Er ließ den Umschlag wieder fallen. Seine Fingerspitzen kribbelten, als hätte das Papier ihm einen elektrischen Schlag versetzt. Er spürte ein Vibrieren in der Brust und war einen Moment lang felsenfest überzeugt, einen Herzinfarkt zu erleiden, bis er begriff, dass sein Handy in der Innentasche seiner Anzugjacke klingelte. Die Nummer auf dem Display sagte ihm nichts.

Kopfschüttelnd legte er das Handy auf den Tisch. Es klingelte weiter, länger als üblich. Er starrte es an, bis es verstummte. Doch es legte nur eine kurze Pause ein, dann klingelte es wieder. Dieselbe Nummer.

Wer auch immer ihn sprechen wollte, hartnäckig war die Person jedenfalls. Widerstrebend griff er nach dem Handy und meldete sich, im festen Glauben, es handele sich um einen Telefonverkäufer.

»Hallo?«, fragte eine Frau am anderen Ende der Leitung. Ihre Stimme kam ihm vage bekannt vor, aber er konnte sie nicht einordnen. »Spreche ich mit Robert?«

»Wer möchte das wissen?« Er hatte einen Kloß im Hals.

Die Frauenstimme am anderen Ende zögerte. Als sie antwortete, zuckte er unwillkürlich zusammen. »Hier ist Kristina. Kristina Stare.«

17

Kristina Stare? Was zum Teufel wollte sie von ihm? Sie hatten seit Ewigkeiten nichts mehr voneinander gehört. Er hatte sie fast aus seinem Gedächtnis gestrichen. Aber nur fast. Ganz würde er sie nie vergessen können. Seine Gedanken rasten. War es nicht genug, dass die Scheidung sein Leben zerstörte, musste jetzt auch noch die Vergangenheit an seine Tür klopfen?

Der Gedanke an Kristina Stare rief Erinnerungen wach. Sie war schon immer eine Schönheit gewesen, und auf ihren Autorenfotos sah sie fantastisch aus, auch wenn die Bilder bestimmt retuschiert waren. Aber was machte das schon? Was sie anfasste, wurde zu Gold. Sie hatte eine glanzvolle Karriere und vermutlich eine wundervolle Familie. Er dagegen stand mit dem Rücken zur Wand.

»Was willst du?«, fragte er. Die Worte kamen ihm so mühselig über die Lippen, als hätte er einen Klumpen Lehm im Mund.

»Wir müssen reden, Robert. Wir müssen uns so schnell wie möglich treffen.«

»Warum? Worüber sollten wir reden?«

Kristina zögerte. »Hast du in den letzten Tagen Nachrichten gesehen?«

»Nicht wirklich.« Die bohrende Unruhe in seiner Magengrube kehrte zurück. *Sie haben ein Skelett gefunden.*

»Und du hast keine SMS bekommen?« Kristinas Stimme war jetzt leiser, als flüsterte sie in den Hörer.

Die Textnachricht blitzte auf seiner Netzhaut auf. *Du weißt, wer das ist.* »Wovon sprichst du?«, fragte er, nachdem er Luft geholt hatte.

»Ich habe eine SMS bekommen«, sagte Kristina. »Mit einem Foto von dem Skelett. Maria hat sie auch gekriegt.«

Roberts Hand begann zu zittern. Er zögerte, dann fragte er: »Was ist mit Erik?«

»Keine Ahnung. Ich denke, er hat sie auch bekommen, aber wir haben ihn noch nicht erreicht. Du verstehst doch, was das bedeutet?«

»Was mich betrifft, bedeutet es rein gar nichts.« Roberts Blick fiel auf den Brief vom Amtsgericht. »Ich habe andere Sorgen.«

»*Verflucht*, Robert.« Irgendetwas in Kristinas Stimme schien zu zerbrechen. »Meine Tochter ist verschwunden. Verstehst du, was ich sage? *Mira ist verschwunden.*«

»Und was soll ich dagegen tun? Das ist Sache der Polizei. Die müssen ihre Arbeit machen und sie finden.«

»Ich habe dich nicht so blasiert in Erinnerung. Aber hättest du die Nachrichten eingeschaltet, würdest du wissen, dass dieses Skelett, das im Wald gefunden wurde, Miras Jacke getragen hat. Begreifst du nicht, was das bedeutet?« Roberts Fingerspitzen pulsierten, als Kristina fortfuhr. »Es bedeutet, dass der Absender Mira in seiner Gewalt hat. Und diese Person weiß, was passiert ist. Wir können die Nachricht nicht ignorieren. Wir müssen reden. Alle vier.«

»Darüber zu reden, ändert nicht das Geringste«, sagte er. Die Küche schrumpfte, die Wände rückten auf ihn zu, und sein Kopf drehte sich. »Wir haben eine Abmachung getroffen. Es gibt nichts zu reden.«

»Robert, bitte, wir müssen uns treffen.«

Er blickte aus dem Fenster. Die Regentropfen auf der Scheibe glänzten im Licht, das aus dem Wohnzimmerfenster der Nachbarn drang. Sie saßen vor dem Fernseher. »Nein«, erwiderte er schroff. Um das Schwindelgefühl aus seinem Kopf zu vertreiben, stützte er die Stirn in die freie Hand. »Es tut mir wirklich leid, dass Mira verschwunden ist. Aber ich kann dir nicht helfen. Ich habe meine eigenen Sorgen, und diese SMS ändert nichts. Sie *bedeutet* nichts. So lange wir uns an unsere Abmachung halten, kann nichts passieren.«

»Aber es *ist* schon etwas passiert«, entgegnete Kristina mit Nachdruck. Es geht nicht nur noch um uns vier. Es geht um *Mira*.«

»Es tut mir leid«, wiederholte Robert. »Wir werden nicht weiter darüber reden.« Er legte auf.

Kristina rief wieder an, aber er nahm nicht ab, ignorierte sie genau wie Jessika. Das Einzige, was er wollte, war, sich einsam in seinem Elend zu suhlen. Er legte das Telefon mit dem Display nach unten auf den Küchentisch und ließ es klingeln, während er zum x-ten Mal auf den Brief vom Amtsgericht starrte. Als das Handy schließlich verstummte, ging er hoch ins Schlafzimmer und legte sich angezogen, wie er war, in das ungemachte Bett.

Stöhnend schloss er die Augen. Es musste furchtbar sein, das eigene Kind in den Händen eines Entführers zu wissen. Er sollte Kristina helfen. Es gab so vieles, was er tun sollte, wozu ihm aber, wegen all der Dinge, die in seinem Leben schiefliefen, die Kraft fehlte.

Trotzdem wurde er das Bild von diesem Skelett nicht los. Wie lange würde es dauern, bis die Polizei anfing, in Annas Vermisstenfall herumzustochern? Wie lange, bis jemand Fragen stellte? Er für seinen Teil konnte einen kühlen Kopf bewahren. Davon war er überzeugt. Aber die anderen?

Irgendjemand würde auspacken. Möglicherweise hatte er oder sie es längst getan.

Das durfte nicht passieren. Es durfte einfach nicht passieren. Wenn die Wahrheit über Anna Fridhemsson ans Licht käme, würde er auch noch das wenige verlieren, was ihm geblieben war.

18

Maria blickte aus dem Fenster. Im Dunkeln war ihr kleines Rasenviereck von gräulich grüner Farbe und glich eher feuchtem Kunstrasen als Gras. Der Asphalt glänzte schwarz im Schein der Straßenlaternen. Das Licht flackerte leicht und gab ihr das Gefühl, in der Kulisse eines Low-Budget-Thrillers zu stehen. Schaudernd wich sie vom Fenster zurück.

Mistel maunzte und stupste ihr auffordernd ans Schienbein. Maria nahm sie auf den Arm und küsste sie zwischen die Ohren. »Alles gut, meine Süße, alles wird wieder gut«, murmelte sie. Mistel begann zu schnurren, und das kehlige Geräusch beruhigte ihre überspannten Nerven, bis sie eine dunkel gekleidete Gestalt entdeckte, die durch den Regen hastete und in ihre Einfahrt einbog.

Einen Augenblick später hallte der schrille Ton der Türklingel durchs Haus. Als sie in die Diele ging, um zu öffnen, behielt sie Mistel wie einen Schutzschild auf dem Arm. Die Katze zappelte leicht, machte aber keine Anstalten herunterzuspringen. Sie starrte an der Besucherin vorbei in den Regen hinaus und beschloss offenbar, dass es klüger war, ihren gemütlichen Platz auf Marias Arm nicht zu verlassen.

»Komm rein«, sagte Maria und schloss rasch die Tür hinter Kristina.

Kristina nahm ihre Kapuze ab.

»Was für ein Mistwetter«, prustete sie und hängte ihre Jacke an die Garderobe. »Nicht mal die Katze will vor die Tür.«

»Hat dich irgendwer gesehen?« Maria setzte Mistel auf den Fußboden und verschränkte die Arme vor der Brust.

»Nein.«

Maria sah Kristina mitfühlend an. »Ich hoffe, deine Tochter wird bald gefunden.«

»Danke«, sagte Kristina. »Aber wie furchtbar Miras Verschwinden auch ist, ich fürchte, dahinter verbirgt sich eine weitaus größere Geschichte.«

Maria nickte nervös. »Komm, ich koche uns einen Tee, wenn du möchtest.«

»Das ist nicht nötig. Ich kann nicht lange bleiben.«

»Es macht keine Umstände. Ich wollte sowieso gerade einen Tee trinken.« Maria ging in die Küche. Sie brauchte etwas, an dem sie sich festhalten konnte, ein Stück Geborgenheit. Tee erfüllte dieses Bedürfnis. Kristina hingegen machte ihr Angst. Trotzdem war sie fast die gesamte Schulzeit mit ihr befreundet gewesen. Sie nahm zwei Becher aus dem Schrank und füllte lose Teeblätter in ein Teesieb. Doch nicht einmal der milde Darjeelingduft beruhigte sie. Ihre Hände zitterten, und eine ganze Menge Teeblätter fielen daneben. Sie hängte das Teesieb in die alte geblümte Porzellankanne und fegte die verschütteten Teeblätter von der Arbeitsfläche in die Spüle.

Kristina setzte sich an den Küchentisch. »Es tut mir wirklich leid, dass wir uns unter diesen Umständen wiedersehen. Nach all der langen Zeit.« Sie stützte die Stirn in die Hände und holte tief Luft. »Am besten, ich komme gleich zur Sache. Ich weiß, dass wir geschworen haben, niemals darüber zu reden, was damals geschehen ist, aber ich fürchte, wir haben keine andere Wahl.«

Maria, die gerade Wasser in den Wasserkocher füllen wollte, hielt mitten in der Bewegung inne. Kristinas Worte durchfuhren sie wie ein Blitz. Das, was damals geschehen war. Worüber sie nie wieder hatten sprechen wollen. Natürlich hatte sie befürchtet, dass *das* der Grund für Kristinas Besuch war, aber bis zu diesem Moment hatte sie die schwache Hoffnung gehegt, dass etwas anderes dahintersteckte. Sie hatte immer gewusst, dass das Ereignis sie eines Tages einholen würde, dieses Wissen aber tief in ihrem Bewusstsein vergraben. Maria Andersson hielt ihre Versprechen. Sie hielt Regeln ein. Das machte sie zu einer guten Polizistin. Einer guten Verkehrspolizistin, die keinen Raum für sich beanspruchte und unnötige Konflikte vermied. Sie füllte den Wasserkocher und schaltete ihn ein. Dann drehte sie sich zu Kristina um. »Ich weiß«, sagte sie mit einem Seufzer. »Seit es geschehen ist, habe ich mich vor diesem Tag gefürchtet.«

»Mir geht es genauso. Es vergeht keine Nacht, in der ich nicht ihre Augen vor mir sehe. Wie das Licht in ihnen erlischt, während sie mich ansieht. Aber wir hätten nichts tun können, niemand hätte das, ich hoffe, das ist dir klar.«

Maria schüttelte den Kopf. »Ich will nicht darüber reden.«

»Nein.«

Sie sahen sich eine Weile schweigend an. »Wissen wir, dass es wirklich ihre Überreste sind?«, sagte Maria schließlich. »Ich meine, wir wissen doch nur, dass es sich um einen Knochenfund handelt.«

»Natürlich ist es *Anna*«, erwiderte Kristina. »Wer sonst sollte es sein?«

Der Gedanke an Anna verursachte Maria körperliche Schmerzen. Anna war ihre Freundin gewesen. Wenn sie, Maria, damals wie vereinbart allein zum Treffpunkt gekommen wäre, wäre nichts passiert.

Sie schüttelte heftig den Kopf. »Wir können es nicht wissen. Die Person, die deine Tochter entführt hat, kann doch ein anderes Skelett ausgegraben haben. Es muss nicht zwangsläufig …« Maria konnte den Satz nicht beenden. Ihren Namen nicht aussprechen.

»Warum sollte der Entführer die SMS an jeden von uns schicken, wenn er es nur auf *mich* abgesehen hätte? Wie sollte er überhaupt wissen, dass wir uns kennen, wenn er nicht wüsste, was damals passiert ist?«

Maria schnappte nach Luft. Der Wasserkocher begann zu brodeln und schaltete sich mit einem Klicken aus. »Aber wer außer uns sollte davon wissen? Ich meine, du und ich, wir würden *nie* … Und warum sollten Robert oder Erik so etwas tun?«

»Nein, wir beide würden es nicht tun«, sagte Kristina. »Aber wenn es keiner von uns vieren ist, wer sollte auf die Idee kommen, unser Geheimnis gegen uns zu verwenden?«

»Ich weiß es nicht.« Maria goss kochendes Wasser über das Teesieb und legte den Deckel auf die Kanne. Aromatischer Teeduft stieg ihr in die Nase. »Aber es muss jemand anderes sein. Keiner von uns vieren hätte einen Grund, deine Tochter zu entführen. Das ergibt keinen Sinn.«

»Er ist schon lange nicht mehr zurechnungsfähig, Maria.« Kristina machte eine Pause und zog eine Augenbraue hoch. »Das weißt du. Er ist nie damit klargekommen.«

Maria wusste, wen Kristina meinte. Erik Stiernström. Vor jenem Ereignis war Erik der Überflieger ihrer Klasse gewesen, ein Einserschüler, in den dazu noch alle Mädchen verknallt gewesen waren. Doch danach war es mit ihm bergab gegangen. Sie waren kaum in die Mittelstufe gekommen, als er anfing, Alkohol und Drogen zu konsumieren. Heute war er stadtbekannt. Nicht weil er etwas Großes geleistet hatte, sondern weil er zu den Saufbrüdern gehörte, die tagsüber lauwarmes Dosenbier auf dem Karl Johans Torg soffen.

Maria verspürte eine Woge an Zuneigung, als sie an Erik dachte. Er hatte Besseres verdient. Sie hatte versucht, ihm zu helfen. Hin und wieder war sie zu ihm durchgedrungen, doch meistens hatte er wie ein trotziges Kind den Blick abgewandt und die Ohren auf Durchzug gestellt. Vielleicht gerade weil das Hilfsangebot von ihr gekommen war. Doch sie hatte ihn schon länger nicht mehr auf der Straße gesehen.

»Was Erik angeht, habe ich mich unauffällig bei meinen Kollegen umgehört. Offenbar hat er einen Entzug gemacht und ist seit einiger Zeit clean«, sagte sie.

Kristina schnaubte. »Das glaube ich erst, wenn ich es sehe. Hast du mit ihm gesprochen?«

»Noch nicht. Was sollen wir tun?«

»Ich brauche Gewissheit.« Kristina starrte vor sich hin, während Maria Tee einschenkte. »Ich muss wissen, ob irgendein kranker Psychopath Annas Überreste in die Jacke meiner Tochter gesteckt hat.«

Marias Hände zitterten wieder. »Die Kriminaltechniker am Nationalen Forensischen Zentrum sind bestimmt schon dabei, die DNA auszuwerten. Wenn es ihre Überreste sind, werden wir es sicher bald aus den Nachrichten erfahren.«

»Darauf kann ich nicht warten. Meine Tochter ist in der Gewalt irgendeines kranken Psychopathen. Wenn Erik dahintersteckt, können wir sie vielleicht retten, lange bevor die Polizei eins und eins zusammenzählt, ohne zu riskieren, dass unser Geheimnis auffliegt. Verstehst du? Ich brauche *Gewissheit.*« Kristina schlug die Hände vors Gesicht. »Entschuldige«, schluchzte sie.

»Aber wie? Wir können sie doch nicht ausgraben.«

Kristina hob den Kopf, und Maria begegnete ihrem verzweifelten Blick. Das kann sie doch nicht ernsthaft vorhaben, dachte sie.

Kristina atmete tief ein. »Doch, das können wir. Und genau das müssen wir tun.«

»Nein.«

»Ist sie noch da, ist unser Geheimnis nach wie vor sicher. Ist das Grab leer, wissen wir, dass einer von uns vieren in Miras

Verschwinden verstrickt ist.« Kristina sah Maria mit verweinten Augen an. »Verstehst du? Wir müssen es tun.«

Maria schluckte schwer. Sie schüttelte den Kopf. »Ich kann das nicht. Es muss einen anderen Weg geben.«

19

Kristina hörte, wie Marias Gartentor hinter ihr zufiel. Sie zog ihre Kapuze über den Kopf und ging zwischen Pfützen hindurch zielstrebig heimwärts. Es war nicht ungewöhnlich, dass sie zu jeder Tages- und Nachtzeit spazieren ging. Das tat sie, solange sie zurückdenken konnte. Joggen war nichts für sie, aber lange Spaziergänge hielten sie fit, und währenddessen konnte sie ihren Gedanken nachhängen und Lösungen für Probleme in ihren Büchern austüfteln. Stand sie still, taten es auch ihre Geschichten.

Doch diesmal lag der Fall anders. Sie war bekannt wie ein bunter Hund. In einer Kleinstadt wie Trollhättan war es schwierig genug, anonym zu bleiben, für eine landesweit bekannte Kriminalschriftstellerin war es noch weitaus schwieriger. Insbesondere für eine landesweit bekannte Kriminalschriftstellerin, deren Tochter entführt worden war.

Sie hätte nicht aus dem Haus gehen sollen, aber nun war sie hier, spätabends, auf dem Heimweg von einem Gespräch, das sie auch nicht hätte führen sollen.

Sie befand sich in der Nähe des alten Wasserturms auf der Anhöhe neben der Stadtverwaltung unweit vom Marktplatz.

Der Wasserturm war vor vielen Jahren in Eigentumswohnungen umgewandelt worden, und hinter den hohen Fenstern leuchtete es anheimelnd. Ein Stück entfernt badete der Marktplatz in gleißendem Licht. Früher hatte hier der Busbahnhof gelegen, heute war der Platz, abgesehen von dem fehlplatzierten Gebäude, in dem ein Café untergebracht war, eine leere Platte. Der Sinn dieser Umgestaltung hatte sich ihr nie erschlossen, aber in diesem Moment war die Beleuchtung ein größeres Problem als die sinnbefreite Stadtplanung. Sie überquerte den Platz und passierte Buddy's Bowlinghalle & Pub. Die Bowlinghalle hatte noch geöffnet, aber an einem Werktag war dort für gewöhnlich nicht viel los. Hier war das Risiko, erkannt zu werden, geringer als auf dem Marktplatz. Nichtsdestotrotz beschleunigte sie ihre Schritte.

Dass Maria sich derart quergestellt hatte, ärgerte sie. Annas Grab allein zu öffnen, hatte keinen Sinn. Sie brauchte einen Zeugen. Mindestens einer von den anderen musste das leere Grab mit eigenen Augen sehen. Und Maria war diejenige, die am schnellsten nachgab. Ganz zu schweigen davon, dass sie die Einzige war, die ganz bestimmt nüchtern war.

Für sie alle stand etwas auf dem Spiel, wenn ihr Geheimnis ans Licht käme. Um herauszufinden, wer drohte, ihre persönliche Büchse der Pandora zu öffnen, waren sie aufeinander angewiesen. Ehe sie dieses Rätsel nicht lösten, lag Miras Rettung in weiter Ferne. Die Polizei tappte seit Tagen im Dunklen.

Als Kristina um eine Straßenecke bog, stieß sie mit einem Mann in Regenjacke zusammen, der einen erbarmungswürdig nassen Dackel spazieren führte. Ihr Puls schnellte in die Höhe. »Entschuldigung«, stieß sie hervor.

Der Dackel kläffte sie an. Sein Herrchen schüttelte den Kopf. »Können Sie nicht aufpassen?«, blaffte er irritiert.

Kristina hastete im Laufschritt davon. Hatte er ihr Gesicht gesehen? Sie schaute über die Schulter zurück. Der Mann blickte ihr nach, zeigte aber kein Zeichen des Erkennens. Doch sicher konnte sie nicht sein.

»Verdammt«, fluchte sie leise.

Ich muss mich besser vorsehen, dachte sie, während das Hotel Swania und die Klappbrücke in Sichtweite kamen. Sie musste in den kommenden Tagen öfter aus dem Haus gehen, und unerkannt zu bleiben, würde mit der Zeit nicht einfacher werden.

Ihre Gedanken kehrten zu Maria zurück. Maria war immer die Schwächste in ihrem Viererbund gewesen, aber zugleich die Loyalste. Solange es Regeln und Vorschriften gab, fühlte Maria sich sicher, wie absurd diese auch sein mochten. Schon in der Mittelstufe hatte Kristina diese Eigenschaft ausgenutzt, um Maria nach ihrer Pfeife tanzen zu lassen. Es war fast zu einfach gewesen. Heute war Maria nicht mehr ganz so leicht zu manipulieren wie damals, doch am Ende würde sie ihr Ziel erreichen, davon war Kristina überzeugt. Es durfte nur nicht *zu* lange dauern. Sie musste handeln, bevor der Schaden zu groß wurde. Sie sah Mira vor sich, blass und mit dunklen Ringen unter den Augen, an einem finsteren Ort. Allein der Gedanke verursachte ihr Seelenqualen.

Mittlerweile hatte sie das Stadtzentrum hinter sich gelassen. Als sie das alte Wachhäuschen der Klappbrücke passierte, glitt ihr Blick an den Straßenlaternen der Promenade auf der Halbinsel Spikön entlang. Sie liebte es, dort spazieren zu gehen, auf der schmalen Insel in der Mitte des Kanals. An Gästehafen, Eiscafé und dem großen Spielplatz vorbei, über die kleine Brücke zum Minigolfplatz und weiter bis zur Eisenbahnbrücke. Neben den Brückenpfeilern wuchsen hohe Bäume und Büsche, die im Sommer wunderschön blühten. Manchmal machte sie dort Pause, setzte sich auf eine der Bänke im Schatten und sog den Duft ein. Jetzt lagen die Bänke in ungemütlichem Herbstdunkel, und die spärlichen Straßenlaternen warfen mehr Schatten als Licht.

Sie lief den Hügel zur Insel hinunter, folgte dem Fußgängerweg und blickte zu den Eigentumswohnungen auf der Anhöhe hinauf, wo früher das Tanzlokal Gransäter seine Türen geöffnet hatte. Ihr Haus lag links neben den Eigentumswohnungen, im Fagerstrandsbacken. Gleich war sie zu Hause. Der bevorstehende Anruf bei Robert Silver bereitete ihr Unbehagen. Wenn sie an Robert dachte, glommen unliebsame Erinnerungen in ihr auf wie ein Schwelbrand im Gebälk nach einem missglückten Löscheinsatz.

Resolut schüttelte sie die Erinnerungen ab, schloss die Haustür auf und betrat die Diele. Johan kam aus dem Schlafzimmer und sah sie vorwurfsvoll an. »Wo warst du?«, fragte er.

»Spazieren«, antwortete sie und hängte ihre durchnässte Regenjacke an die Garderobe. »Ist etwas passiert?«

»Nein.« Johan seufzte. »Musst du mitten in der Nacht durch die Gegend laufen, gerade jetzt?«

Kristina seufzte ebenfalls und schloss die Augen. »Ja. Es tut mir leid, Liebling, aber ich ertrage es nicht, herumzusitzen und zu warten. Die Polizei ruft uns an, sobald sich etwas Neues ergibt.«

»Natürlich tun sie das. Aber ich brauche dich.«

Kristina ließ zu, dass Johan sie in den Arm nahm. »Ich verstehe dich«, sagte sie. »Ich werde es versuchen. Aber ich muss ab und zu an die frische Luft. Ich verspreche dir, dass ich in der Nähe bleibe.«

»Okay.« Johan holte tief Luft.

Kristina atmete erleichtert aus. Solange Johan nicht auf die Idee kam, sie zu begleiten, war alles unter Kontrolle.

20

Nachdem Kristina gegangen war, blieb Maria wie erstarrt am Küchentisch sitzen. Der Tee in ihren Händen erkaltete. Erinnerungen stürmten auf sie ein. Vergeblich versuchte sie, sie ins Unterbewusstsein zurückzudrängen. Sie waren wie diese Maulwürfe, die man in Vergnügungsparks mit einem Hammer auf den Kopf schlug, um sie in ihre Löcher zurückzutreiben. Whack-a-mole. Hatte man einen erledigt, tauchten drei neue auf.

Kristina will Anna Fridhemssons Leiche ausgraben. Der Gedanke trieb sauren Magensaft ihre Speiseröhre hinauf. Etwas Schlimmeres konnte sie sich nicht vorstellen. Sie hatte schon damals die Wahrheit sagen wollen. Es war ein Unfall gewesen, nicht einmal ein Spiel, das aus dem Ruder gelaufen war. Ein unglücklicher Sturz, ein Stein an der falschen Stelle, an einem Ort, der zu abgelegen gewesen war, um rechtzeitig Hilfe zu holen. Was hätten sie tun sollen? Es war so schnell gegangen. Hätten sie damals die Wahrheit gesagt, wäre die Zeit unmittelbar danach die Hölle geworden, aber auf lange Sicht hätte ihnen niemand einen Vorwurf machen können. Doch jetzt, nachdem sie fünfundzwanzig Jahre geschwiegen hatten?

Maria verabscheute sich dafür, dass sie sich nicht getraut hatte, sich gegen die anderen durchzusetzen. Dem Rettungsdienst zu erzählen, Anna sei in der Nähe des Kraftwerks in den Fluss gestürzt, war unverzeihlich. Sie hatte geschwiegen, während die anderen die Lüge in die Welt setzten, die sie vereinbart hatten. Maria war nicht imstande gewesen zu widersprechen, obwohl es *ihre* Freundin gewesen war, von der sie redeten. Weil sie *geschworen* hatte, den Mund zu halten. Und jetzt wollte Kristina die Wahrheit im wahrsten Sinne des Wortes ausgraben. Allein der Gedanke ließ sie vor Angst erstarren. Dabei hatte Kristina recht.

Es war spät, und Müdigkeit machte die Sache nicht besser. Versteinert, wie sie war, würde sie keine Lösung finden. Als sie aufstand, um den Teebecher in den Geschirrspüler zu räumen, erklang im Obergeschoss ein lautes Poltern. Mit wild pochendem Herzen fuhr Maria herum. Das Geräusch wiederholte sich nicht. Wahrscheinlich hatte Mistel irgendwas umgestoßen, es wäre nicht das erste Mal.

»Mistel?«, rief sie vom Fuß der Treppe. »Was hast du angestellt?«

Als Mistel nicht am oberen Absatz erschien, ging sie die Treppe hinauf, bis sie begriff, was passiert war. Ihre Schritte verloren an Kraft, und sie sackte nach vorn auf die Treppe, stieß sich an den Stufen schmerzhaft die Knie.

Die Zimmertür, die sie niemals auch nur anrührte, stand sperrangelweit offen. In dem Raum war es dunkel, nur ein mattes, graues Licht fiel durchs Fenster hinein. Physisch betrachtet war der Raum leer. Hinter der Tür befand sich nichts, nicht einmal der Teppich, der einmal auf den alten Dielen gelegen hatte, war noch da. Doch innerhalb seiner Wände hallten Erinnerungen wider. Und nun saß Mistel dort drinnen, mitten auf dem Fußboden. Hatte sie sich in den Kopf gesetzt, irgendwo hineinzukommen, sprang sie so lange an der Zimmertür hoch, bis sie die Klinke erreichte und sie mit der Pfote nach unten drückte. Diese Tür hatte sie noch nie geöffnet – bis heute.

»Mistel«, lockte Maria und trommelte mit den Fingern auf die Treppenstufe, was Mistel jedoch nur mit einem desinteressierten Blick quittierte.

Maria stand mit klopfendem Herzen auf. Sie musste Mistel aus dem Zimmer bekommen und die Tür schließen. Sie ertrug es nicht, sie offen stehen zu sehen. Mit weichen Knien ging sie in den Flur hinauf und stützte sich am Türrahmen ab, während sie sich weiter bemühte, Mistel aus dem Zimmer zu locken.

Die dicke Staubschicht auf dem Fußboden war von frischen Pfotenabdrücken durchzogen. Maria versuchte zu schlucken, aber ihr Mund war vollkommen ausgedörrt. Sie schloss die Augen und atmete dreimal tief durch, dann zwang sie sich, in den Raum hineinzugehen und Mistel auf den Arm zu nehmen, die verärgert maunzte.

Rasch trat Maria wieder in den Flur hinaus, schloss die Tür hinter sich und setzte Mistel auf den Fußboden.

»Dummes Tier«, schalt sie und strich Mistel über den Rücken. »Da darfst du nicht rein, verstehst du?«

Widerwillig drehte sie sich zur Tür und betrachtete das Schlüsselloch unter der Klinke. Der Schlüssel musste noch irgendwo sein. Besser, sie schloss die Tür in Zukunft ab, damit sich dieser Vorfall nicht wiederholte.

Maria sank auf den Fußboden, lehnte den Kopf an die Wand und berührte die Tür mit den Fingerspitzen.

»Verzeih mir, Mama«, flüsterte sie.

Mistel legte eine Pfote auf ihren Oberschenkel. Maria nahm die Katze auf den Arm und weinte in ihr weiches Fell.

DIENSTAG

Mira seit 4 Tagen vermisst

21

Die sanfte Klingelmelodie ihres Handyweckers holte Maria aus dem Schlaf. Sie öffnete die Augen und begegnete Mistels unergründlichem Katzenblick, mit dem sie sie vom Bettende aus beobachtete. Als sie nach unten ging, folgte Mistel ihr auf den Fersen. Maria füllte ihren Fressnapf und streichelte die grau getigerte Samtpfote, während diese ihr Frühstück verspeiste. Tarzan hockte unter dem Küchentisch und wartete wie üblich darauf, bis die Reihe an ihm war.

Sie hatten ihre Routinen, Maria und ihre vierbeinigen Mitbewohner. Mistel fraß morgens als Erste, Tarzan abends. Wenn er von seinen Streifzügen heimkehrte, schubste er Mistel resolut zur Seite, wenn sie gerade fraß, obwohl jedes Tier seinen eigenen Futternapf besaß und auch nur daraus fraß. Sooft es ihre Zeit erlaubte, frühstückte Maria gemeinsam mit ihren Katzen, mittags kochte sie nur selten, dann war sie meistens bei der Arbeit, und wenn sie abends nach Hause kam, machte sie sich einen Tee und aß ein Brot, genau wie morgens.

Das knuspernde Geräusch, mit dem Mistel ihr Trockenfutter verschlang, sandte eine wohlige Wärme durch Marias Körper. Lächelnd trank sie einen Schluck Tee, griff nach der

Fernbedienung und schaltete den Küchenfernseher ein, einen alten klobigen Apparat, genauso tief wie eine Mikrowelle, der fast die halbe Arbeitsfläche einnahm. Der Ton sprang schon an, während sich das Bild noch langsam aufbaute. Die Nachrichten erinnerten sie daran, dass es kein gewöhnlicher Morgen war. Der erste Bericht handelte von der inzwischen seit vier Tagen andauernden Suche nach Mira Stare und dem zwei Tage zurückliegenden Skelettfund. Maria erschauderte und stellte den Ton leiser.

Ihr Handy klingelte. Der Name »Kristina Stare« leuchtete auf dem Display. Maria zögerte, nahm aber schließlich ab.

»Ich muss Gewissheit haben«, flüsterte Kristina gepresst. Ihre Stimme hallte seltsam wider, als stünde sie in einem kahlen Raum.

»Wo bist du?«

»Was spielt das für eine Rolle?« Kristinas Flüstern wurde zu einem Zischen. »Im Badezimmer. Ich … ich will nicht, dass Johan hört, dass ich telefoniere.«

Maria nickte. Die Nachrichten waren inzwischen beim Wetter angelangt. Die Welt drehte sich weiter. Ein paar Minuten Aufmerksamkeit, und schon rückten neue Meldungen in den Fokus. Das anhaltende Regenwetter verursachte Hochwasser im Vänern und Überschwemmungen am Göta älv bis hoch nach Kungälv.

Kristina begann zu schluchzen. Durch den Widerhall klang es doppelt so laut. »Du musst mir helfen, Maria.«

Maria starrte auf das Fernsehbild. Derselbe Bericht, der

eben in den überregionalen Nachrichten gesendet worden war, wurde jetzt in den Lokalnachrichten wiederholt. Dieselbe Reporterin stand auf demselben Waldweg und sprach ins Mikrofon. Ein flaues Gefühl machte sich in Marias Magen bemerkbar. Sie schloss die Augen und bemühte sich, gleichmäßig zu atmen.

Sie wusste, dass sie keine Chance hatte. Kristina bekam immer ihren Willen, ob durch Bitten, Betteln oder Tränen, es endete grundsätzlich damit, dass Maria nachgab. Sich vorzumachen, sie könne Kristinas Überredungskünsten standhalten, war zwecklos.

Sie blickte auf das angebissene Brot auf ihrem Teller. Der Appetit war ihr vergangen. Der Druck, den Kristina auf sie ausübte, schnürte ihr die Kehle zu.

»Okay«, seufzte sie, und im selben Moment ließ der Druck auf ihrer Brust nach.

»Ich wusste, dass ich mich auf dich verlassen kann«, sagte Kristina. »Du bist eine wahre Freundin.«

»Bitte«, erwiderte Maria. »Hör auf.«

Aber Kristina fuhr fort. »Doch, das bist du. Genau das ist es, was Freunde tun. Sie sind füreinander da, wenn es wirklich darauf ankommt.«

»Ja«, sagte Maria widerwillig. »Wenn es wirklich darauf ankommt.« Kristina hatte sich seit einer Ewigkeit nicht bei ihr gemeldet. Waren sie sich zufällig auf der Straße begegnet, hatte sie nicht einmal gegrüßt, sondern so getan, als würden sie einander nicht kennen. Und jetzt waren sie plötzlich wieder beste Freundinnen, wie früher?

Sie hatte sich keine großen Gedanken darüber gemacht. In gewisser Weise war sie froh gewesen, keinen Kontakt zu Kristina haben zu müssen. Wäre der Schwur nicht gewesen, ihr gemeinsames Geheimnis, wäre es vielleicht anders gekommen. Der Pakt hatte sie entzweit.

Bis zu diesem Moment.

»Hast du Werkzeug?«, fragte Kristina jetzt.

»Was meinst du?«

»Eine Schaufel, eine Spitzhacke vielleicht?«

»Hast du das nicht selbst?«

»Doch, aber ich kann sie schlecht mitnehmen. Johan hat Verständnis dafür, dass ich ab und zu an die frische Luft muss und einen Spaziergang mache. Aber wenn ich plötzlich mit Schaufeln unter dem Arm durch die Gegend laufe, würde er doch misstrauisch werden.«

Maria schloss die Augen und seufzte wieder. Sie hatte einige Gartengeräte im Schuppen, die sie benutzte, wenn sie in ihrem kleinen Gärtchen werkelte, sie mussten genügen. »Ich bringe eine Schaufel mit. Wo sollen wir uns treffen?«

»An der Eisenbahnbrücke? Wann kannst du da sein?«

»Um drei Uhr muss ich zur Arbeit. Wenn wir es machen, können wir es genauso gut gleich hinter uns bringen.«

»Danke, Maria.« Kristina atmete erleichtert aus. »Danke, dass du mich verstehst. Ich komme. Versuch, Erik zu erreichen, wenn du kannst.«

Kristina legte auf. Maria ließ ihr Handy auf den Küchentisch fallen. In ihr tobte ein Sturm der Gefühle. Das war das Letzte, was sie wollte, trotzdem hatte sie sich wie immer von Kristina breitschlagen lassen. Wie konnte Kristina noch immer eine solche Macht über sie ausüben?

Maria stützte den Kopf in die Hände und versuchte, Ruhe zu bewahren. Die Vergangenheit kam immer näher. Sie hatte das Gefühl, Anna stünde in der Küchentür und starrte sie an, auferstanden aus dem Grab, dessen Totenruhe sie in Kürze stören sollten.

»Was habe ich getan?«, murmelte sie.

22

Robert blinzelte in die eiskalte Dunkelheit des Schlafzimmers. Seine Augen waren verklebt. Alkohol und Panik hatten ihn die ganze Nacht wach gehalten. Unruhig hatte er sich hin und her gewälzt und kein Auge zugetan.

Er hatte das alles nicht verdient. Er hatte alles richtig gemacht. Er hatte gegen alle Widerstände für seine Karriere gekämpft und sie trotzdem verloren. Er hatte Jessika geliebt und ihr alles gegeben, was er ihr hatte geben können, und trotzdem hatte sie ihn verlassen. Und vor allem hatte er geschwiegen, wie sie es an jenem Tag vor fünfundzwanzig Jahren vereinbart hatten.

Trotzdem war ein Skelett aufgetaucht. Bei all dem, was ohnehin schon in seinem Leben schieflief, fehlte nur noch, dass es sich tatsächlich um *ihre* Überreste handelte. Robert hob den Arm vor die Augen und kniff die Lider so fest zu, dass bunte Punkte auf seiner Netzhaut tanzten. Das war einfach nicht fair. Er hatte die Geheimnisse erfolgreich verdrängt, trotzdem holte ihn jetzt eins nach dem anderen ein.

In den frühen Morgenstunden konnte selbst Robert Silver sich nicht mehr gegen die Lügen zur Wehr setzen.

Außer ihm selbst wussten nur zwei Menschen, was sein Aus bei der Anwaltskanzlei Green besiegelt hatte. Einer von ihnen oder beide hatten aus dem Nähkästchen geplaudert. Woraufhin er binnen weniger Wochen vom aufsteigenden Stern zum Paria degradiert worden war. Er hatte die Verachtung in den Blicken der Seniorpartner gesehen, obwohl sie versucht hatten, es zu kaschieren. Er war nicht mehr erwünscht.

Als er sein eigenes Anwaltsbüro gegründet hatte und Jessikas Eltern angefangen hatten, von Ehevertrag, Gütertrennung und Testamenten zu reden, war es ihnen einzig und allein darum gegangen, ihr Vermögen vor den Risiken von Roberts neuer Selbstständigkeit zu schützen. *Notwendige Maßnahmen*, so hatten sie es formuliert. Um ihr Geld zu schützen. Eine kluge Entscheidung, im Hinblick darauf, wie Juristerei funktionierte, trotzdem hatte es einen bitteren Beigeschmack erzeugt. Im Nachhinein war ihm klar, dass sie schon damals die Scheidung vorbereitet hatten. Er hatte den Ast abgesägt, auf dem er saß, hatte sich ausgesperrt und den Schlüssel weggeworfen. Im ernüchternden Licht des Rückblicks hatte er begriffen, wie ihre Beziehung Schritt um Schritt abgekühlt war und Jessika sich von ihm abgewandt hatte. Am Ende, als sie ihm gesagt hatte, dass sie die Scheidung wollte, hatte er den Grund gekannt, bevor er gefragt hatte.

Ich kann dir nicht mehr vertrauen. Dass Jessika längst einen neuen Mann gefunden hatte, spielte dabei keine Rolle. Er hatte sie zuerst betrogen, und in Jessikas Welt rechtfertigte das alles, was sie daraufhin getan hatte.

Stöhnend setzte er sich auf der Bettkante auf. Der Wind hatte das Fenster in der Nacht komplett aufgestoßen, und er fröstelte in der kalten Luft.

Sein Handy lud auf dem Nachttisch. In den frühen Morgenstunden – als seine Angst, es könnte sich entladen, größer geworden war als die Erleichterung, es nicht mehr vibrieren zu hören – hatte er es aus der Küche hochgeholt. Das Display zeigte zig verpasste Anrufe und Textnachrichten von Kristina. Sie forderte ihn auf, sie zurückrufen. Warum gab sie keine Ruhe? Andererseits war es typisch für sie. Selbst im größten Chaos blieb Kristinas Hartnäckigkeit unverändert. Und auf irgendeine verrückte Weise erschien es ihm wie ein Stück Geborgenheit. Sosehr es ihm widerstrebte, hatte es sogar etwas Verlockendes.

Wahrscheinlich hatte Kristina recht. Sie mussten sich treffen, alle vier. Gut möglich, dass ihr Geheimnis kurz davor stand, ans Licht zu kommen. Vielleicht war Kristinas Tochter wirklich von jemandem entführt worden, der Anna Fridhemssons Überreste ausgegraben und sie in Miras Jacke gehüllt hatte. Während er auf der Bettkante saß und die kalte Luft einatmete, wurde sein Kopf langsam klarer. Er brauchte mehr Informationen, konkrete Anhaltspunkte, damit er handeln und sich so verhalten konnte, wie er es von sich gewohnt war. Er musste wieder er selbst werden, das Kommando übernehmen und diesem Kasperletheater ein Ende setzen, bevor es zu spät war.

Trotz des Gefühlschaos, das in ihm tobte, begann er, rational zu denken.

Er griff nach seinem Handy und rief Kristina an.

23

Kristina presste ihr Handy ans Ohr und schob die Lamellen auseinander. Sie spähte auf die Straße hinaus. Im Augenblick sah sie nur einen einzigen Fotografen, der mit vor der Brust baumelnder Kamera an einem Laternenpfahl lehnte und eine Zigarette rauchte. Aber vermutlich würde er nicht lange allein bleiben.

»Ich dachte, du wolltest nicht mit mir reden«, sagte sie. Sie ließ die Lamellen mit einem Knall zuschnappen und vergewisserte sich mit einem Schulterblick, dass Johan nicht in der Nähe war.

»Das will ich auch nicht«, erwiderte Robert. »Aber mir bleibt wohl keine andere Wahl.«

»Robert.« Kristina seufzte. »Dir ist doch klar, dass ich das nicht aus freien Stücken tue? Ich bin verzweifelt.«

»Verzweiflung steht dir nicht.«

Kristina schloss die Augen. Robert hatte recht. Aber er konnte nicht wissen, wie weit sie zu gehen bereit war. Sie hatte es selbst nicht gewusst.

»Wie kannst du so ruhig sein?«, sagte sie. »Hast du die Nachrichten nicht gesehen?«

Roberts Antwort ließ auf sich warten. Doch als sie kam,

kribbelten die Worte in Kristinas Ohr, breiteten sich in ihrem Körper aus wie Kreise auf dem Wasser. »Mir ist nicht entgangen, was passiert ist, falls du das glaubst.«

»Sie *ist* es, Robert«, sagte Kristina und warf abermals einen Blick über die Schulter. Sie war noch immer allein. Johan war nicht in Sicht.

»Woher willst du das wissen?«

»Wer sonst sollte es sein?«

»Was weiß ich, wer auch immer. *Sie* liegt im Wald vergraben. Sie kann es unmöglich sein.«

Kristina ignorierte Roberts Einwand. »Und was ist, wenn sie jemand ausgegraben hat?«, flüsterte sie mit bebender Stimme.

»Ausgeschlossen. Das würde keiner von uns tun. Und außer uns weiß niemand, dass sie dort liegt.«

»Eben deshalb müssen wir uns treffen. Wir müssen herausfinden, wer mir das antut. Uns.«

»Kristina …«, begann Robert. Kristina fiel ihm ins Wort.

»Mit Maria habe ich schon gesprochen. Sie kommt. Erik haben wir noch nicht erreicht.«

»Ich wünsche euch viel Glück dabei, aber ich glaube kaum, dass ihr ihn erreicht. Aber ernsthaft. Was sollen wir machen? Sie ausgraben?«

»Ja, Maria und ich treffen uns gleich. Was sonst sollten wir tun?«

»Du bist verrückt.«

Kristina fuhr herum. Sie hörte, wie Johan in der Küche einen Schrank öffnete und wieder schloss. Ihr blieb nicht viel Zeit.

Er würde wissen wollen, mit wem sie telefonierte, und sie hatte keine plausible Ausrede parat.

»Es ist einer von uns, Robert. Einer von uns vieren steckt hinter Miras Entführung. Ich weiß nur nicht, wer.«

»Das kann nicht sein. Wir haben alle zu viel zu verlieren, wenn die Wahrheit herauskommt. Sogar *er*.«

»Komm nach Trollhättan, Robert. Wir müssen uns treffen, wenn wir eine Lösung finden wollen.«

Robert seufzte. »Wozu sollte das gut sein?«

Johan schaltete das Licht in der Küche aus, und seine Schritte erklangen in dem kurzen Durchgang zwischen Küche und Wohnzimmer. »Ich muss Schluss machen«, flüsterte sie und legte auf. Sie spähte erneut durch die Lamellen auf die Straße.

»Was machst du?« Johan kam zu ihr. Kristina versuchte, ihre verkrampften Muskeln zu entspannen, als er sie in den Arm nahm. »Du riechst nach Alkohol«, sagte er leise.

»Ich möchte jetzt nicht darüber reden«, erwiderte sie.

»Haben wir nicht schon genug Sorgen?«, sagte Johan. »Kannst du nicht aufhören? Wenigstens so lange, bis dieser Albtraum vorbei ist?«

Kristina stieß ihn unsanfter von sich, als sie es beabsichtigt hatte. »Ich habe gesagt, dass ich nicht darüber reden möchte.« Sie starrte ihn an, dann drehte sie sich um, ging in die Diele hinaus und schlüpfte in Jacke und Schuhe. Johan kam ihr nach. »Wo willst du hin?«, seufzte er.

»An die frische Luft«, erwiderte sie. »Du weißt, dass ich das brauche.«

Johan deutete mit dem Kopf auf die heruntergelassenen Jalousien. »Sie werden Fotos von dir machen. Willst du das?«

»Ich gehe durch den Keller. Noch haben sie den Hinterausgang nicht entdeckt.«

»Kristina«, bat Johan. »Bitte bleib hier.«

»Nicht jetzt, Johan.« Kristina eilte die Kellertreppe hinunter und schlüpfte durch die Hintertür. Im Garten blieb sie stehen, schloss die Augen und füllte ihre Lungen mit frischer Herbstluft. Sie duftete nach Laub und feuchtem Gras.

Die Rückseite ihres Hauses war eine Freistatt, ein geheimer Garten, umgeben von einer hohen Thujahecke wie eine grüne Oase. Groß genug für einen Grillplatz und ein Sonnenbad im Gras. Während sie über den Rasen zu einer schmalen Tür unter einem steinernen Bogen ging, drang das Geräusch vorbeifahrender Autos durch die Hecke. Die Tür führte auf einen kleinen Fußweg, den nicht viele Leute benutzten. Mit ein bisschen Geschick konnte man hier kommen und gehen, ohne dass es jemand mitbekam. Das spielte ihr perfekt in die Karten, und es würde Ewigkeiten dauern, bis irgendwelche Paparazzi diesen Schleichweg entdeckten.

Kristina zog die Gartentür hinter sich zu und hastete den Weg entlang, weg von Haus und Mann, um einen klaren Kopf und frische Luft zu bekommen. Doch nach ein paar Minuten kehrten ihre Gedanken zu Robert Silver zurück. Sie kannte Robert, sie wusste, wie er tickte. Er stellte sich quer, wie immer, wenn etwas nicht auf seinem eigenen Mist gewachsen war. Aber die Chance, die Regie zu übernehmen und Ordnung in das Chaos zu bringen, das sie, Kristina, und die drei anderen angerichtet hatten, würde er sich nicht entgehen lassen. Robert würde kommen und alles als *seinen* Plan ausgeben, so wie er es immer getan hatte, obwohl jeder von ihnen wusste, dass in Wahrheit sie die Drahtzieherin war. Doch diesmal würde er mit ins Chaos stürzen.

24

Maria blieb an der Eisenbahnbrücke stehen und hielt nach Kristina Ausschau. Die meisten Leute waren inzwischen bei der Arbeit, lediglich ein paar vereinzelte Nachzügler radelten noch auf dem schmalen Fahrradweg neben den Gleisen entlang. Sie lehnte die mitgebrachte Schaufel an die Stahltür neben dem Brückenpfeiler. Unter unzähligen dilettantischen Graffitischmierereien schimmerte hier und da blankes Metall hervor. Die Eisenbahnbrücke war eine Hebebrücke, und hinter der Stahltür befand sich der Mechanismus, der die Brücke öffnete und Schiffen, die nicht unter der Brücke hindurchpassten, die Durchfahrt ermöglichte. Doch gerade war kein Schiff in Sicht, und der Schlagbaum, der Fahrradfahrer und Fußgänger daran hinderte, die Brücke zu überqueren, ragte parallel zum Brückenpfeiler in den Himmel.

Maria seufzte und blickte zur Sonne, die gerade über der Stallbackabron aufging. Während Kristina auf sich warten ließ, vertrieben erste Sonnenstrahlen die letzten Nebelschleier über dem Wasser und spendeten Marias verfrorenen Gliedern ein klitzekleines bisschen Wärme. Ein joggendes Pärchen lief an ihr vorbei, gefolgt von einer Handvoll Fahrradfahrer, doch sie nahmen weder Notiz von ihr noch von der Schaufel, die an der Stahltür lehnte. Ihr Körper kribbelte vor Nervosität, wenn sie daran dachte, was Kristina und sie vorhatten.

Schließlich entdeckte sie Kristina, die aus Richtung Spikön kam. Sie ging schnell, und ihre Miene wirkte angespannt.

»Du kommst zu spät«, sagte Maria.

»Ich kann nicht kommen und gehen, wie es mir passt«, erwiderte Kristina. »Mein Haus ist von Fotografen umlagert. Ich muss vorsichtig sein.«

Maria sah sie ernst an, dann nickte sie schweigend. Sie überquerten die Eisenbahnbrücke in Richtung des alten Industriegebiets. Die maroden Gebäude waren mit Bauzäunen umgittert. Dahinter standen Bagger und Container mit Baumaterial. Hier entstand das exklusive Neubauviertel Vårvik, mit Flusslage und Zentrumsnähe. Erst als sie das Baugebiet hinter sich gelassen hatten und weit und breit niemand zu sehen war, nahmen sie ihr Gespräch wieder auf.

»Weißt du noch, wo es ist?«, fragte Maria.

Kristina nickte. »Wie sollte ich das vergessen?«

»Keine Ahnung«, sagte Maria. Wie hatte *sie* es vergessen können? Die Stelle hätte sich unauslöschlich in ihr Gedächtnis prägen müssen. Doch als sie versuchte, sich daran zu erinnern, wo sie Annas leblosen Körper vergraben hatten, glich es dem Versuch, eine nicht mehr existierende Website aufzurufen. *Error 404 – page not found.* »Ich habe alles getan, um mich nicht daran zu erinnern«, sagte sie. »Ich fürchte, es ist mir gelungen.«

Kristina sah sie an. Ihre Augen schimmerten im Sonnenlicht. »Dann bist du die Glückliche von uns«, erwiderte sie.

»Das würde ich nicht sagen«, entgegnete Maria. Sie gingen in das Waldstück zwischen dem Fluss und der Straße zum Einkaufszentrum Överby, so weit weg von Bebauung und Menschen wie möglich, ohne dass sie vom Wasser aus gesehen werden konnten. Sie waren noch immer näher an dem Baugebiet, als es Maria lieb war. Schon vor fünfundzwanzig Jahren war dieses Waldstück nicht groß gewesen, und jetzt, nachdem es vor den beginnenden Bauarbeiten gerodet worden war, war nur noch die Hälfte des damaligen Baumbestands vorhanden. Maria hatte das Gefühl, durch eine dystopische Filmkulisse zu laufen. Die Betongerippe, die in naher Zukunft zu Wohnhäusern werden sollten, ragten wie monströse Schatten in den Himmel, Wind fuhr durch die Baumkronen, und das Geräusch raschelnder Blätter vermengte sich mit dem Lärm anspringender Baumaschinen. Offensichtlich hatten die Arbeiter ihre Frühstückspause beendet. Doch noch hatte die Zivilisation die Natur nicht besiegt. Der Wald war ein lebendiges Wesen, das alles tat, um sich die Menschen vom Leib zu halten. Scharfe Zweige peitschten ihr ins Gesicht. Knorrige Wurzeln umschlangen ihre Füße, das Moos verbarg tiefe Fallgruben und machte Stock und Stein glatt wie Schmierseife.

Marias Gedanken schweiften zu dem Wäldchen unterhalb des Wasserfalls, wo ihre Kollegen und freiwillige Helfer noch immer unermüdlich nach Mira suchten. Sie mussten dasselbe Gefühl haben, das Gefühl, dass die Natur, von der die Menschheit einst ein Teil gewesen war, sich in einen Feind verwandelt hatte, der sich für das rächte, was jahrhundertelanger Raubbau ihm angetan hatte.

»Hier«, sagte Kristina ernst. »Hier ist sie abgestürzt.« Sie deutete mit dem Kopf auf eine felsige Anhöhe.

Maria blieb stehen und blickte den moosbewachsenen Abhang empor. Er war höchstens zwei Meter hoch, doch das hatte genügt. Sie hatte Anna stürzen sehen. Sie hatte gesehen, wie sie hinuntergestürzt war, um nie wieder aufzustehen. Sie sah Annas Gesicht vor sich. Und ihr eigenes zwölfjähriges Gesicht, das zu Tode verängstigt von oben auf Anna hinabgestarrt hatte, umringt von den anderen, ohne dass einer von ihnen den Versuch unternommen hatte, Anna zu helfen.

»Kommst du?« Kristina ging rasch weiter, vorbei an einigen großen Findlingen. Maria zwang ihre Gedanken zurück in die Gegenwart und folgte ihr. Als sie Kristina eingeholt hatte, deutete die auf eine Stelle des moosbedeckten Waldbodens, gut zwanzig Meter von der Anhöhe entfernt.

»Bist du sicher?«, fragte Maria.

»Nicht hundertprozentig. Aber ungefähr hier muss es sein. Die Stelle ist genauso gut wie jede andere.«

Maria nickte und hielt Kristina die Schaufel hin. »Bitte.«

Kristina drehte sich um und sah sie entgeistert an. »Ist das dein Ernst? Hast du vergessen, dass meine Tochter entführt wurde? Was, wenn der Entführer sie umgebracht und *sie* hier vergraben hat?«

Maria schüttelte den Kopf. »*Du* wolltest doch das Grab öffnen. Du wolltest Gewissheit.«

»Das stimmt. Aber ich muss mich darauf einstellen, mit einem Trauma zu leben, sollten wir etwas finden, das wir *nicht* finden wollen. Ich kann das Grab nicht öffnen.«

Maria seufzte. Sie waren hier, Zögern hatte keinen Sinn. Sie stieß die Schaufel in die Erde. Es ging leichter als gedacht. Statt wie erwartet auf Felsen zu treffen, ließ die Erde sich relativ mühelos lockern. Nach einigen Spatenstichen stieß sie unter der Moosdecke auf dunklere, von Wurzelwerk durchdrungene Erdschichten. Doch Annas Überreste kamen nicht zum Vorschein. Maria trat zurück und grub an einer anderen Stelle. Diesmal traf die Schaufel auf Stein.

Hier war Anna auch nicht.

Kristina deutete auf einen Punkt etwas näher am Berghang. »Vielleicht da drüben?«

Maria hatte nicht die Kraft zu protestieren. Sie ging zu der Stelle, auf die Kristina zeigte, und begann zu graben. Ihre Muskeln schmerzten, und ihre Hände zitterten vor Anstrengung. Es fühlte sich an wie eine grausame und perfide Marter, die per UN-Konvention verboten sein sollte. Trotzdem setzten sie die Suche fort, und Maria grub an den Stellen, auf die Kristina zeigte, bis die Schaufel auf etwas stieß, das kein Stein war. Der Stoß fuhr wie ein Blitzschlag durch ihren Körper.

»Hier ist was«, sagte sie atemlos. Ihr Herz schlug bis zum Hals. Kristina und Maria sahen sich an, eine Mischung aus Angst und Erregung im Blick. Hatten sie gefunden, wonach sie suchten?

Sie hatten keinen Sarg gehabt, nicht einmal eine alte Kiste, in der sie Anna hätten begraben können. Sie hatten einfach eine Grube ausgehoben und sie hineingelegt. Dann hatten sie die Stelle mit Moos bedeckt, hatten Anna gewissermaßen zugedeckt, mehr nicht. Sie waren überzeugt gewesen, dass nach ihrer Lüge, Anna sei unterhalb des Wasserkraftwerks in den Fluss gestürzt, niemand im Wald nach ihr suchen würde. Alle würden glauben, Anna sei von der starken Strömung unwiderruflich in die Tiefe hinabgerissen worden.

»Worauf wartest du? Grab weiter.« Kristina deutete auf den Boden. Ihr Gesicht wirkte blass, als die Sonne hinter einer Wolke verschwand. Maria nickte und stocherte vorsichtig mit der Schaufelspitze in der Erde. Es fühlte sich falsch an, aber in ihre Angst mischte sich Neugier. Sie grub um den Gegenstand herum, und kurz darauf hatte sie eine große Kiste freigelegt.

»Das kann nicht stimmen«, sagte sie.

»Aber das *ist* die richtige Stelle, ich bin ganz sicher«, sagte Kristina. »Mach die Kiste auf.«

»Bist du sicher?«, fragte Maria.

»Ich kann nicht länger auf Antworten warten. Mach sie auf, verflucht.«

»Okay.« Maria tastete an den erdverkrusteten Kanten der Kiste entlang, bis sie im Deckel einen Spalt fand. Sie zwängte das Schaufelblatt in die Ritze und stemmte den zugenagelten Deckel nach oben. Das halb morsche Holz gab knirschend nach, der Deckel sprang auf, und ein fauliger Verwesungsgestank stieg empor.

Kristina fiel auf die Knie und blickte ins Innere der Kiste. Mit zugehaltener Nase folgte Maria ihrem Blick. Auf dem Boden der

Kiste lagen vier im Kreis angeordnete tote Vögel. Eine Amsel, eine Meise, eine Elster und ein Spatz mit gebrochenem Flügel. Inmitten des Kreises lag ein Handy mit pinkfarbenem Gehäuse.

»Was bedeutet das?« Maria sah Kristina an.

Kristina antwortete nicht. Sie zitterte am ganzen Körper und presste die Hände vor den Mund. Ihre Augen waren aufgerissen, als hätte sie ein Gespenst gesehen, und schwammen in Tränen. Sie nahm eine Hand vom Mund und deutete auf das Handy. »Mira«, keuchte sie. »Das ist Miras Handy.«

Mit zitternden Händen griff Maria nach dem Telefon. Als sie es in die Hand nahm, leuchtete das Display auf. Der Akku war fast leer. Trotzdem war offensichtlich, dass die Person, die Miras Handy in die Kiste gelegt hatte, es vorher aufgeladen hatte. Die Person hatte *gewollt*, dass sie das Handy fanden, bevor der Akku sich entlud.

Auf dem Display stand eine Nachricht.

Ihr Pechvögel werdet bezahlen, sonst stirbt sie.

25

Als Robert eilig einige Kleidungsstücke in seinen Dufflebag von Mont Blanc warf, kam er sich vor wie ein Dieb in einem Juwelierladen. Er benötigte Unterwäsche und ein paar Hemden, ein Pullover konnte auch nicht schaden, aber er besaß kaum welche. Seine Garderobe bestand fast ausschließlich aus Anzügen, dennoch fand er einen Sweater, den er in die Tasche stopfte. Zum Schluss presste er seine Kulturtasche auf den Kleiderwust, zog den Reißverschluss zu und hastete die Treppe hinunter in die Eingangshalle.

Als draußen vor dem Haus Stimmen erklangen, hielt er mitten in der Bewegung inne. Ein Schlüssel kratzte im Schloss der Eingangstür, und Jessika erschien in der Halle, in einen blütenweißen Mantel und ein ebenso blütenweißes Poloshirt gekleidet, dessen Kragen zwischen den Mantelaufschlägen hervorschaute.

»Ich habe keine Ahnung, warum er sich so verhält«, sagte sie über die Schulter hinweg zu jemandem. Als sie Robert auf der Treppe entdeckte, erstarrte sie und schürzte die Lippen. »Wenn man vom Teufel spricht.« Ihre Stimme triefte vor Sarkasmus.

»Hallo.« Robert ging die letzten Stufen hinunter. »Wer ist das?« Hinter Jessika waren zwei lächelnde Frauen erschienen. Sie sahen aus wie geklont, vielleicht Mutter und Tochter. Beide hatten langes, glattes Haar, und beide trugen stylishe Outfits. Eine von ihnen hatte ein überdimensioniertes Brillengestell mit ungeschliffenen Gläsern auf der Nase, als diene die Brille eher als modisches Accessoire denn als Sehhilfe.

»Das sind …« Jessika lächelte so breit, dass ihre Eckzähne wie Reißzähne aufblitzten, »zwei Mitarbeiterinnen der Innenausstattungsfirma, die mit uns besprechen wollen, wie wir das Haus für den Verkauf optimal in Szene setzen.«

Die ältere der beiden Frauen lächelte gequält und streckte ihm die Hand entgegen. »Mein Name ist Monique«, sagte sie. »Und das ist meine Kollegin Sara, sie wird sich um die Dekoration kümmern.«

Die jüngere Frau maß Robert hinter ihren Brillengläsern von Kopf bis Fuß mit misstrauischem Blick. »Hallo«, sagte sie zögerlich.

»Sehr erfreut«, erwiderte Robert. »Leider bin ich in Eile, Sie werden also auf meine Gesellschaft verzichten müssen.«

»Robert«, zischte Jessika und taxierte ihn mit festem Blick. »Ich halte es für sinnvoll, wenn du bei diesem Gespräch dabei bist.«

»Warum? Das Haus ist dein Alleineigentum. Mach damit, was du willst. Verkauf es oder behalt es, mir ist es gleich.«

»Ich bin bei Wilhelm eingezogen. Ich brauche kein zweites Haus, vor allem keins, das nach dir riecht.«

»Wie du meinst, aber ich habe nicht vor, bei dieser Schmierenkomödie mitzuspielen.« Robert zwängte sich an den beiden Innenausstatterinnen vorbei, die mit offenen Mündern dastanden und abwechselnd ihn und einander ansahen. Die beiden waren ihm scheißegal. Jessika konnte das Haus umdekorieren, so viel sie wollte, er würde sowieso nicht weiter hier wohnen. Die Scheinwerfer seines BMWs leuchteten auf, als er den Wagen entriegelte. Er warf seine Tasche in den Kofferraum und knallte die Heckklappe so heftig zu, dass das Nummernschild schepperte.

»Was soll dieser Auftritt?« Jessikas Absätze klapperten über die Pflastersteine der Einfahrt. Ein perfekt manikürter, vorwurfsvoller Zeigefingernagel deutete auf ihn, und ihre blonden Haare umwehten ihr Gesicht. Ihre Augen waren zu schmalen Schlitzen verengt, die aufgespritzten Lippen kräuselten sich vor Wut, und in Kombination mit ihrer Miene erinnerten sie ihn an den Schnabel einer Ente.

»Eigentlich geht dich das einen feuchten Kehricht an«, sagte er. »Aber ich muss beruflich für ein paar Tage verreisen. Ich habe sowieso keine Kraft, in dieser Hütte zu wohnen, wenn du hier herumstolzierst, Möbel rückst und alles auf den Kopf stellst.« Robert deutete auf seine Brust. »Das tut weh, hier drin, kapierst du das?« Er riss die Fahrertür auf.

Jessika schnaubte. »Dann hau doch ab, du erbärmlicher Feigling.«

Robert spürte, wie die Wut sein Blut zum Kochen brachte. Er hielt in der Bewegung inne und sah Jessika herausfordernd an. »Du solltest dir gut überlegen, wen du einen Feigling nennst«, knurrte er leise. »Ich gebe gerne zu, was ich getan habe, war falsch. Aber was hast du dagegen unternommen? Was?«

»Das einzig Richtige«, entgegnete Jessika. Ihre Mundwinkel zogen sich in einem triumphierenden Lächeln nach oben. »Ich habe die Scheidung eingereicht, und zwar keinen einzigen Tag zu früh.«

Robert schüttelte den Kopf. »Aber vorher hast du noch dafür gesorgt, dass ich dabei leer ausgehe. Und dann hast du dir einen neuen Macker geangelt, damit du dir nachts nicht deinen kleinen Hintern abfrierst.«

Jessika schlug ihm ins Gesicht. Robert hörte ein Klingeln im Ohr, und seine Wange brannte.

»Das ist Körperverletzung, ist dir das klar?« Er deutete auf die beiden Innenausstatterinnen, die wie gelähmt in der Haustür standen. »Und ich habe zwei Zeuginnen. Sei froh, dass ich über solchen Lappalien stehe.«

Jessikas Hals war über dem Kragen ihres Poloshirts zornesrot angelaufen. Ihre Kiefer mahlten, aber sie sagte nichts.

Robert drehte sich um, setzte sich ins Auto und ließ den Motor an. Er löste die Handbremse und fuhr los. Im Rückspiegel sah er, wie Jessika sich zu den Innenausstatterinnen umdrehte und entschuldigend die Hände hob, als wollte sie den Vorfall unter den Teppich kehren. Er schüttelte den Kopf, dann konzentrierte er sich auf die Straße.

Je nach Verkehrslage wäre er etwa in einer Stunde in Trollhättan. Zeit genug, um einen kühlen Kopf zu bekommen. Den würde er brauchen, angesichts dessen, was ihn in seiner alten Heimatstadt erwartete.

26

Vor seinem Haus parkte ein Streifenwagen, genau dort, wo Jonas geparkt hatte, als er ihn gestern hergebracht hatte.

Ohne recht zu wissen, warum, beschleunigte Erik seine Schritte. Er sehnte sich nach einem heißen Bad. Seine Füße qualmten, und nach der Arbeit roch er nach Schweiß und Reinigungsmittel. Seine Gedanken rasten. Fünfundsiebzigtausend. Irgendwie musste er fünfundsiebzigtausend Kronen auftreiben. Und zwar schnell. Der Streifenwagen machte ihn nervös. Als wüssten die Bullen, dass er nicht den Hauch einer Chance hatte, das Problem auf legalem Weg zu lösen. Was, wenn sie hier waren, um ihn vorbeugend in Gewahrsam zu nehmen?

In diesem Moment ging die Fahrertür des Streifenwagens auf. Erik gab sich Mühe, unbekümmert weiterzuschlendern, wie er es immer getan hatte, wenn die Bullen ihn aufs Korn genommen hatten. Er hatte nichts zu befürchten. Er war clean, nicht einmal beduselt war er. Aber alte Gewohnheiten hingen einem lange nach.

»Erik!«, rief die Polizeibeamtin, die aus dem Wagen stieg. Er tat, als hätte er sie nicht gehört, und hielt unbeirrt auf seinen Hauseingang zu.

»Erik, warte bitte!«, rief die Frau. So würde ihn kein Bulle ansprechen. Außerdem kamen die Bullen nie allein, sondern grundsätzlich zu zweit, und sie formulierten auch keine höfliche Bitte. Jetzt erkannte er die Stimme. Er kannte die Frau. Maria Andersson. Die Einzige aus seiner alten Schulclique, die noch versuchte, Kontakt zu ihm zu halten, obwohl er ein erbärmlicher Junkie war. Gewesen war, erinnerte er sich und lächelte innerlich.

Er drehte sich um und begegnete Marias Blick. Sie war kleiner als der Durchschnitt, besaß einen ausdruckslosen Blick, und unter dem Schiffchen ihrer Dienstkappe schaute eine nichtssagende Frisur hervor. Wäre ihre winzige Nase nicht, hätte sie ein Allerweltsgesicht, doch die Stupsnase verlieh ihren Zügen etwas Kindliches.

»Hallo«, sagte er müde. »Was machst du denn hier?«

»Ich habe gehört, dass du jetzt eine eigene Wohnung hast.« Maria blickte an der Fassade empor.

»Ja, das stimmt. Aber warum kommst du her?« Erik ging weiter.

Maria holte ihn an der Haustür ein. »Ich habe versucht, dich anzurufen. Aber du gehst nicht ran.«

»Ich rede nicht gern mit Leuten aus der Vergangenheit«, sagte er. »Ich bin dabei, einen Neuanfang zu machen. Tut mir leid, wenn ich schwer zu erreichen bin.«

Sie betraten den Fahrstuhl, und Erik drückte den Knopf für sein Stockwerk. Maria nickte, dann blickte sie schweigend auf den schmuddeligen Boden vor ihren Füßen. Erik seufzte. Maria versuchte, sich wie eine Freundin zu verhalten. Vielleicht tat er ihr unrecht, wenn er ihr die kalte Schulter zeigte, sie gab sich wirklich Mühe. »Also, was willst du?«, fragte er.

Maria sah ihn an. Ihre Miene war ernst, aber es war nicht der polizeiliche, dienstliche Ernst, an den er bei seinen Unterhaltungen mit den Bullen gewöhnt war. »Es ist etwas passiert. Etwas, das besser niemand außer uns hört. Können wir uns in deiner Wohnung unterhalten?« In Marias Stimme lag ein Unterton, den er nicht deuten konnte. »Ich verspreche, es dauert nicht lange.«

Erik musterte sie. Maria wich seinem Blick aus, sie wirkte verängstigt, und ihr Gesicht war leichenblass. Was war passiert? Der Fahrstuhl hielt an. Sie liefen den Flur entlang, und er schloss die Wohnungstür auf. Maria sah sich in dem kleinen Appartement um. Er konnte nicht erkennen, ob ihr Blick professionell, neugierig oder verblüfft war. »Wie lange wohnst du schon hier?«, fragte sie.

»Seit zwei Tagen. Es ist nichts Großartiges, aber es ist meine Wohnung. Und ich habe eine Arbeit.«

»Glückwunsch«, sagte Maria zögernd. »Wo arbeitest du?«

»Ich putze. In einem Bürogebäude. Ehemalige Junkies wie ich haben keine große Auswahl.«

Maria wandte den Blick ab. »Ich verstehe. Aber ich freue mich für dich. Das tue ich wirklich.«

Erik schnaubte. »Du freust dich für mich? Wieso? Weil mein Leben ein Dreck ist und deins in ein besseres Licht stellt?«

Maria stand da wie ein begossener Pudel. »Das war unnötig.«

»Ja, vielleicht.« Magensäure stieg ihm in die Kehle. Er wollte sich schämen, aber er konnte es nicht. In gewisser Weise war Maria schuld daran, dass er war, wo er war. Sie und die beiden anderen. Aber Maria traf von ihnen allen die geringste Schuld. Er seufzte. »Entschuldige. Ich versuche, einen Neuanfang zu machen. Aber es ist schwer. Erzähl, warum bist du hier?«

»Glaub nicht, dass du der Einzige von uns bist, der es schwer hat. Vor allem heute nicht.«

»Warum? Was ist heute anders als gestern?«

Maria sah sich abermals im Raum um. »Ich verstehe, wenn du kein Fernsehen geguckt hast. Aber hast du es nicht gehört?«

Erik schüttelte den Kopf. »Was soll ich gehört haben?«

»Hast du keine SMS bekommen?«

»Weshalb?«

Maria druckste herum. Sie drehte sich um und blickte erst in den winzigen Flur, als wolle sie sich vergewissern, dass die Wohnungstür geschlossen war, dann in die kleine Kochnische. »Jemand hat sie ausgegraben, Erik.«

Erik wurde schwarz vor Augen. »Redest du von diesem Skelett im Wald?«

»Ja. Es ist *ihr* Skelett. Verstehst du?«

Erik ballte die Hände abwechselnd zur Faust und öffnete sie wieder. Wie er es in der Therapie gelernt hatte, zählte er innerlich von drei runter, damit seine Emotionen nicht mit ihm durchgingen.

»Und du glaubst, ich habe was damit zu tun?« Er schloss die Augen. *Gut gemacht, Erik, diesmal hast du die Ruhe bewahrt.*

»Nein!«, widersprach Maria viel zu hastig. »Aber das Mädchen, das vermisst wird, ist Kristinas Tochter. Das hast du doch wohl mitbekommen? Und jemand hat *ihr Skelett* ausgegraben, nach all den Jahren. Jemand, der Bescheid weiß. Jemand, der hinter uns her ist.«

Erik hielt die Augen geschlossen. »Weißt du, genau das ist der Grund, warum ich weder mit dir noch mit Kristina oder diesem Anwaltspinkel irgendwas zu tun haben will«, sagte er.

»Das kann ich verstehen«, erwiderte Maria. »Aber wir müssen uns treffen. Wir müssen darüber reden, was wir unternehmen, bevor es zu spät ist.«

»Warum?« Erik öffnete die Augen und sah Maria an. »Wie kannst du überhaupt sicher sein, dass es wirklich Anna ist?«

Maria schüttelte widerwillig den Kopf. »Weil Kristina und ich heute Morgen ihr Grab geöffnet haben. Sie ist weg, Erik. Die Person, die Kristinas Tochter entführt hat, hat Annas Leiche ausgegraben und ihre Überreste in Miras Jacke gehüllt.«

»Ist das wahr?«

»Ja. Wir müssen uns treffen. Alle vier. Kann ich auf dich zählen?« Marias für gewöhnlich ausdrucksloser Blick war verschwunden. Sie sah ihn auffordernd an.

»Ich weiß nicht«, sagte er unschlüssig.

»Bitte, Erik. Verstehst du nicht, was auf dem Spiel steht?«

»Vielleicht für euch. Ihr drei habt etwas zu verlieren. Aber schau mich an. Ich habe nichts, was man mir wegnehmen könnte. Ich habe schon alles verloren.«

Marias Blick wanderte zum dritten Mal durch das winzige Appartement, verarbeitete Eriks trostlose Situation, ehe sie antwortete.

»Ich weiß nicht, was ich sagen soll, damit du begreifst, wie ernst die Lage ist. Du glaubst vielleicht, du hättest nichts zu verlieren, aber das hast du. Zum Beispiel das neue Leben, das du dir aufzubauen versuchst. Was, glaubst du, passiert damit, wenn die Wahrheit ans Licht kommt?«

Erik lachte. »Keine Ahnung. Vielleicht wäre es sogar das Beste, wenn wir aufhören, so zu tun, als wäre alles in bester Ordnung, und auspacken, was damals wirklich geschehen ist.«

Marias Gesicht wurde noch eine Spur blasser. »Das können wir nicht. Wir haben es geschworen. Dafür ist es zu spät. Also, was ist: Kommst du oder nicht?«

Erik zuckte die Schultern. »Wo sollen wir uns treffen?«

»Ich melde mich. Sei übers Handy erreichbar, okay?«

27

Als Maria gegangen war, sank Erik aufs Bett. Die durchgelegene Kaltschaummatratze gab bis zum Lattenrost nach.

Er presste die Lider zusammen und vergrub das Gesicht in den Händen. Erinnerungen stürmten auf ihn ein. Tränen stiegen ihm in die Augen, und er machte keinen Versuch, sie zurückzuhalten. Er hatte gelernt, dass es besser war, den Gefühlen freien Lauf zu lassen, als sie zu verdrängen oder in sich hineinzufressen. Tausendmal besser, als sie mit Drogen zu betäuben, wie er es bis vor Kurzem getan hatte. Das schuf mehr Probleme, als es löste.

Trotzdem wünschte er, er hätte etwas hier. Etwas zu trinken, zu spritzen oder zu rauchen. Etwas, das schnelles Vergessen garantierte, wenigstens für ein paar Stunden. Nein, er würde stark bleiben. Das hatte er sich geschworen. Er würde es durchstehen.

Aber wie sollte er, wenn er sie ununterbrochen sah? Jede wache Sekunde sah er Anna Fridhemsson vor sich, wie sie nach Luft ringend am Fuß des Abhangs lag. Er blickte von oben auf sie herab, sah ihre Lippen, die sich stumm bewegten. Die Blutlache, die sich unter ihrem Kopf ausbreitete, ihre vor Schreck geweiteten Augen. Es war keine Absicht. Es war ein Unfall gewesen. Aber er war es gewesen, der gegen ihre Anwesenheit bei ihrem geheimen Spiel opponiert hatte. Er hatte die Beherrschung verloren. Warum war sie ihnen auch wie eine verfluchte Klette gefolgt?

Erik brüllte in den leeren Raum hinein. Er hatte versucht, Annas Anblick mit allem zu verscheuchen, was ihm in die Finger gekommen war. Alkohol, Hasch, Kokain, Tramadol, sogar Heroin. Aber nichts hatte den Albtraum vertrieben. Er ballte die Fäuste und presste sie in einem weiteren vergeblichen Versuch gegen die Schläfen.

Er spürte den leichten Schubs, den er Anna versetzt hatte, nicht so heftig, dass es jemanden unter normalen Umständen zu Fall gebracht hätte. Aber Anna war über eine Baumwurzel gestolpert, abgerutscht und abgestürzt. Als sie am Fuß des Abhangs gelegen hatte, hatte sie die Hand nach ihnen ausgestreckt, ein stummes Flehen um Hilfe. Doch keiner von ihnen hatte sie ergriffen. Stattdessen war Annas Hand schlaff auf den Waldboden gefallen, als sie aufhörte zu atmen.

Erik fiel ebenso schlaff auf die durchgelegene Matratze. Sein Körper zitterte wie unter Krämpfen. Er wusste, was er brauchte, um die Erinnerung zu verscheuchen, aber wenn er wieder anfing, wäre er bald wieder bei Jörgen oder in einer noch schlimmeren Absteige. Das könnte seine letzte Tat im Leben sein, und er war es sich schuldig, am Leben zu bleiben und von vorn anzufangen.

Erik kniete sich auf den Fußboden und zog den Rucksack zu

sich heran. Mit dem Handrücken wischte er Rotz und Tränen weg, dann öffnete er den Reißverschluss, um nachzusehen, was von seinen wenigen Habseligkeiten noch vorhanden war. Vielleicht fand er noch etwas anderes als das Tagebuch, mit dem er sich ablenken konnte.

Das Außenfach war leer. Aber da hatte er höchstens mal eine zerknautschte Schachtel Zigaretten aufbewahrt. Er holte tief Luft. Er könnte sich Kippen kaufen. Keiner in der Therapie hatte etwas davon gesagt, dass er keinen Tabak rauchen durfte; das konnte doch nicht so schlimm sein? Er schob die Hand in das große Fach. Sein Herz schlug bis zum Hals, als er das Tagebuch herauszog. Den Gegenstand, für den er bei seinem Besuch in Jörgens Wohnung fast sein Leben riskiert hatte.

Er legte es neben sich aufs Bett, behutsam, als wäre es eine heilige Schrift, dann inspizierte er den restlichen Inhalt des Rucksacks. Er förderte eine einzelne Socke und ein paar fleckige Unterhosen zutage, die er angewidert in Richtung Badezimmer warf, das war alles.

Probeweise hob er den Rucksack an. Er hing schlaff am Schulterriemen herunter, genauso gebeutelt wie verschlissen. Aber vom Gewicht her konnte er eigentlich nicht vollständig leer sein. Als er den Rucksack abstellte, erklang ein dumpfer Aufprall, als befände sich noch etwas darin.

Ein Blitz durchzuckte ihn. Konnte das sein? Er zog den Rucksack wieder zu sich heran und tastete darüber, bis seine Finger auf einen Reißverschlusssaum stießen. Mit zitternden Händen fuhr er daran entlang. An einer Stelle saß ein Schlitten ohne Zipper. Das Fach hatte ursprünglich eine Bodenplatte enthalten, aber die war schon lange nicht mehr vorhanden. Er hatte das Fach als Versteck benutzt. Für Drogen, aber auch für Geld und andere nützliche Dinge. Offenbar hatte es niemand aus Jörgens Bekanntenkreis entdeckt.

Es war eine mühsame Pfriemelei, den Reißverschluss ohne Zipper aufzuziehen, aber er schaffte es. Als er seine Hand ins Fach schob, spürte er ein vertrautes Gefühl an den Fingerspitzen. In seinem alten Geheimfach steckte ein Plastikfläschchen mit billigem Whisky. Ein kleiner Rest Flüssigkeit schwappte noch darin. Mit einem Entsetzensschrei ließ er die Flasche zu Boden fallen und starrte sie an, als könne sie über ihn herfallen.

Der Raum drehte sich und schien seine Form zu verändern. Als Maria bei ihm gewesen war, hatte die Sonne schon tief am Himmel gestanden, doch jetzt verschwand sie von einer Sekunde auf die andere, als hätte jemand das Licht ausgeknipst. Die Wände rückten näher, und er ahnte rastlose Schatten in den Ecken, die abwechselnd nach ihm griffen und die Whiskyflasche näher zu ihm stießen. In Reichweite.

»Nein«, sagte er laut und schloss die Augen, um die Flasche nicht zu sehen. Sie flüsterte ihm verführerisch zu, aber er hörte nicht hin. Er kniff die Augen zusammen und versuchte, an etwas anderes zu denken. Doch das Einzige, was ihm in den Sinn kam, war die Schuld, die er all die Jahre mit sich herumgetragen hatte, die Scham, einen derart furchtbaren Unfall verheimlicht zu haben. Keiner von ihnen hatte nach Annas Hand gegriffen, als sie dort unten gelegen hatte. Irgendwer hätte es tun müssen. *Er* hätte es tun müssen.

Das Leben war so fragil. Es bedurfte keiner großen Fallhöhe, damit die scharfe Kante eines Steins, von dessen Existenz niemand etwas geahnt hatte, einen Schädelbasisbruch verursachte.

War es überhaupt ein Unfall gewesen? Diese Frage hatte er sich unzählige Male gestellt, aber nach wie vor keine Antwort gefunden. Er wusste nur, dass keiner außer Maria Anna hatte dabeihaben wollen, er am allerwenigsten. Doch keiner hatte gewollt, dass sie starb.

Erik presste die Augen so fest zusammen, dass es schmerzte. In den vergangenen Monaten hatte er alles getan, um sich von seinem alten Leben zu befreien. Von der Erinnerung an Annas Tod würde er sich niemals befreien können, wohl aber von der Schuld, die seit jenem Tag auf ihm lastete. Er würde sich freikaufen, dann würde er einen Neuanfang machen. Ein neues Leben beginnen. Doch dieser Plan erforderte Geduld. Heute Abend würde nichts geschehen. Er musste einen Weg finden, seine Angst wegen dem, was er getan hatte, und wegen dem, was er noch tun musste, zu bezwingen. Die Flasche enthielt dafür ein geeignetes Mittel. Seine Hand streckte sich danach aus, der Schraubverschluss verschwand wie von selbst.

Es wäre so einfach, die Erinnerung für eine Zeit lang in Vergessen zu verwandeln. Doch er hatte einen anderen Weg gewählt. Die Befreiung, als der Inhalt der Flasche in den Abfluss des Spülbeckens rann, kam ihm vor wie der erste Atemzug nach einem Tiefseetauchgang.

Es gab einen anderen Weg. Einen Weg, der ihm schon einmal das Leben gerettet hatte. Erik setzte sich an den Esstisch und schlug das Tagebuch auf.

28

Kristinas Mundhöhle war staubtrocken, und ihr Kopf fühlte sich schwer wie Blei an. Widerwillig rappelte sie sich vom Bett auf und ließ die Decke achtlos zur Seite fallen. Sie blinzelte ins Licht, das durchs Fenster ins Schlafzimmer fiel. Sie hatten die Jalousien nicht geschlossen, hier oben konnte ihnen niemand in die Räume glotzen, niemand Fotos von ihnen machen.

Johan und sie hatten sich noch einmal hingelegt, um nach der durchwachten Nacht ein wenig Schlaf nachzuholen. Offensichtlich war sie tatsächlich eingeschlafen. Das Licht vor dem Fenster hatte sich verändert, Kristina blickte auf die Uhr, sie hatte zwei Stunden geschlafen. Die Aussicht aus dem Schlafzimmer war die gleiche wie aus Miras Zimmer im Erdgeschoss. Wolken spiegelten sich im Kanal. Am gegenüberliegenden Ufer gingen Menschen auf der Promenade spazieren. Es erschien ihr wie ein Stück Geborgenheit, wie eine Verheißung, wie das Leben sein könnte, sobald wieder Normalität einkehrte. Doch bis auf Weiteres hatte das Spiel gerade erst begonnen. Wenn es vorbei war, wäre sie von den Lügen befreit, die sie an diesen Punkt geführt hatten, und sie könnte endlich ein neues Buch schreiben.

Kristina drehte sich zu Johan um. Er schlief, fest in seine

Decke gehüllt, das braune Haar wirr auf dem Kopfkissen verteilt. Sie beschloss, ihn schlafen zu lassen. Er brauchte es mehr als sie. Diese ganze Geschichte setzte ihm fürchterlich zu, mehr als ihr. Trotzdem lebte er in glücklicher Unkenntnis von den Lügen, die sie seit ihrer Schulzeit mit sich herumtrug.

Und er würde sie nie erfahren. Genauso wenig wie die Lügen, die neu hinzugekommen waren.

Kristina verließ das Schlafzimmer und ging in die Küche hinunter. Sie schaltete die Kaffeemaschine an und wühlte dann in den Schränken, bis sie die Flasche Gin fand, die Johan vor ihr versteckt hatte. Johan war goldig, er wollte sie daran hindern, ihre Gelüste auszuleben. Inzwischen sollte er wissen, dass das nicht möglich war, oder zumindest so viel Verstand besitzen, den Alkohol in den Ausguss zu kippen, statt ihn vor ihr zu verstecken. Aber vermutlich wollte er hin und wieder selbst einen Schluck trinken. Kristina goss einen ordentlichen Schuss Gin in ihren Kaffeebecher und stellte die Flasche wieder dorthin zurück, wo Johan sie vor ihr sicher wähnte. Aber Gin mit Kaffee schmeckte scheußlich, also trank sie den Gin pur, goss sich anschließend einen schwarzen Kaffee ein und setzte sich an den Küchentisch, um Maria anzurufen.

»Ja?«, erklang Marias ängstliche Stimme am anderen Ende der Leitung.

»Hast du Erik erreicht?«, fragte Kristina und trank einen Schluck Kaffee.

»Ja, zu guter Letzt. Er ist gerade in eine eigene Wohnung gezogen.«

»Schön für ihn. Also ist er momentan tatsächlich clean?«

Na wunderbar. Junkie-Erik war clean, während Kristina Stare, der gefeierte Star der schwedischen Krimiszene, schon morgens die Flasche aufschraubte. Die Ironie schmeckte bitter wie Gin.

»Er will sich nicht mit uns treffen.«

»Hast du ihm verklickert, dass er keine andere Wahl hat?«

Maria seufzte. »Nein. Aber ich habe ihm gesagt, was Sache ist, ohne ihm den Schwarzen Peter zuzuschieben.«

»Also kommt er?«

»Ich denke schon. Was ist mit Robert?«

In Kristinas Brust begann es zu kribbeln. Sie verspürte den Drang, sich zu räuspern, spülte ihn jedoch mit einem Schluck Kaffee herunter. »Er kommt«, log sie. In Wahrheit hatte sie nicht die geringste Ahnung, aber sie vertraute darauf, dass Robert es nicht fertigbrachte, nicht auf der Bildfläche zu erscheinen.

»Mit wem redest du?« Kristina fuhr herum. Johan stand in der Küchentür und musterte sie mit forschendem Blick.

»Ich muss auflegen«, sagte sie, drückte Maria weg und lächelte Johan so ungezwungen wie möglich an. »Mit einer Freundin«, erwiderte sie. Was in gewisser Weise stimmte.

»Aha.«

»Freunde fragen sich, wie es mir geht. Alle machen sich Sorgen, Johan. Ich habe nicht die Kraft, mit jedem zu sprechen. Aber hin und wieder muss ich mit jemandem reden.«

»Du kannst mit mir reden.« Johan presste die Kiefer aufeinander.

Kristina legte den Kopf schräg und begegnete seinem Blick. In ihr tobte ein Widerstreit der Gefühle. Bald würde sie Johan nicht mehr belügen müssen. Natürlich gab es auch dann noch Dinge, die er nie erfahren durfte, aber das war nicht dasselbe. Diese Geschichte würde bald ausgestanden sein, und vielleicht würde dann alles wieder zum Alten zurückkehren.

»Ich rede immer mit dir, Liebling«, sagte sie. »Ich habe Kaffee gekocht, wenn du welchen möchtest.«

»Danke.« Johan ging zur Kaffeemaschine.

Kristina stellte ihren Becher in den Geschirrspüler und strich Johan anschließend über den Rücken. »Ich mache einen Spaziergang«, sagte sie. »Ich brauche frische Luft.«

Johan nickte stumm.

29

Erik sah vom Tagebuch auf. Sein Blick fiel auf die Plastikflasche neben der Spüle. Sie war leer – bis auf einige goldfarbene Tropfen, die im letzten Sonnenlicht funkelten. Er zitterte. Obwohl er die Flasche ausgeleert hatte, reagierte sein Körper wie nach starkem Alkoholkonsum. Sein Kopf dröhnte, seine Finger schmerzten von dem krampfhaften Griff, mit dem er den Stift umklammert hatte, und er spürte einen muffigen Geschmack im Mund, als hätte er auf einer alten Socke herumgekaut.

Erik streckte den Nacken, lehnte den Kopf nach hinten, um leichter atmen zu können, und betrachtete die fleckige Zimmerdecke. Ursprünglich war der Putz wohl einmal strahlend weiß gewesen. Im Lauf der Jahre hatten ihn Staub, Zigarettenrauch und Gott weiß welche Substanzen gräulich braun verfärbt. Irgendwelche Flüssigkeiten, die an die Decke gespritzt waren, oder ein Wasserschaden in der Wohnung über ihm hatten zu Schimmelbildung geführt.

Erik schloss die Augen und bedeckte das Gesicht mit den Händen. Die Übelkeit war nur ein Nebenprodukt seiner Angst, das wusste er. Aber es machte die Sache nicht besser.

Zur Hölle mit Kristina Stare und ihrer Scheißgöre.

Heute Abend sollten sie sich treffen. Zu viert. Aber wo? Er hatte nicht auf sein Handy gesehen und keinen Schimmer, ob Maria ihm inzwischen einen Treffpunkt und eine Uhrzeit mitgeteilt hatte. Das Handy hing auf der Küchenzeile am Ladekabel – neben der Flasche. Seine Hand bekam das Ladekabel zu fassen und riss das Telefon von der Arbeitsfläche. Es fiel scheppernd zu Boden. Als er es aufhob, zierte ein breiter Sprung das ohnehin zerkratzte Display. Es spielte keine Rolle, das Handy war eh hinüber. Aber noch funktionierte es.

Beim Durchscrollen der Nachrichten riss er sich den Finger an einer scharfen Kante auf. Fluchend schob er den Finger in den Mund und saugte einen Blutstropfen von der Kuppe. Der süßliche Geschmack brachte den Anblick von Anna Fridhemsson zurück. Die dunkle Lache, die sich unter ihr ausbreitete. Gewaltsam schüttelte er den Kopf und starrte auf Marias SMS, ohne sie zu öffnen. Was auf dem Display stand, genügte. *19:00 Uhr, Strömkarlsbron.*

Dumm waren sie nicht. Ein öffentlicher Ort, im Freien, wo sie sich auch zufällig begegnen könnten. Und zugleich ein Platz, an dem es nicht vor Leuten wimmelte. Ende Oktober machten dort höchstens vereinzelte Pärchen einen Spaziergang. Und vor allem lag die Brücke in direkter Nähe von Kristina fucking Stares Haus.

Erik zog das Ladekabel aus dem Telefon und legte es zurück auf die Küchenzeile. Er stank noch immer nach Schweiß. Schweiß von der Arbeit, die er auf gar keinen Fall verlieren durfte. Er warf durch die offene Badezimmertür einen Blick auf die Badewanne. Der Gedanke, die verkrampften Muskeln in warmem Wasser zu entspannen, war verlockend. Er wollte nicht zu diesem Treffen gehen. Was zum Teufel sollte er sagen? Er hatte nichts hinzuzufügen. Aber wenn er nicht käme, würden die anderen denken, er hätte etwas mit der Entführung von Kristinas Tochter zu tun, und dann wäre die Kacke richtig am Dampfen.

Auf dem Weg ins Bad ließ er seine Sachen achtlos auf den Boden fallen und drehte das Wasser auf. Alles lief darauf hinaus, dass er Geld auftreiben musste. Sonst würde er nie frei werden. Sobald er flüssig war, wäre es vorbei. Doch dann blieb ihm nur eine Wahl: Er musste zu diesem Treffen gehen und versuchen, das Ganze so schnell wie möglich zum Abschluss zu bringen. Als er in die Wanne stieg, rutschte er aus und stützte sich im letzten Moment an der Wand ab, um nicht zu fallen. Dann streckte er sich im warmen Wasser aus und schloss die Augen.

Wie viel Zeit blieb ihm noch? Konnte Kristinas Tochter überhaupt noch lebend gefunden werden?

Erik atmete ein paarmal tief ein. Dann öffnete er die Augen, stieg aus der Wanne und trocknete sich ab. Der Magen hing ihm bis in die Kniekehlen. Seit einem dürftigen Frühstück heute Morgen hatte er nichts mehr gegessen. Er musste irgendetwas zu sich nehmen, hatte aber nicht die Energie, etwas von dem zu kochen, was er eingekauft hatte. Er würde unterwegs irgendwo eine Bratwurst verdrücken. Eigentlich hatte er kein Geld für so was, aber was spielte das für eine Rolle?

Falls er die Kohle nicht zusammenbekam, würde Jörgen ihn sowieso spätestens in einem Monat von einem seiner Gorillas totprügeln lassen. Was kümmerte es ihn dann, ob von seinem Lohn noch etwas übrig war?

30

Robert ging vom Hotel zu Fuß zum Wasserfall. Es war nicht weit, trotzdem holten ihn die Kindheitserinnerungen unterwegs ein. Als er das Tosen der Wassermassen hörte, die durch eine Turbine ins Innere des Wasserkraftwerks geleitet wurden, fiel ihm das alljährliche Sommerspektakel ein, wenn die Schleusen während der »Tage des Wasserfalls« geöffnet wurden und die Wassermassen des Göta älv über die Wasserfälle in das alte Flussbett hinabstürzten; so lange er zurückdenken konnte, hatte er diesem Schauspiel beigewohnt. Robert blickte über den Fluss auf die ein paar Hundert Meter entfernte Oskarsbron. Wie oft hatte er da oben gestanden, neben einer der goldenen Kronen am Brückengeländer, und darauf gewartet, dass die Schleusentore geöffnet wurden? Als er älter geworden war, hatte er dort Silvester gefeiert, mit Feuerwerksraketen, die am Himmel über dem brodelnden Wasser explodierten, und pompöser Musik, die aus den Lautsprechern des Wasserkraftwerks dröhnte.

Er wandte den Blick nach vorn, in die Gegenwart, und lief die Strömkarlsbron entlang, mit den Dammschleusen auf der linken und der trügerischen Strömung des Kanals auf der rechten Seite. Vom Fußgängerweg wirkte die Skulptur des Strömkarl wie eine steinerne Kuppel, doch vom Wasser aus ließ sich die Stirn eines gigantischen Hauptes erkennen, das aus dem Wasser emporragte. Der Strömkarl bewachte wie eh und je den nördlichen Flusslauf in Richtung Vänern.

Neben der Skulptur lehnte eine Frau am Brückengeländer. Ihr Gesicht war unter einer Kapuze verborgen. Als Robert näher kam, trat sie ein paar Schritte vor und streifte die Kapuze ab. »Robert?«, fragte sie und legte den Kopf auf die Seite.

Robert betrachtete sie forschend. Ihre Haare waren von einem dunkleren Blond, als er es in Erinnerung hatte, aber es war zweifellos Kristina. Einerseits hatte sie sich kein bisschen verändert, andererseits doch. Erinnerungen an Kristina als Teenager vermischten sich mit offiziellen Autorenfotos und Talkshowauftritten. Sie war nie eine Hochleistungssportlerin gewesen, aber im Lauf der Jahre hatte sie etliche Beziehungspfunde zugelegt. Robert ertappte sich bei dem Gedanken, dass sie ihr standen. Tatsächlich sah sie in seinen Augen besser aus, als er erwartet hatte.

»Kristina?«, fragte er. »Wo sind die anderen?«

Sie zuckte die Schultern. »Keine Ahnung. Maria wollte kommen, aber wer weiß, was Erik vorhat.«

Robert nickte. »Wie … wie geht es dir?«

Kristina sah ihn an und schüttelte den Kopf. Er bemerkte die dunklen Ringe unter ihren Augen und die Krähenfüße in ihren Augenwinkeln. »Du hast dich nicht verändert«, sagte sie. »Feinfühlig wie eh und je. Wie soll es mir wohl gehen?«

Robert hob die Hände. »Entschuldige.«

»Denk das nächste Mal ein bisschen nach«, fauchte Kristina, trotzdem lächelte sie. »So unglaublich es klingt, ich habe dich vermisst.«

»Dito.«

Als hinter ihnen Schritte erklangen, schrak Robert zusammen. Kristina setzte rasch ihre Kapuze auf und senkte den Kopf, aber es war Maria, die auf sie zuhielt. Robert erkannte sie sofort. Von ihrer Kleidung abgesehen hatte sie sich nicht verändert, als wäre eine erwachsene Seele in den Körper eines Mädchens geschlüpft. Ihr aschblondes Haar war zu der gleichen Pagenfrisur geschnitten, die sie schon während der Schulzeit getragen hatte.

»Hallo«, sagte Kristina und streifte ihre Kapuze ab. »Kommt Erik?«

»Ich weiß es nicht.« Maria hob die Schultern. »Seit ich bei ihm gewesen bin, habe ich nichts mehr von ihm gehört. Ich habe ihm eine SMS mit Ort und Uhrzeit geschickt, aber er hat nicht geantwortet.«

Kristina verdrehte die Augen. »War er betrunken?«

»Er war nüchtern, als ich gegangen bin. Vielleicht sind wir ihm einfach egal.« Maria nickte Robert zu. »Du bist jedenfalls da. Dann sind wir zu dritt.«

»Wir müssen zu *viert* sein.« Seufzend massierte Kristina ihren Nasenrücken. »Wir müssen jetzt zusammenhalten.«

»Als hätten wir das bisher getan«, erwiderte Maria.

»Was hast du eigentlich erwartet?«, fragte Robert. »Erik liegt wahrscheinlich besoffen oder stoned in irgendeinem Hauseingang rum.«

Maria bedachte ihn mit einem eiskalten Blick. »Mir ist klar, dass *du* das glaubst, aber du kennst ihn nicht. Erik ist clean, schon lange. Er bekommt sein Leben wieder in den Griff.«

»Na klar.« Robert grinste verächtlich. »Genau wie meine Mandanten.«

»Ich sagte doch, du kennst ihn nicht«, wiederholte Maria.

»Können wir uns bitte alle zusammennehmen«, sagte Kristina. »Keinem von uns gefällt diese Situation, aber wir sind hier, um zu besprechen, wie ich meine Tochter zurückbekomme.«

Robert nickte und starrte auf den Asphalt zu seinen Füßen. Kristina hatte recht. Dies war nicht der geeignete Moment, um alte Konflikte aufflammen zu lassen.

»Wir haben alle die gleiche SMS bekommen«, fuhr Kristina fort. »Wer auch immer sie geschickt hat, weiß, was damals mit Anna passiert ist.«

»Wie kannst du da so sicher sein?«, widersprach Robert. »Die Polizei hat das Skelett noch nicht identifiziert. Es könnte genauso gut jemand anderes sein.«

»Nein, es kann nicht jemand anderes sein«, entgegnete Kristina. »*Wir* wissen es. Es ist Anna.«

»Kristina und ich haben ihr Grab geöffnet.« Maria trat von einem Fuß auf den anderen. »Annas Leiche war weg. An ihrer Stelle lagen dort vier tote Vögel.« Marias Miene verriet, wie sehr sie gegen ihr Unbehagen ankämpfte. Robert spürte, dass ihm ein kalter Schauer den Rücken hinablief.

»Und Miras Handy.« Kristinas Stimme versagte. Schluchzend zog sie Miras Telefon aus der Tasche und zeigte es ihm.

»Die Person, die Mira entführt hat, hat uns auch diese SMS geschickt.«

»Das ist absurd.« Robert schüttelte den Kopf. »Woher wollt ihr das wissen? Die SMS kam von einer unbekannten Nummer, garantiert von irgendeinem Kartenhandy.«

Kristina sah ihn an. Ihre Augen schwammen in Tränen. »Nein, es war Miras Nummer.«

Der Boden schwankte unter Roberts Füßen. »Das ist unmöglich.«

»Doch. Die Nachricht kam von Miras Handy«, wiederholte Kristina. »Von *diesem* Handy.«

»Die Person, die Mira entführt hat, weiß, was damals passiert ist«, sagte Maria. »Sie weiß, wo wir Anna begraben haben. Und dafür gibt es nur eine Erklärung: Einer von uns hat geredet.«

Robert schüttelte den Kopf. »Das würde keiner von uns tun. Das wäre Wahnsinn. Versteht ihr, welche Konsequenzen das hätte?«

»Natürlich. Aber denk nach«, sagte Kristina. »Wir vier sind die Einzigen, die davon wissen. Und jetzt verwendet irgendwer unser Geheimnis gegen uns. Irgendeiner von uns *muss* geredet haben.«

»Ich war es jedenfalls nicht«, sagte Robert. »Wenn ihr das glaubt, irrt ihr euch.«

»Ich war es auch nicht«, sagte Maria.

Kristina lachte sarkastisch. »Und Gott weiß, dass ich es auch nicht war.«

Robert zuckte die Schultern. »Entschuldigt, aber bin ich der Einzige, der findet, dass es ganz offensichtlich ist, wer geredet haben muss?«

Schritte erklangen auf dem Asphalt. Robert schrak zusammen, und alle drei blickten sie auf den Mann, der auf sie zukam. Eine Zigarette glomm zwischen seinen Fingern, und als er redete, quoll Rauch aus seinem Mund.

»An eurer Stelle wäre ich ein bisschen leiser«, sagte Erik und inhalierte einen tiefen Zug. »Man hört euch aus fünf Kilometern Entfernung.«

»Erik«, stammelte Maria. »Wir dachten, du würdest nicht kommen.«

»Nein. Aber jetzt bin ich hier. Der geborene Sündenbock. Wer sollte sonst auspacken, wenn nicht der erbärmliche Junkie?«

»So hat das keiner von uns gemeint«, begann Maria, doch Erik fiel ihr ins Wort.

»Aber das ist es, was jeder von euch denkt, oder etwa nicht? Das ist die bequemste Lösung. Aber ihr seid auf dem Holzweg, ich habe kein Wort gesagt.« Noch ein Zug, dann warf er die brennende Kippe auf den Boden. »Aber einer von uns lügt.«

Sie sahen einander schweigend an. Robert schluckte schwer. Erik hatte recht. Einer von ihnen log. Er hob die Arme. »Ich bin es jedenfalls nicht. Wenn die Wahrheit über Anna ans Licht kommt, würde ich alles verlieren. Das kann ich mir nicht leisten.«

Erik lachte, fischte eine neue Zigarette aus einer zerknautschten Schachtel und klemmte sie in den Mundwinkel. »Ich verliere rein gar nichts, wenn die Wahrheit rauskommt«, sagte er und zündete die Zigarette an.

»Das stimmt nicht«, widersprach Maria. »Du hast mehr zu verlieren als wir anderen zusammen. Dein neues Leben. Wenn die Wahrheit rauskommt, ist alles, wofür du gekämpft hast, sinnlos. Im Gegensatz zu mir, ich habe nicht viel im Leben, aber ich habe unser Geheimnis für mich behalten, weil ich es *geschworen* habe.«

Kristina schüttelte den Kopf. »Vergesst nicht, dass meine Tochter entführt wurde. Ich bin wohl die Einzige aus unserem Bund, die über jeden Zweifel erhaben ist.«

Robert kam sich vor, als säße er mit einem seiner Mandanten in einem Vernehmungsraum. *Ich schwöre, ich war es nicht.* Er wandte sich an Kristina.

»Hier sind wir«, sagte er. »Alle vier. Was hast du erwartet, Kristina? Dass der Schuldige vortritt und gesteht, wie in einem alten Agatha-Christie-Krimi?«

Kristina schnaubte. »Natürlich nicht. Aber wir müssen irgendwo anfangen. Okay, irgendwer von uns hat geredet. Wer, muss ich ehrlich gesagt nicht wissen. Ich will nur, dass meine Tochter heil und gesund nach Hause kommt.«

Roberts Augen funkelten.

Das waren die ersten gescheiten Sätze, seit sie hier zusammengekommen waren.

31

Erik inhalierte einen letzten tiefen Zug, dann warf er die Zigarettenkippe auf den Boden. Er schüttelte den Kopf. Das Nikotin kribbelte wohltuend in seinem Körper. Er wusste, dass der Effekt gleich wieder abklingen würde, ein flüchtiger, daher »unbedenklicher« Kick, den er aber brauchte, um die Ruhe zu bewahren, während er notgedrungen mit den Menschen zusammen war, die sein Leben zerstört hatten. Gleichzeitig ließ es seine Hände zittern. Das Gift in seiner Blutbahn lechzte nach gehaltvolleren, härteren Substanzen.

Robert blickte in die Runde. »Du willst also, dass wir dir helfen, Mira zurückzubekommen«, sagte er dann an Kristina gewandt. »Wie stellst du dir das vor?«

Kristina entsperrte Miras Handy. »Als wir Annas Grab geöffnet haben, stand eine Nachricht auf dem Display«, sagte sie und las vor. »*Ihr Pechvögel werdet bezahlen, sonst stirbt sie.* Seitdem ist keine neue Nachricht gekommen, aber die Forderung des Entführers ist eindeutig.«

Jetzt kommt es, dachte Erik.

»Er will Geld.« Kristina sah sie der Reihe nach an.

Robert schüttelte den Kopf. »Das kann er vergessen. Wir können nicht auf Geldforderungen eingehen.«

»Warum nicht?«, sagte Erik. »Warum geben wir ihm nicht, was er will, und setzen der ganzen Sache damit ein Ende?«

»Weil es Erpressung ist.« Robert bedachte ihn mit einem verächtlichen Blick. »Wenn wir einmal bezahlen, denkt er, dass wir es wieder tun, und fordert immer mehr.«

»Das kann gut sein«, pflichtete Maria ihm bei. »Aber ich weiß nicht, welche Alternative wir haben sollten.«

»Uns bleibt im Grunde keine Alternative«, sagte Kristina. »Wir haben uns diese Sache vor vielen Jahren selbst eingebrockt. Wenn wir die Forderung nicht erfüllen, müssen wir Mira finden, bevor der Kidnapper ihr etwas antut.«

Maria seufzte. »Nein. Wie sollte uns das gelingen? Wir brauchen Hilfe. Wir müssen zur Polizei gehen und erzählen, was damals passiert ist. Das ist das einzig Richtige.«

Robert zuckte zusammen, Kristina schien zu Eis zu erstarren.

»Einen Teufel werden wir tun!«, spie Robert. »Kapierst du nicht, welche Konsequenzen das hätte?«

»Das geht nicht.« Kristinas Stimme war beunruhigend ruhig. »Wir müssen diese Sache selbst lösen und die Polizei aus dem Spiel lassen.«

»Warum zum Teufel?«, sagte Erik. »Ich stimme Maria zu. Wir sollten zu den Bullen gehen und ihnen den Rest überlassen.«

»Das ist völlig ausgeschlossen«, erwiderte Robert. »Das würde mich meine Karriere kosten, alles, was ich habe.«

»Ich bin Polizistin, vergiss das nicht«, sagte Maria. »Meine Karriere wäre genauso im Eimer, sobald die Wahrheit ans Licht kommt. Aber das ist es wert, wenn wir dadurch das Leben von Kristinas Tochter retten.«

»Nein, Maria«, widersprach Kristina. »Wir können nicht zur Polizei gehen und erzählen, was damals wirklich mit Anna passiert ist. Es ändert nichts an der Situation, und, viel schlimmer, es könnte den Entführer provozieren, er könnte Mira etwas antun. Wenn wir herausfinden, wer Mira entführt hat, können wir sie vielleicht befreien oder der Polizei dabei helfen.«

»Ganz ehrlich?«, sagte Erik. »Deine Tochter ist mir schnuppe, aber ich habe nicht vor, mir von dieser Scheiße ein zweites Mal mein Leben verbauen zu lassen. Ich finde, wir sollten zur Polizei gehen und alles erzählen. Was damals passiert ist, die Erpressungs-SMS des Entführers, *alles*.«

Robert ging auf ihn zu und stieß ihn unsanft in die Brust. Seine Augen verdunkelten sich. »Einen Teufel werden wir tun«, wiederholte er zwischen zusammengepressten Zähnen. »Weder wir noch du. Kapierst du?«

»Fass mich nicht an!« Erik ballte die Hände zu Fäusten. Er wünschte, er könnte Robert die Fresse polieren. Davon träumte er seit vielen Jahren, aber er zügelte seine Wut und begnügte sich damit, herausfordernd das Kinn vorzurecken, sodass Robert zurückwich.

»Hört auf«, beschwichtigte Maria. »Streiten hilft uns nicht weiter.«

»Maria hat recht«, sagte Kristina. »Ich weiß, dass es schwer ist, aber wenn wir eine Lösung finden wollen, müssen wir zusammenarbeiten.«

»Zusammenarbeiten?« Robert wandte sich von Erik ab. »Mit *dem da*?«

»Wir müssen es versuchen«, sagte Kristina.

»Mir ist klar, dass ihr mir nicht vertraut«, sagte Erik. »Das würde ich an eurer Stelle auch nicht. Aber ich habe eine Neuigkeit für euch: Ich vertraue euch auch nicht. Ihr wollt mich nur drankriegen, weil ich in euren Augen der glasklare Verdächtige bin.«

Maria machte einige Schritte auf ihn zu. Sie schüttelte den Kopf, und ihr Blick wurde sanfter. »Nein, Erik. Du weißt, dass das nicht wahr ist. Ich möchte, dass du wieder auf die Beine kommst.«

»Aber *er* scheißt auf mich.« Erik zeigte auf Robert.

»Das stimmt. Ich scheiße auf dich«, sagte der. »Aber ich scheiße nicht darauf, was du tust. Kapierst du? Ich muss dich nicht leiden können, aber Kristina hat recht. Wir müssen zusammenarbeiten.«

Erik kochte vor Wut. »Na schön. Dann müsst ihr wohl blechen, wenn ihr nicht zu den Bullen gehen wollt.« Er deutete mit dem Kopf auf Robert. »Du bist doch Anwalt, du hast doch wohl genug Kohle?«

»Was spielt das für eine Rolle?«, erwiderte Robert. »Warum sollte *ich* bezahlen? Kristinas Tochter wurde entführt. Aber die Frage stellt sich gar nicht. Hast du nicht gehört, was wir gerade gesagt haben?«

»Du egoistisches Schwein.« Erik bohrte die Augen in Roberts. »Hätte ich die Kohle, würde ich bezahlen und der ganzen

Sache ein Ende setzen. Aber du, du rückst keine einzige Öre raus, du selbstsüchtiges Arschloch. Du bist noch genauso wie früher.«

Erik drehte sich abrupt um und ließ die anderen stehen. Seine Sohlen schlugen so hart aufs Pflaster, dass er glaubte, sie müssten Löcher in den Asphalt reißen. Wie hatte er vergessen können, wie sehr er diese drei Menschen hasste, und Robert Silver ganz besonders? Jetzt erinnerte er sich, und die Erinnerung brannte wie Säure in seinem Inneren. Seine Glieder zitterten fast so stark wie während der schlimmsten Phase des Entzugs.

»Bleib hier!«, rief Maria ihm nach. »Bitte, Erik, komm zurück.«

Er schüttelte den Kopf. Er war fünfundzwanzig Jahre ohne diese Leute klargekommen. Und er würde einen Teufel tun, sich wieder mit ihnen einzulassen. Er musste seine eigenen Probleme lösen.

32

Maria seufzte resigniert und blickte Eriks schmaler Gestalt nach, die sich auf dem Fußweg der Brücke entfernte. Sein ruckhafter Gang erweckte den Eindruck, als würde er auf und ab hüpfen.

»Sollen wir ihn einfach gehen lassen?«, murmelte sie leise. Es fühlte sich nicht richtig an. Sie saßen alle im selben Boot, vier Pechvögel. Nicht drei.

»Was sollen wir dagegen tun?«, sagte Robert. »Wenn er auf hundertachtzig ist, hat es keinen Sinn, ihm nachzulaufen. Das hat schon früher nichts gebracht.«

»Aber …« Marias Stimme versagte. Ihr Gewissen plagte sie. Sollten sie nicht auf Erik hören, hatte er nicht recht? Wäre es nicht besser, sie gingen zur Polizei? Sie *war* die Polizei. Sie sollte klüger sein.

Robert blickte sich gehetzt um. »Dieses Treffen ist doch völlig sinnlos«, sagte er. »Was tun wir hier eigentlich?«

»Ich weiß es nicht. Vielleicht war es doch keine so gute Idee.« Kristina schüttelte den Kopf. »Ich muss jetzt nach Hause. Johan akzeptiert, dass ich spätabends spazieren gehe, aber ich darf ihn nicht misstrauisch machen.«

Maria hielt noch einmal nach Erik Ausschau. Sie hoffte, dass er umdrehte, zurückkäme und mit sich reden ließe. Er tat es nicht. Das ist alles durch und durch falsch, dachte sie. Laut sagte sie: »Erik hat recht«, und wandte sich Robert und Kristina zu. »Wir müssen zur Polizei gehen, jetzt gleich. Wir müssen erzählen, was geschehen ist.«

»Nein.« Kristina durchbohrte sie mit einem messerscharfen Blick.

»Verfluchte Hölle noch eins«, seufzte Robert.

»Die Polizei würde uns nur verdächtigen. Das würde mehr schaden als nutzen.« Kristina trat einen Schritt auf sie zu und umfasste in einer Art distanzierter Umarmung ihre Oberarme.

»Aber es geht doch um deine Tochter …« Maria stiegen Tränen in die Augen. Sie blinzelte sie weg, so gut es ging. »Meine Kollegen suchen rund um die Uhr nach ihr. Vielleicht helfen ihnen unsere Informationen weiter. Vielleicht kommen sie dem Entführer so auf die Spur.«

»Genau das ist der Grund. *Meine* Tochter ist verschwunden, und wir werden sie finden. Aber nicht, indem wir uns auf das Niveau des Entführers begeben und in der Vergangenheit stochern.« Kristina lächelte flüchtig und drückte noch einmal Marias Oberarme, bevor sie sie losließ. »Wir müssen morgen weiterreden. Ich muss jetzt gehen«, sagte sie und hastete davon.

»Was für ein verfluchter Schlamassel«, seufzte Robert.

Maria sah Kristina nach. Wie Erik verschwand sie, aber in die entgegengesetzte Richtung, in Richtung Fagerstrandsbacken. Ihre Silhouette schaukelte im Rhythmus ihrer Schritte und erinnerte an Eriks ruckhaften Gang.

»Ich weiß nicht, was ich sagen soll«, erwiderte sie. Eine Schwärze breitete sich in ihren Adern aus und betäubte ihre Gefühle, bis sie sich komplett leer fühlte. Sie kannte dieses Gefühl, schloss die Augen und atmete tief durch, damit die alten Dämonen nicht zurückkehrten.

»Es gibt auch nichts zu sagen, nicht jetzt«, murmelte Robert. »Wo wohnst du inzwischen?«

Maria starrte ihn an wie einen Besucher von einem anderen Stern. Hatte er gerade gefragt, wo sie wohnte? Als wären sie sich bei einem Klassentreffen begegnet, normaler Small Talk, als wäre nichts geschehen. »Was?«, fragte sie.

»Ich gehe jetzt jedenfalls in mein Hotel. Ich dachte, vielleicht gehen wir ein Stück zusammen, wenn du in dieselbe Richtung musst.«

Es war spät. Maria atmete die kühle Nachtluft ein. Der Herbst hüllte die Welt in eine feuchte Kälte. Sie nickte und ging gemeinsam mit Robert in Richtung Innenstadt.

»Also«, sagte Robert. »Wo wohnst du?«

»Zu Hause«, antwortete sie. »Ich habe das Haus meiner Eltern geerbt. Sie sind beide gestorben. Mir ist nie in den Sinn gekommen, von hier wegzuziehen.«

Robert pfiff durch die Zähne. »Home sweet home. Du bist also immer noch am selben Fleck?«

»Ja.« Maria hatte keine Ahnung, was Roberts Kommentar in ihr auslöste. Er hatte ja recht. Sie schlief nach wie vor in ihrem ehemaligen Mädchenzimmer, nicht im selben Bett, und die mit Tesafilm an die Wände geklebten Poster hatte sie durch gerahmte Kunstdrucke ersetzt, aber die Tapete war noch dieselbe. »Und wohin hat es dich verschlagen?«, fragte sie.

Robert lachte freudlos. »Weiß der Teufel«, sagte er. »In mein Büro, nehme ich an.«

»Arbeitest du so viel?«

»Das wäre zu schön, um wahr zu sein. Nein, aber da habe ich wenigstens ein Dach über dem Kopf.«

Maria betrachtete ihn forschend und versuchte, seinen Gesichtsausdruck zu deuten. »Wie meinst du das?«

»Ich stecke mitten in der Scheidung. Meine Nochehefrau ist gerade dabei, das Haus zu verkaufen. Aber vom Erlös kriege ich keine müde Öre zu sehen. Alles, was auch nur irgendeinen Wert hat, gehört ihr, ihr allein. Ich habe nicht die finanziellen Mittel, mir von heute auf morgen eine neue Bleibe zuzulegen.«

»Das tut mir leid«, sagte Maria.

Sie überquerten den Fluss. Die Lichter der Hafenpromenade funkelten im trügerisch ruhigen Wasser des Göta älv.

»Ich habe keine Ahnung, was schlimmer ist«, sagte Robert. »Der Mist zu Hause oder der Mist hier.«

Maria konnte ein Lachen nicht unterdrücken. »Ich würde sagen, der Mist hier. Aber für mich ist es ein und dasselbe. Mein Zuhause ist hier. Ich kann nicht heimfahren und mich dem Ganzen entziehen.«

»Wohl wahr.« Robert deutete mit dem Kopf auf den Wintergarten des Hotels Swania, der dunkel und verlassen dalag. Heute fand dort keine Feier statt, und das Restaurant hatte geschlossen. »Das ist mein Zuhause, jedenfalls für den Moment«, sagte er.

»Schlaf gut.«

»Du auch.«

Robert ging auf den Hoteleingang zu. Maria hielt inne, dann rief sie noch einmal seinen Namen. Robert blieb stehen und drehte sich zu ihr um.

»Denkst du manchmal an Anna?«, fragte sie.

Robert sackte kaum wahrnehmbar zusammen. Er schüttelte den Kopf. »Ich versuche, es nicht zu tun«, antwortete er. »Das ändert nichts.«

»Nein, wohl nicht.« Maria holte tief Luft. »Ich denke oft an sie.«

»Maria …«

»Sie war meine Freundin. Oder ich hatte gehofft, dass sie meine Freundin werden wollte. Ich dachte, dass sie als Neue in der Klasse bestimmt froh gewesen wäre, Anschluss zu finden. Aber ich hätte sie damals nicht mitbringen sollen, nicht wahr?«

»Bitte, das führt doch zu nichts, das weißt du.«

Maria ließ sich nicht beirren. »Hätte ich sie nicht mitgebracht, wäre das alles nicht passiert. Anna wäre noch am Leben, und Kristinas Tochter wäre nicht entführt worden. Es ist alles meine Schuld.«

Robert kam zu ihr und fasste sie leicht bei den Schultern. Maria schluckte und sah ihn mit Tränen in den Augen an.

»Hör auf«, sagte er. Sein Gesicht war ernst, sein Blick leer. »Annas Sturz war ein Unfall. Niemand ist schuld daran. Es hat keinen Sinn, etwas daran ändern zu wollen. Wir sollten die Dinge so lassen, wie sie sind.«

Maria nickte und wischte mit dem Handrücken die Tränen weg. Robert ließ ihre Schultern los, sah sie aber weiter unverwandt an.

»Du hast wohl recht«, sagte Maria.

»Ich befürchte es«, erwiderte Robert. »Es ist spät. Wir sollten jetzt schlafen. Kommst du allein nach Hause?«

Maria nickte und blieb vor dem dunklen Wintergarten stehen, bis Robert im Hotel verschwunden war. Dann atmete sie tief durch, sammelte sich, so gut es ging, wandte sich in Richtung Marktplatz und ging nach Hause.

33

Leise zog Kristina die Kellertür hinter sich ins Schloss. Sie hatte schon genug Sorgen, ohne dass Johan Fragen zu stellen begann, warum sie nicht zu Hause blieb. Das fragte sie sich beinahe selbst, doch das war ihre geringste Sorge. *Hatte Mira Hunger, fror sie?*

Für gewöhnlich konnte sie sich ihre Sorgen und Ängste von der Seele schreiben, diesmal nicht. Sie versuchte es, aber es war eine Qual. *Ihre Tochter war mutterseelenallein in der Dunkelheit.* Kristina hörte ihre Hilferufe. Und gleichzeitig wisperte die Flasche ihren Namen, versuchte, Miras Rufe mit verführerischen Lockrufen zu übertönen. Kristina benötigte ein Ventil für ihre Angst, und sie hoffte, dass Johan Verständnis dafür hatte, doch der Alkohol würde keine Linderung bringen, sondern nur noch mehr Probleme verursachen, wenn sie ihr Urteilsvermögen verlor.

Das Treffen der Pechvögel war nicht so verlaufen, wie sie gehofft hatte. Zwar waren alle gekommen, und sie hatte ihnen den Ernst der Lage begreiflich machen können, aber das war auch alles.

Sie zog ihre Schuhe aus und hängte ihren Mantel an die Kellergarderobe neben die schmutzige Gartenkleidung, die sie hier unten aufbewahrten. *Was sollten sie mit Erik machen?* Kristina setzte sich auf die Kellertreppe und schrieb Robert eine SMS. Der Schein des Displays fiel auf ihr Gesicht und die Wand hinter ihr. Sonst war es im Haus dunkel und still. Als Robert und sie ihre Konversation beendeten, war ihre Sorge nicht geringer geworden.

Sie hatte immer gewusst, dass Erik das schwächste Glied in der Kette war, jeder von ihnen hatte das gewusst, schon damals. Sie mussten eine Lösung für das Erik-Problem finden, nur welche?

Ihn aus dem Weg räumen?

Kristinas Puls begann zu hämmern. Wie schaffte man sich jemanden vom Hals, ohne Spuren zu hinterlassen? Das sollte sie besser wissen als jeder andere. Morde auszutüfteln und sie als Unterhaltung aufzubereiten, war ihr Job. Eigentlich sollte sie durch die Hintergrundrecherchen zu ihren Büchern aus einem Vorrat an Möglichkeiten schöpfen können. Aber die realen Mordfälle, von denen sie sich inspirieren ließ, wiesen alle den gleichen entscheidenden Mangel auf: Sie waren früher oder später aufgeklärt worden. Die Mörder waren mit ihren Taten nie ungeschoren davongekommen. Wäre das Entdeckungsrisiko nicht, würde ich es selbst machen, dachte sie.

Die Frage war nur, waren Robert oder Maria dazu bereit?

Mit zitternden Beinen stand sie auf und ging hinauf ins Obergeschoss. Um Johan nicht zu wecken, zog sie sich schon im Badezimmer aus, schlich dann ins Schlafzimmer und kroch unter die Bettdecke.

Johan drehte sich zu ihr um und sah sie in der Dunkelheit an. »Du warst lange weg«, murmelte er verschlafen. »Ich habe mir schon Sorgen gemacht, du wärst auch entführt worden.«

Kristina legte eine Hand an seine Wange. »Entschuldige, ich wollte dich nicht wecken.«

»Du bist kalt«, sagte er.

»Ja.« Kristina seufzte. »Ich bin bis zum Bahnhof gelaufen, und später habe ich noch eine Weile im Garten auf der Bank gesessen.«

»Du hast doch nicht getrunken?«

»Nein.«

Johans Augen schimmerten im Dunkeln, als er sie forschend betrachtete, dann drehte er sich wieder auf die andere Seite. Die Decke raschelte leise. Hatte er ihr die Lüge abgekauft? Spielte es eine Rolle? Wenn sie nicht alle vier am selben Strang zögen, wäre alles verloren. Vielleicht saß Erik in diesem Moment im Polizeirevier und erzählte, was vor fünfundzwanzig Jahren wirklich geschehen war. Sie wollte nicht daran denken, konnte die Erinnerungen aber nicht aus ihrem Kopf verscheuchen. Sie hatte die Lüge in die Welt gesetzt. Sie hatte sich die Geschichte über Annas Sturz in den Fluss ausgedacht, weit entfernt von der Stelle im Wald, wo sie mit dem Hinterkopf auf einen Stein aufgeschlagen und gestorben war. Und die Geschichte war so gut gewesen, dass niemand sie angezweifelt hatte.

Ihr Körper bebte vor Angst. Sie brauchte jetzt jemanden, der ihr Halt gab und der sie liebte, gleichgültig, wie verzwickt ihre Situation war, gleichgültig, wie viel Schuld sie auf sich geladen hatte.

»Johan.« Sie berührte ihn sanft an der Schulter. Blinzelnd drehte er sich zu ihr um.

»Ja?«

»Bin ich an allem schuld?« Ihre Stimme versagte, und sie brach in Tränen aus. Sie dachte an Mira. Mira hatte niemanden, bei dem sie Trost suchen konnte, wenn sie weinend in der Dunkelheit lag und fror. Mira war ganz allein.

Johan nahm sie in die Arme. »Sch«, sagte er. »Warum sagst du so was?«

»Was, wenn Mira nur entführt wurde, weil ich über all diese Dinge schreibe?«

»Das glaube ich nicht«, sagte Johan. »Warum sollte jemand so etwas tun?«

Kristina klammerte sich an ihn. Die Angst ließ ihre Tränen fließen. Sie war schuld, alles war ihre Schuld. Und gerade wurde ihre Schuld obendrein von der Angst gespeist, alles könnte schiefgehen. Sie hatte keine Angst um Mira, nicht in diesem Moment, in diesem Moment stellte die Gefahr, dass Erik zur Polizei ging und die Wahrheit erzählte, alle anderen Ängste in den Schatten.

»Weine nicht.« Johan drückte sie an sich. »Versuch, ein bisschen zu schlafen. Mira lebt, die Polizei wird sie bald finden.« In Johans Stimme schwang eine Zuversicht, wie Kristina sie seit

Tagen nicht gehört hatte. »Etwas anderes darfst du gar nicht denken.«

Kristina nickte. Mira lebte. Der Entführer war kein Mörder, jedenfalls noch nicht.

34

Robert Silver bestand aus zwei Dingen: Fassade und Frust.

Der Frust war im Lauf der Jahre schleichend gekommen und proportional zu seiner Erkenntnis gewachsen, dass er nicht der Staranwalt war, für den er sich immer gehalten hatte. Und dass seine Kollegen bei Green das ebenso gesehen und nur darauf gewartet hatten, dass er einen fatalen Fehler machte, um ihn loszuwerden. Alle hatten gewusst, dass es passieren würde – nur er nicht.

Seine Fassade dagegen war nie gebröckelt. Nicht einmal, als er der illustren Kanzlei den Rücken gekehrt und seine eigene Rechtsanwaltsklitsche aufgemacht hatte, ließ er sich anmerken, wie tief er in Wahrheit gesunken war. Nach außen gab er das Bild eines autarken Machers, der lieber den Schritt in die Selbstständigkeit wagte, als sich dem Führungsstil anderer unterzuordnen.

Er hatte seine gesamte Energie darauf gerichtet, die praktischen Details rund um Scheidung und Karriere zu lösen, um nicht daran denken zu müssen, wie es wirklich um ihn bestellt war. Er hatte sich vorgemacht, dass die Bilder von Anna Fridhemssons Skelett – denn tief in seinem Inneren wusste er, dass es ihre Überreste waren –, ihn kaltließen. Dass alles war, wie es sein sollte. Wie es immer gewesen war. Während des Treffens auf der Strömkarlsbron hatte er sich eingeredet, dass seine Fassade nach wie vor intakt war. Aber unter seiner Haut hatte die Angst gekribbelt. Jetzt holte der emotionale Stress ihn ein.

Kaum hatte sich die Tür seines Hotelzimmers hinter ihm geschlossen, sank er wie gelähmt aufs Bett und vergrub das Gesicht in den Händen. Er musste seine ganze Konzentration aufbieten, um das Atmen nicht zu vergessen. Vor seinem geistigen Auge geriet ein Räderwerk von Katastrophen in Gang.

Was, wenn Erik wirklich zur Polizei ging? Sie waren damals nicht strafmündig gewesen, aber was spielte das für eine Rolle?

Er war *Anwalt*. Ein Beruf, der verpflichtete. Er konnte es sich weder leisten, ein Hauptakteur in einem Entführungsdrama zu sein, noch dass ein dunkles Geheimnis aus seiner Jugend ans Licht käme. Das würde eine Hetzjagd entfesseln. Die Presse würde ihn vernichten, die Anwaltskammer ihn rauswerfen. Er würde zur Persona non grata erklärt werden und nicht einmal mehr läppische Pflichtmandate zugeteilt bekommen. Er würde Konkurs anmelden müssen, auf der Straße landen und …

»Scheiße!« Fluchend sprang er auf und lief rastlos im Zimmer auf und ab, seine Beine wollten nicht still stehen. Aus dem Spiegel starrte ihm sein Gesicht entgegen, bleich und gehetzt in der gedimmten Hotelzimmerbeleuchtung. Er wollte vor sich selbst davonrennen, wusste aber, dass es unmöglich war. Jedenfalls an einem Wochentag, wenn die Bar schon geschlossen hatte.

Fieberhaft öffnete er sämtliche Schränke und Schubladen des

Zimmers. Na bitte, eine Minibar. Zwei Dosen Bier, eine kleine Flasche Rotwein, Limonade und ein paar Fläschchen mit Hochprozentigem. Ungeduldig überflog er die Etiketten und entschied sich für die einzige vorhandene Whiskysorte. Er nahm einen großen Schluck, bekam die Flüssigkeit in den falschen Hals und rang hustend nach Luft, während der billige Alkohol in seiner Kehle brannte.

Er sackte erneut aufs Bett, trank die Flasche in einem Zug aus und kippte, angezogen, wie er war, nach hinten auf die Tagesdecke. Die Menge reichte nicht, um ihn betrunken zu machen, trotzdem schien der Raum zu schwanken. Das Bett war ein Floß auf offener See.

Sein Handy vibrierte. Robert fuhr sich mit der Hand über das Gesicht, dann setzte er sich aufrecht hin und las.

– *Bist du wach?*

Er starrte Kristinas SMS einige Sekunden lang an.

– *Ja.*

Er schickte eine zweite Nachricht hinterher.

– *Was zum Teufel sollen wir tun?*

Die Frage katapultierte ihn fünfundzwanzig Jahre in die Vergangenheit. Er konnte das alles nicht glauben. Er kam sich vor wie auf einem makabren Klassentreffen. Jeder von ihnen hatte wieder seine alte Rolle eingenommen. Niemand konnte seiner Vergangenheit entfliehen, da halfen auch die teuersten Anzüge und der dickste Luxusschlitten nichts. Er mochte vielleicht als Anführer erscheinen, doch in Wahrheit hielt Kristina die Fäden in der Hand. Heute genauso wie damals.

– *Keine Ahnung. Was hat Maria gesagt?*

– *Nicht viel. Wie gut kennt sie Erik?*

– *Sie hat manchmal versucht, ihm zu helfen.*

Robert stand vom Bett auf und blickte aus dem Fenster über den Fluss. Dort drüben konnte er Kristinas Haus erkennen, es stand im Fagerstrandsbacken. Das Beverly Hills von Trollhättan. Die auf der Anhöhe gelegenen Häuser boten mit Abstand die schönste Aussicht auf den Kanal und das Zentrum. Nicht alle waren so groß wie Kristinas weiße Holzvilla, aber sie waren allesamt liebevoll restauriert, und wenn, was selten genug vorkam, eines von ihnen zum Verkauf stand, überboten sich die Interessenten. Die Fenster jenseits des Flusses waren ausnahmslos dunkel, das einzige Licht stammte von den Straßenlaternen. Alle klugen Menschen lagen in ihren Betten oder guckten fern. Er sollte auch schlafen gehen, er war zu Tode erschöpft.

Wieder vibrierte sein Handy, eine weitere SMS von Kristina.

– *Ich glaube, Erik steckt dahinter.*

Robert nickte. Natürlich, dachte er. Das war die leichteste Antwort. Erik Stiernström, der Überflieger ihrer Klasse, der auf die schiefe Bahn geraten war. Natürlich musste er es sein.

– *Vielleicht. Andererseits wäre das irgendwie zu einfach.*

Er zögerte kurz, ehe er die SMS abschickte.

Es *war* zu einfach, aber ebendeshalb konnte es zutreffen.

Kristina und er dachten in denselben Bahnen, nur ihre Schlussfolgerungen unterschieden sich. Wenn er aus seinen Kontakten mit Kleinkriminellen und Staatsanwälten eines gelernt hatte, dann, dass die Dinge selten kompliziert waren. Wer als Schuldiger galt, war es meistens auch. Zugegeben, er besaß kein großes Talent für seinen Beruf, und bei den wenigen Ausnahmen, bei denen es ihm gelang, einen Mandanten oder eine Mandantin freizuboxen, war es nicht sein Verdienst, sondern ein Verfahrensfehler des Staatsanwalts, doch das änderte nichts an der Tatsache: Das Gros der Angeklagten hatte die Vergehen, die ihnen zur Last gelegt wurden, auch begangen.

Er hatte Kristinas Bücher gelesen. Er kannte sie seit ihrer frühesten Kindheit: Für Kristina waren die Geschichten das Ausschlaggebende, Erdichtetes. Nicht Wahrheiten. Natürlich waren Krimis spannender, bei denen nicht von Anfang an feststand, wer der Täter war, aber der Kniff, der Kristina zur *True-Crime*-Königin der schwedischen Krimiszene machte, war, dass sie Fakten und Fiktion auf eine Weise miteinander verwob, dass man nicht aufhören konnte zu lesen. Sie verstand es, die Fäden zwischen Wahrheit und Lüge meisterhaft zu ziehen.

Dass sie sich jetzt auf den offensichtlichen Verdächtigen einschoss, schien ihm irgendwie nicht plausibel. So hätte er argumentiert, nicht sie. Und ihre Antwort räumte seinen Zweifel nicht aus. Sie war sich ihrer Sache *zu* sicher.

– Wer sollte es sonst sein? Wärst du dazu fähig? Oder Maria?

Sich selbst brauchte sie nicht zu nennen. Wie sie gesagt hatte, es war ihre Tochter, die entführt worden war.

Kristina hatte recht. Erik musste dahinterstecken. Maria würde den Schwur, den sie damals geleistet hatten, nie und nimmer brechen.

– Ja, vermutlich hast du recht. Aber die Frage bleibt dieselbe: Was zum Teufel sollen wir tun?

Robert drückte die Home-Taste und blickte über das dunkle Wasser zum anderen Ufer hinüber. Natürlich steckte Erik dahinter, dachte er. Trotzdem blieb ein leiser Zweifel zurück. Es war *zu* einfach.

35

Die letzte Kippe war auf halbem Heimweg aufgeraucht, und anstelle des Nikotins kratzte nun die Kälte im Hals. Erik schob die geballten Fäuste in die Taschen seiner Jeansjacke. Doch in dieser scheißkalten Nacht half das nicht viel.

Warum war er bloß so dämlich gewesen, zu diesem Treffen zu gehen? Er hätte zu Hause bleiben, sich von den anderen fernhalten sollen. Er beschloss, die Abkürzung über den Friedhof zu nehmen. Der Gehweg, der sich zwischen den Grabsteinen hindurchschlängelte, glänzte regennass. Hier und da flackerten vereinzelte Grablichter.

Als er schließlich in seinem Treppenaufgang stand und auf den Fahrstuhlknopf drückte, waren seine Finger taub vor Kälte. Zitternd verschränkte er die Arme vor der Brust, während die Wärme langsam in seine Glieder zurückkehrte. Vor seiner Wohnungstür zog er den Schlüssel aus der Jackentasche und schob ihn gewaltsam ins Schloss, wie ein Messer, dass er jemandem in den Bauch rammte.

Doch das Schloss hakte mehr, als er es in Erinnerung hatte, fast, als passe der Schlüssel nicht. Stirnrunzelnd blickte er sich um. War er im falschen Stockwerk ausgestiegen? Aber auf der

Briefkastenklappe stand sein Name, und die Schmierereien neben der Tür waren dieselben. Er drückte die Klinke nach unten, die Tür ging auf. Doch es blieb das unbehagliche Gefühl, dass etwas nicht stimmte.

Als er die Deckenlampe in dem kleinen Flur anknipste, packte ihn jemand am Handgelenk. Ein kräftiger Ruck brachte ihn aus dem Gleichgewicht, er bekam einen Tritt in die Kniekehlen und stürzte zu Boden. Erik spürte ein Knie zwischen seinen Schulterblättern, dann drehte ihm jemand den Arm auf den Rücken.

»Willkommen zu Hause«, zischte eine fremde Stimme an seinem Ohr.

»Ich sehe, dass du jetzt zur feinen Gesellschaft gehörst«, erklang eine bekannte Stimme. Jörgen.

Das Gewicht auf seinem Rücken drückte ihm die Luft ab. »Was willst du?«, presste Erik mühsam hervor.

Jörgen ging in der Wohnung auf und ab, als würde er über etwas nachdenken, dann nahm er Eriks Tagebuch vom Tisch und blätterte geistesabwesend darin herum. Erik begann sich zu wehren, aber es war sinnlos. Der Mann, der ihn festhielt, drehte seinen Arm nur noch fester nach hinten und erhöhte den Druck seines Knies zwischen Eriks Schulterblättern, bis er seine Gegenwehr einstellte.

»Ich hab noch keine Kohle«, keuchte er.

Jörgen seufzte und ließ das Tagebuch auf den Boden fallen. »Nein, das ist mir klar. Ich weiß, so viel Geld kann man nicht über Nacht auftreiben. Das können nicht mal stinkreiche Pinkel. Der Zaster ist ja angelegt, in Fonds und Aktien und diesem ganzen Kram.« Er nahm die leere Whiskyflasche von der Spüle, ging vor Erik in die Hocke und hielt sie hoch wie ein Beweisstück. »Aber Alk ist eine schlechte Investition, wenn du schuldenfrei werden willst.« Jörgen legte den Kopf schief und stellte die Flasche vor Erik auf den Boden. Dann stand er auf, wandte Erik den Rücken zu und sah aus dem Fenster.

»Ich verabscheue Gewalt«, sagte er. »Fremder Schmerz geht mir an die Nieren. Aber hin und wieder erfüllt Gewalt einen Zweck, Erik. Damit Leute den Ernst verstehen. Kapierst du?«

»Du hast mir eine Woche gegeben«, keuchte Erik. Ein höllischer Schmerz schoss durch seine Schulter, als Jörgens Gorilla ihm abermals den Arm verdrehte. Er stöhnte.

»Das stimmt«, erwiderte Jörgen. »Aber du weißt, wie das ist. Ich habe auch Kosten. Irgendwer verlangt immer sein Geld. Mein Vermieter, die Stadtwerke. Meine Lieferanten.« Er seufzte. »Aber niemand soll mir vorwerfen, ich sei kein Ehrenmann. Du kriegst deine Woche.«

»Ich schwöre, bis dahin habe ich die Kohle zusammen.«

»Das hoffe ich. Aber du weißt, mein Angebot steht.«

»Lieber krepier ich.« Erik unternahm einen neuen Befreiungsversuch.

»Das wäre wohl unnötig«, sagte Jörgen. »Aber warte!« Er hob die Arme. »Fast hätte ich es vergessen. Ich hab dir ein Einzugsgeschenk mitgebracht.« Erik ließ Jörgen nicht aus den Augen, während der etwas aus einer Tasche auf der Küchenzeile nahm. Es war eine Flasche Wodka, die er vor Eriks Nase auf den Fußboden stellte.

»Die kommt doch genau richtig, wo du deinen Whisky ausgetrunken hast. Ein kleines Schlückchen hat noch niemandem geschadet, oder irre ich mich?«

»Das Zeug kannst du behalten«, sagte Erik so trotzig, wie er es wagte. »Ich hab nicht vor, den Scheiß zu trinken.«

»Jetzt sei nicht undankbar. Aber ganz, wie du willst.« Jörgen ging wieder vor ihm in die Hocke und bohrte seine Augen in Eriks. »Mir ist scheißegal, was du tust, solange ich bis Sonntag meine fünfundachtzigtausend kriege.«

»Ich dachte, es wären fünfundsiebzigtausend?«, sagte Erik.

»Ich hab die Zinsen vergessen.« Jörgen richtete sich auf und blickte auf Erik herunter. »Besser, du beeilst dich, damit sie nicht noch weiter steigen.«

Demonstrativ machte er einen Schritt über Erik hinweg und verschwand im Treppenhaus. Jörgens Gorilla drehte ihm ein letztes Mal den Arm so fest auf den Rücken, dass Erik schwarz vor Augen wurde, dann ließ er ihn los und verschwand ebenfalls.

Erik konnte den Arm nicht anheben, schlaff fiel er auf den Boden zurück. Seine Schulter schmerzte höllisch, aber soweit er es beurteilen konnte, war sie nicht gebrochen. Er hatte Glück gehabt. Wenn Jörgen es befohlen hätte, wäre seine Schulter jetzt ausgerenkt gewesen. Die Flasche Wodka war eine unmissverständliche Botschaft. Jörgen wollte nicht, dass er clean blieb, er wollte ihn als Kunden behalten, ihn zwingen, für ihn zu arbeiten, damit Jörgen seinen Stoff nicht selbst auf der Straße verticken musste.

Mühsam kam Erik auf die Beine, schloss die Wohnungstür sorgfältig ab und stellte die Wodkaflasche auf die Spüle. Da blieb er stehen und starrte die klare Flüssigkeit an. Wahrscheinlich Schmuggelware. Er würde keinen Tropfen davon trinken, doch als er den Inhalt in die Spüle kippen wollte, versagten seine Muskeln den Dienst, und er starrte die Flasche weiter an, während er fieberhaft nach einer Lösung suchte.

Wie zum Teufel sollte er bis Sonntag fünfundachtzigtausend Kronen auftreiben?

MITTWOCH

Mira seit 5 Tagen vermisst

36

Robert hatte die ganze Nacht wie erstarrt im Bett gelegen, in einem Niemandsland zwischen Schlaf und Bewusstsein, bis ihn ein menschliches Bedürfnis ins Badezimmer trieb. Anschließend stellte er sich unter die heiße Dusche und drehte sie erst ab, als seine Haut feuerrot brannte und Kondenswasser von den Kacheln tropfte.

Mit dem Arm rieb er den beschlagenen Spiegel über dem Waschbecken frei und musterte sein Gesicht. Seine Frisur, in der für gewöhnlich jede Strähne an ihrem Platz lag, stand ihm wirr vom Kopf ab. Als er ein einzelnes weißes Haar entdeckte, kniff er unwillig die Augen zusammen und riss es mit einem Ruck aus. Dann fuhr er sich übers Kinn. Kurz spielte er mit dem Gedanken, sich zu rasieren, verwarf ihn jedoch wieder. Zu viel Bartwuchs wirkte ungepflegt, aber ein Dreitagebart betonte seine markante Kinnpartie und wirkte sexy – fand er jedenfalls. Und momentan brauchte er jedes bisschen Selbstvertrauen, das er zusammenkratzen konnte. In der Hoffnung auf einen Egoboost spannte er seine Bizepse an, aber er war seit Wochen nicht im Fitnessstudio gewesen, und der Schuss ging nach hinten los.

Als er in den Speisesaal kam, räumte das Hotelpersonal bereits das Frühstücksbüffet weg. Unter dem missbilligenden Blick einer Angestellten, die sich am Ende ihrer Schicht mühsam ein Lächeln abrang, schnappte er sich zwei Croissants und eine Tasse schwarzen Kaffee und setzte sich an einen verkrümelten Tisch. In dem Moment klingelte sein Handy. Er starrte auf die unbekannte Nummer im Display, bis das Klingeln verstummte, dann checkte er seine E-Mails. Überwiegend Werbung für irgendwelche Seminare. Keine neuen Pflichtmandate. Wunderbar. Er hatte genug andere Sorgen. Während er den Posteingang durchscrollte, traf eine neue E-Mail ein. Von einer Johanna Granwall. Der Name kam ihm vage bekannt vor, aber er konnte ihn nicht einordnen. Neugierig öffnete er die Vollansicht. Und da fiel es ihm ein. Johanna Granwall war Jessikas Anwältin.

Sie habe mehrmals versucht, ihn telefonisch zu erreichen, schrieb sie. Es gehe um die Gütertrennungsvereinbarung.

Das Croissant quoll in seinem Mund auf. Gütertrennungsvereinbarung. Scheidung. *Jessika.*

Verglichen mit Entführung, Erpressung und Kristina Stare waren das objektiv betrachtet Bagatellen. Trotzdem verspürte er eine Leere in der Brust und wäre am liebsten in Tränen ausgebrochen. Stattdessen schluckte er krampfhaft und spülte das Croissant mit kaltem Kaffee herunter. Dann löschte er die Nachricht, holte sie jedoch gleich darauf wieder aus dem Papierkorb und speicherte Johanna Granwall als Kontakt in seinem Telefon, damit er ihre Nummer beim nächsten Anruf erkannte.

Resigniert legte er das Handy auf den Tisch und starrte das

zweite Croissant an. Das erste quoll in seinem Magen weiter auf, unterstützt vom Kaffee, der ihn sauer aufstoßen ließ. Angewidert schob er den Teller beiseite und ging zurück auf sein Zimmer. Als sein Blick auf das ungemachte Bett fiel, hängte er das Bitte-nicht-stören-Schild vor die Tür, dann nahm er seinen Laptop aus der Reisetasche. Um ihn aufstellen zu können, räumte er den Wasserkocher und das Tablett mit Instantkaffee und zwei Tassen von der Fensterbank. Sie war eigentlich zu schmal, aber es ging.

Sein Handy klingelte erneut. Zufrieden lächelnd las er den Namen von Jessikas Anwältin auf dem Display und ließ es klingeln. Er öffnete sein E-Mail-Postfach und machte sich daran, unwichtige Nachrichten von wichtigen zu trennen, als eine neue E-Mail von Johanna Granwall eintraf. Eine geschlagene Minute schwebte sein Finger über der Löschtaste, während er nach einer Lösung suchte, damit er nicht mit ihr kommunizieren musste. Doch zu guter Letzt klickte er die E-Mail an. Ohne auch nur ein Wort zu lesen, schrieb er zurück, er sei zurzeit geschäftlich in Trollhättan und habe in den nächsten Tagen keine Möglichkeit, auf ihr Anliegen einzugehen.

Als er die Antwort abgeschickt hatte, atmete er auf. Jetzt würde sie wohl erst einmal Ruhe geben. Zufrieden, einen Ausweg gefunden zu haben, öffnete er das Voruntersuchungsprotokoll zu einem Fall von Körperverletzung, in dem kommende Woche die Hauptverhandlung stattfinden sollte. Das war die einzige berufliche Verpflichtung, die momentan seine Aufmerksamkeit erforderte.

Doch er konnte sich nicht konzentrieren, seine Gedanken schweiften unaufhörlich ab. Nicht dass es ihm jemals besonders gut gelang, sich auf seine Arbeit zu konzentrieren. Seine Mandate glichen sich wie ein Ei dem anderen und vermischten sich zu einem Einheitsbrei aus banalen Kneipenschlägereien, widersprüchlichen Zeugenaussagen und Bildern von blauen Veilchen und anderen Misshandlungen. Robert hasste seinen Beruf. Aber er hatte keine Wahl. Rechnungen bezahlten sich nicht von allein.

Seine Beine begannen zu kribbeln. Unwillig schüttelte er den Kopf und versuchte, sich auf den Text zu fokussieren. Es war sinnlos. Erneut schweiften seine Gedanken ab. Als Anna abgestürzt war, hatte keiner von ihnen ein Handy gehabt. Das war damals noch keine Selbstverständlichkeit gewesen. Aber sie hätten Hilfe holen müssen. Das wäre das Richtige gewesen. Doch er hatte darauf beharrt, dass sie die Wahrheit verschwiegen, aus Angst, jemand könnte ihnen die Schuld an dem Unfall geben. Maria traf keine Schuld an dieser Entscheidung. Nicht einmal Erik. Die Schuld traf einzig und allein ihn, Robert Silver.

Die Polizei konnte jeden Moment an seine Tür klopfen. Doch bisher deutete nichts darauf hin, dass Erik seine Drohung wahr gemacht und ihr Geheimnis verraten hatte.

Vor dem Fenster fuhren Autos über die Klappbrücke, am gegenüberliegenden Flussufer leuchtete Kristinas weiße Prachtvilla. Roberts Magen verkrampfte sich. Nicht zum ersten Mal bereute er, dass sie nicht von Anfang an die Wahrheit gesagt hatten, aber nicht im Traum wäre ihm eingefallen, dass die

Wahrheit sie eines Tages einholen und auf diese Art hinterrücks überfallen würde. Und Kristina? Roberts Angst vermengte sich mit abgrundtiefer Scham. Ob sie dasselbe fühlte? Dort drüben, in dem Haus, in dem sie mit ihrem Mann lebte. Und mit ihrer Tochter.

Mira.

Eine neue E-Mail von Johanna Granwall katapultierte ihn zurück in die Gegenwart. Sie erwartete, dass er sich – seinen beruflichen Verpflichtungen zum Trotz – noch heute bei ihr meldete.

Verfluchte Jessika.

Er war kurz davor, den Laptop aus dem Fenster zu werfen, riss sich aber zusammen. *Eins nach dem anderen, Robert.* Die akute Situation zuerst, dann die verflixte Scheidung. Nur wie sollte er vorgehen? Er hatte nicht den geringsten Hinweis. Er konnte nichts weiter tun als warten. Früher oder später begingen Entführer Fehler. Er musste Geduld haben und hoffen, dass Mira noch am Leben war.

Robert atmete tief durch und wandte seine Aufmerksamkeit der Arbeit zu. Das Voruntersuchungsprotokoll leuchtete ihm vom Bildschirm entgegen.

Während er wartete, konnte er zumindest die eine oder andere Stunde zusammenkratzen, die er dem Staat in Rechnung stellte.

37

Kristina spähte durch die Lamellen der Jalousie auf die Straße. »Dieser Wagen fährt jetzt schon zum vierten Mal in einer Stunde an unserem Haus vorbei.«

Johan schüttelte den Kopf. »Bist du sicher?«

»Ganz sicher«, sagte sie. »Und der Typ auf dem Beifahrersitz hat die Kamera im Anschlag. Das Teleobjektiv ist nicht zu übersehen.«

Johan trat zu ihr ans Fenster und blickte hinaus. Das Auto war verschwunden.

»Zu spät«, seufzte Kristina. »Komm, wenn wir Glück haben, sehen wir es von Miras Fenster aus. Dann erkennst du es, wenn es das nächste Mal vorbeifährt.« Kristina packte Johan am Arm und zog ihn in Miras Zimmer. Und wie erwartet hielt gerade ein weißer Van am Vorfahrtsschild am Fuß des Hügels. Jetzt fädelte er sich hinter einem grünen Volvo in den Verkehr ein.

»Warum fahren sie in einem Van durch die Gegend?« Johan schüttelte wieder den Kopf.

»Weil sie so ihre ganze Ausrüstung transportieren können«, sagte Kristina. »Ich glaube, ich habe das SVT-Logo auf der Tür gesehen, aber ich bin nicht sicher.«

»Sie sind zu weit weg.« Johan kniff die Augen zusammen und blinzelte in den Regen, wo der Übertragungswagen Kurs auf die Innenstadt nahm und verschwand.

»Das schwedische Fernsehen ist immer noch besser als dahergelaufene Paparazzi.« Kristina blickte in Richtung Spikön. »Aber wenn man vom Teufel spricht«, seufzte sie und deutete mit dem Kopf auf einige Männer, die dabei waren, mit Monsterobjektiven ausgestattete Kameras auf Stative zu montieren und sie auf ihre Fenster zu richten.

Zum ersten Mal seit Miras Verschwinden reagierte Johan schneller als sie. Er ließ die Jalousie mit einem Knall herunter und schloss die Lamellen. Miras Zimmer versank mitten am Tag im Halbdunkel. Johan keuchte.

»Verdammte Aasgeier«, fluchte er. »Reicht es nicht, dass unsere Tochter entführt wurde? Müssen sie sich auch noch an unserem Leid weiden?«

Kristina kümmerte es nicht, ob die Regenbogenpresse ein Foto von ihr bekam oder nicht. Diese Leute wussten, dass sie im Haus war. Bei jedem Blick aus dem Fenster registrierte sie, wie die Paparazzi nach einem Winkel suchten, um sie abzulichten. Solange ihr Schleichweg durch den Garten unentdeckt blieb, konnten die Klatschzeitungen so viele unscharfe Aufnahmen von ihr veröffentlichen, wie sie wollten.

Behutsam nahm Johan Miras Gitarre in die Hand. »Ob sie je wieder darauf spielen wird?«, brachte er mit erstickter Stimme hervor.

»Sie übt doch sowieso kaum.« Kristina schüttelte den Kopf.

»Trotzdem musste unsere kleine Göre unbedingt das teuerste Instrument haben.« Kristina konnte ein Lächeln nicht unterdrücken. In dieser Hinsicht kam Mira ganz nach ihr.

»Ja.« Johan schnitt eine Grimasse, um die Tränen zurückzudrängen. »Unsere kleine Göre. Trotzig wie ein Teenager. Wo soll das noch enden?«

»Wer weiß?« Kristina lächelte. »Aber sie ist klug. Sie wird ihren Weg machen.«

»Wenn sie überlebt.« Johan schlug die Hände vors Gesicht und stöhnte gequält.

Kristina setzte sich auf Miras Bett, vergrub das Gesicht in den Händen und atmete tief durch, um die aufwallende Panik zu bekämpfen.

»So etwas darfst du gar nicht denken. Ich halte das nicht mehr aus.« Sie spürte Johans Gewicht, als er neben ihr auf die Matratze sank und den Kopf an ihre Schulter lehnte. »Ich kann nicht hier sitzen und warten, ich muss an die frische Luft.« Wie sollte sie diesen Schlamassel lösen, wenn sie nur telefonieren konnte? Sie musste aus dem Haus kommen, sonst war alles umsonst.

Johan deutete zum Fenster. »Während Fotografen unser Haus belagern? Hältst du das für klug?«

Kristina sprang auf und lief rastlos auf und ab. »Ich verliere den Verstand, wenn ich weiter hier herumsitze.«

»Kannst du nicht hierbleiben?«, bat Johan. »Es gibt nichts, was du tun könntest.«

»Das ist es doch gerade!« Kristina sah ihn an. »Wenn ich etwas tun könnte, wäre es etwas anderes. Aber so?« Sie hob die

Arme. »Ich verliere den Verstand, wenn ich mich nicht wenigstens bewegen, frische Luft atmen kann. Und ich habe nicht die Kraft, mit dir darüber zu streiten«, schloss sie und wandte sich zum Gehen.

»Wo willst du hin?«, rief er ihr nach.

Kristina drehte sich um, legte eine Hand auf den Türrahmen und sah ihn an. »In den Garten«, sagte sie und suchte nach Anzeichen von Zustimmung in Johans Blick. Er atmete erleichtert aus. Sie war sicher, dass er es lieber sah, sie lief im Schutz ihrer hohen Thujahecke im Garten auf und ab wie im Freiganghof einer Haftanstalt, statt durch die Stadt zu streifen.

Johan nickte und ließ sie ohne weiteren Protest gehen.

38

Eriks Schulter schmerzte bei jedem Schritt, und er humpelte, was seine Bewegungen noch ruckhafter machte. Er war nicht immer so gegangen, nach hinten gelehnt, mit schwingenden Armen und die Füße nach vorne schleudernd, als wollte er seine Schuhe von den Füßen kicken. Früher hatte er einen aufrechten Gang gehabt, mit selbstsicheren, entschlossenen Schritten. Alkohol und andere Drogen hatten ihre Spuren hinterlassen. Nicht einmal normal gehen konnte er noch. Aber er war clean, der körperliche Verfall gebremst.

Bei Tageslicht verliehen die grünen Hügel und der Wind, der durch die Bäume des Erinnerungshains strich, diesem Ort etwas Friedliches. Aus einem künstlich angelegten Bach plätscherte Wasser in einen Teich, und ein Stück weiter hinten ragte das Dach der kleinen Kapelle empor. Nur die Grabsteine mahnten an das Ende aller Dinge, das jeden eines Tages ereilte. Er selbst hatte etliche Male kurz davorgestanden, doch jetzt erinnerten ihn die Gräber daran, dass er noch ein Leben besaß, das es wert war gelebt zu werden.

Und das würde er tun.

Heute Morgen hatte er eine Entscheidung getroffen. Er hatte

beschlossen, zur Polizei zu gehen, jetzt gleich. Er würde sein Gewissen um ein Geheimnis erleichtern und ihnen sagen, wessen sterbliche Überreste sie in Mira Stares Jacke gehüllt im Wald gefunden hatten. Die anderen hatten etwas zu verlieren. Er nicht. Im Gegenteil, es würde guttun, sich die Last endlich von der Seele zu reden.

Aber er würde den Bullen nicht sagen, woher er es wusste. Noch nicht. Diesen Trumpf behielt er gegen die anderen im Ärmel. Ab sofort hatte sein Schweigen einen Preis. Und wenn sie nicht zahlten, würde er den Bullen alles sagen. Das half zwar Kristinas Tochter nicht, aber er, Erik Stiernström, würde wieder erhobenen Hauptes durchs Leben gehen können.

Am Ende der Fußgängerunterführung unter der E45 fiel sein Blick auf die Slättbergshalle und das Nils-Ericsson-Gymnasium, seine alte Schule, an der er einmal Abitur hatte machen wollen, mit Technik als Schwerpunkt. Aber nach der Sache mit Anna war es mit seiner schulischen Laufbahn bergab gegangen. Davor war er in allen Fächern ein Einserschüler gewesen, hätte jede Ausbildung wählen können, die er sich wünschte. Doch danach waren sein Selbstvertrauen und seine Noten schneller in den Keller gerauscht, als das Wasser des Göta älv den Wasserfall hinabrauschte. Schlaflose Nächte wurden zu Nächten mit billigem Alk und ersten Drogenexperimenten. Als seine Eltern merkten, was er trieb, schalteten sie das Jugendamt ein. Doch die Versuche der Sozialarbeiter, ihn auf den richtigen Weg zurückzubringen, scheiterten. Die Schuld fraß ihn auf, trotzdem hielt er den Mund und betäubte seine Angst mit allem, was er in die Finger bekam. Er wusste sehr wohl, dass es der falsche Weg war, trotzdem hatte er ihn gewählt.

Doch jetzt war er hier. Auf dem richtigen Weg. Es war nicht mehr weit bis zum Polizeirevier. Er sah schon den alten Wasserturm. Keine Viertelstunde mehr.

Fünfundzwanzig Jahre lang hatte er zugelassen, dass dieses verfluchte Geheimnis sein Leben zerstörte. Damit war jetzt Schluss.

39

Maria saß neben Anders auf dem Beifahrersitz. Ihr Kollege lenkte den Streifenwagen aus der Tiefgarage des Präsidiums. Künstliches Licht und graue Betonwände wichen einem ebenso grauen Himmel und trübem Tageslicht. Maria seufzte und versuchte, sich auf den vor ihr liegenden Arbeitstag zu fokussieren. Sie musste die Fassade aufrechterhalten. Bis sie und die anderen eine Lösung gefunden hatten, durfte sie sich nichts anmerken lassen. Seit Kristina und sie die Kiste mit Miras Handy ausgegraben hatten, hüllte der Entführer sich in Schweigen. Und dieses Schweigen war fast noch schlimmer als das Gegenteil.

»Heute machen wir das Zwanzig-Minuten-Prinzip«, sagte Anders und bog in den Klintvägen ein. »Wir sollen uns zuerst am Kreisverkehr positionieren, oder?«

»Ja.«

Maria mochte das Zwanzig-Minuten-Prinzip. Es war abwechslungsreicher als die groß angelegten Verkehrskontrollen. Kurze Stopps an variierenden Stellen. Die Leute sollten das Gefühl haben, die Polizei sei überall präsent, und von vornherein vorschriftsmäßig fahren. Auf der Straße zwischen Sportplatz und Polizeipräsidium holte Anders tief Luft.

»Du, was deine Beförderung angeht«, sagte er. »Ich verstehe das nicht. Warum hast du abgelehnt?«

Maria schloss die Augen. Sie wollte sich nicht rechtfertigen oder irgendetwas erklären. Sie wollte nur ihre Arbeit machen und anschließend nach Hause zu ihren Katzen gehen. Sie wollte für sich bleiben, bis sie in Rente ging und sich ein für alle Mal vom Leben fernhalten konnte.

»Nicht dass es mich was angeht«, fuhr Anders fort, hielt an der Kreuzung und blinkte nach rechts. »Aber als dein Freund möchte ich dir sagen, dass du deine Entscheidung noch mal überdenken solltest. Du bist viel zu jung, um dich mit deiner Position zufriedenzugeben.«

Maria sah ihn an. Sie wollte gerade erwidern, dass sie nicht darüber sprechen wolle, jedenfalls nicht jetzt, als sie eine bekannte Gestalt entdeckte. Ein schlaksiger Mann überquerte mit ruckhaften Schritten den Parkplatz des Polizeireviers. Ihr Körper spannte sich wie eine Stahlfeder. Es war eindeutig Erik, es konnte niemand anderes sein. Sie schnallte sich ab und riss die Tür auf.

»Was zum Henker tust du da?!«, rief Anders und warf ihr einen entsetzten Seitenblick zu.

»Ich bin gleich wieder da«, stammelte sie. »Warte auf mich.« Ehe Anders etwas erwidern konnte, schlug sie die Tür zu, hastete Erik nach und packte ihn mit festem Griff an der Schulter. Mit schmerzverzerrtem Gesicht drehte er sich zu ihr um.

»Au, pass doch auf«, murrte er und rieb seine Schulter, als Maria ihn losließ.

»Was willst du hier?«, fragte sie. *War Erik verletzt? War etwas passiert?*

»Scheiße, Maria«, erwiderte er und starrte sie wütend an. »Das ist dir doch wohl klar, oder?«

Maria atmete flach. Ihr Blick bohrte sich in Eriks. Anders bog auf den Parkplatz ein und fuhr im Schritttempo neben ihnen her. Er ließ das Seitenfenster herunter. »Ist alles in Ordnung?«, fragte er.

»Alles bestens.« Maria warf ihm einen hastigen Blick zu. »Halt kurz an. Ich komme gleich.« Sobald sie im toten Winkel von Anders' Rückspiegel standen, stieß sie Erik in die Brust. »Du sagst kein Wort, zu niemandem, hast du verstanden?«, sagte sie ernst.

Als sie ihren Finger sinken ließ, folgte Erik ihm mit den Augen. »Du hast mir nichts zu sagen. Ich erzähle, was ich will und wem ich will.«

»Wir haben *geschworen* zu schweigen. Ein Schwur ist ein Schwur.«

»Ich will nur das Richtige tun. Gerade du solltest das verstehen. Immerhin bist du Polizistin.«

Eriks Worte entfachten in Maria einen Wirbelsturm an Schuldgefühlen.

Sie blickte sich um. Um Zeit zu gewinnen und sich zu vergewissern, dass Anders nicht zu ihnen herüberkam. Doch der hatte nur die Fahrertür geöffnet und nonchalant ein Bein aus der Tür gestreckt. Allerdings stand er in Hörweite.

»Und warum denkst du, dass du das Richtige tust, wenn du

alles erzählst?«, flüsterte sie. »Du hast fünfundzwanzig Jahre lang den Mund gehalten, warum willst du jetzt auf einmal die Wahrheit sagen?«

Erik schnitt eine Grimasse und starrte auf den Asphalt. »Du verstehst nicht«, erwiderte er leise. »Ich sehe sie die ganze Zeit vor mir. Ihre Augen, ihre ausgestreckte Hand.«

Maria schluckte schwer. Sie wusste nur zu gut, was Erik meinte. Sie wurde von denselben Erinnerungen gequält. Annas flehender Blick. Der letzte Atemzug ihrer Mutter. Dieselbe unheimliche Endgültigkeit. Augen, die von einer Sekunde auf die andere ihren Glanz verloren, ein Brustkorb, der sich ein letztes Mal senkte, um sich niemals wieder zu heben.

»Wir hätten von Anfang an die Wahrheit sagen sollen«, fuhr Erik fort. »Dieser verfluchte Schwur hat mein Leben zerstört. Ich will nicht mehr, verstehst du?«

Maria nickte. »Ja, das verstehe ich. Aber hör zu, du darfst nichts sagen, nicht jetzt. Du glaubst vielleicht, Mira damit zu helfen. Aber dadurch ist keinem geholfen. Verstehst du? Keinem. Der Entführer wird erfahren, dass du zur Polizei gegangen bist, und damit setzt du nicht nur uns vier einer Gefahr aus. Du riskierst Miras Leben. Kapierst du das?«

»Die Wahrheit kann Mira nicht schaden. Im Entzug habe ich mir geschworen, nie mehr zu lügen. Ich kann so nicht mehr weitermachen.«

Maria schloss für einen Moment die Augen. »Ich weiß genau, was du meinst. Du bist ein neuer Mensch, ein besserer Mensch, als du vorher warst. Aber das bedeutet nicht, dass du *unser Geheimnis* verraten musst. Damit machst du die Sache nur schlimmer.«

Erik seufzte. »Ich habe Schulden«, sagte er. »Bei Leuten, denen man besser aus dem Weg geht, glaub mir.«

Maria wurde eiskalt. Voller Abscheu wich sie vor Erik zurück. Jetzt kommen wir der Wahrheit näher, dachte sie. Das ist der wahre Grund.

»Es ist schwer, einem Leben, wie ich es gelebt habe, den Rücken zu kehren, Maria. Es gibt immer irgendwas, das einen einholt. In meinem Fall sind es Schulden. Wenn ich nicht zahle …« Erik verstummte.

»Wovon zum Teufel faselst du?«, zischte Maria. Sie sah Erik an, der den Kopf zur Seite neigte und versuchte, das Unschuldslamm zu spielen. Auffordernd hielt er die Hand auf. »Hunderttausend«, sagte er. »Das ist nicht viel, nicht für euch drei. Ich will hunderttausend, dann verspreche ich, kein Sterbenswort zu sagen.«

Maria fühlte sich wie von einem Bus überrollt. Die Luft wich aus ihren Lungen, und sie starrte Erik sekundenlang mit offenem Mund an, bis sie die Fassung wiedergewann. Sie beugte sich dichter zu ihm. »Soll das ein Erpressungsversuch sein?«

»Nenn es, wie du willst.« Erik ließ die Hand sinken. »Aber entweder wir finden eine einvernehmliche Lösung, oder ich gehe durch diese Tür da drüben.«

40

Kristina setzte sich auf die Bank hinter dem Haus und wischte sich den Regen aus dem Gesicht. Ihre Anspannung hatte ein wenig nachgelassen. Soweit sie es beurteilen konnte, war die Tür in der Hecke nach wie vor unentdeckt, trotzdem konnte sie nicht riskieren, ihren Schleichweg öfter als absolut erforderlich zu benutzen. Also hatte sie getan, was sie Johan gesagt hatte. Sie war im Garten geblieben und rastlos über den Rasen gelaufen, vor und zurück, während kalter Regen auf sie niederprasselte. Sie war eine Gefangene in ihrem eigenen Zuhause, während ihre Tochter in einem dunklen Loch hockte.

Ihr Handy klingelte. Es war Maria.

»Kannst du reden?« Sie klang erregt.

»Ja«, erwiderte Kristina. »Was ist los?«

»Wir müssen etwas wegen Erik unternehmen. Er wollte zur Polizei. Ich konnte ihn gerade noch davon abhalten, ins Präsidium zu spazieren. Es war purer Zufall, dass ich ihn gesehen habe, bevor es zu spät war.«

Kristina zuckte zusammen. »Warte, wollte er wirklich zur Polizei? Warum?« Sie kannte die Antwort, musste sie nur hören.

»Was glaubst du?«, erwiderte Maria. »Er wollte die Wahrheit über Anna sagen. Was sonst?«

»Nein!« Kristina sprang auf. »Bitte sag mir, dass du ihn zur Vernunft gebracht hast.«

»Keine Ahnung«, sagte Maria. »In dem Moment konnte ich ihn davon abhalten, aber ich weiß nicht, ob wir uns damit einen Gefallen getan haben.«

»Was meinst du?«

»Er will Geld.«

Kristina sank zurück auf die Bank.

»Hast du gehört, was ich gesagt habe?«, fragte Maria. »Er will Geld von uns, damit er den Mund hält.«

Kristinas Puls pochte in den Ohren. Es klang wie herrliche Musik, donnernde Paukenschläge. »Wie viel?«, fragte sie.

»Hunderttausend«, antwortete Maria. »Er meint, das sei keine Summe für uns drei. Bei dir und Robert mag er da richtigliegen, aber für mich ist das enorm viel Geld.«

Kristina lächelte verhalten. Sie konnte die Summe nicht aufbringen, aber es war trotzdem weniger, als sie erwartet hatte. Für Robert sollte es ein Klacks sein. »Erik spielt dasselbe Spiel wie Miras Entführer. Wir können auf seine Forderung ebenso wenig eingehen wie auf die des Kidnappers«, sagte sie.

Maria schwieg eine Weile. »Du hast recht«, erwiderte sie dann. »Wenn wir bezahlen, wird er nur noch mehr fordern.«

»Ganz genau. Die Frage ist, was wir gegen ihn unternehmen.« Kristina verstummte, blickte sich um, um sich zu vergewissern, dass niemand ihr Gespräch belauschte.

Maria seufzte. »Ich muss Schluss machen. Ich bin bei der Arbeit und habe mich kurz davongestohlen, um mit dir zu sprechen. Ich muss zurück und Temposünder verwarnen.«

»Mach das«, sagte Kristina. »Ich versuche, Robert zu erreichen.«

»Okay.« Marias Stimme klang skeptisch, als würde sie Kristina nicht recht glauben. Ohne ein weiteres Wort legte sie auf.

Kristina steckte ihr Handy weg. Sie fröstelte. Obwohl kein Wind ging und sie einen dicken Pullover unter der Regenjacke trug, war es kalt. Aber sie war zufrieden. Maria und Erik hatte sie in die richtige Richtung dirigiert. Blieb nur noch Robert.

In diesem Moment landete eine Amsel auf dem Rasen. Der Vogel hüpfte ein paar Schritte, dann legte er den Kopf schräg und horchte auf Regenwürmer in der Erde. Kristina lächelte. Die Amsel war ein schönes Tier, mit dichtem schwarzem Gefieder und einem leuchtend gelben Schnabel. Sie hatte Vögel schon immer gemocht. Trotzdem dachte sie mit Schaudern an die vier Vogelkadaver in Anna Fridhemssons Grab. Die Kälte kroch ihr in die Glieder.

Hastig stand sie auf. Die Amsel sah sie an, flog aber nicht davon. Kristina beschloss, im Warmen auf andere Gedanken zu kommen. Sie ging direkt in ihr Arbeitszimmer und schloss die Tür hinter sich. Mit zitternden Händen zog sie die Schreibtischschublade auf und griff nach der Flasche. Dabei fiel ein Stapel ungeöffneter Briefe aus der Schublade. Sie kniete sich auf den Fußboden und schob die Umschläge mit fahrigen Bewegungen zusammen, versuchte, weder an die Absender noch an den Inhalt der Schreiben zu denken. Aber sie kannte die Wahrheit. Tief in ihrem Inneren.

Ihre glamouröse Außenfassade stand auf tönernen Füßen. Die Umschläge enthielten Rechnungen und Mahnungen für ihren aufwändigen Lebensstil. Inkassoforderungen für Kredite, die sie aufgenommen hatte, um andere Kredite zu tilgen. Schulden, an die sie nicht denken wollte und von denen Johan keine Ahnung hatte. Schulden, die sie bis zur nächsten Tantiemenabrechnung vor sich herschob. Bisher hatte sie immer einen Weg gefunden, aber der finanzielle Spielraum wurde Jahr für Jahr enger.

Die Umschläge verschwanden wieder in der Schublade. Kristina blieb auf dem Fußboden sitzen, lehnte sich mit dem Rücken gegen den Rollcontainer und füllte das Glas bis zur Hälfte mit Wodka. Sie versuchte, regelmäßig zu atmen und die Briefe, die sie vor ihrem Mann versteckte, aus dem Gedächtnis zu verdrängen. Früher oder später würde sie eine Lösung finden.

Doch das Spiel war noch nicht vorbei. Der Entführer würde enttarnt werden und Mira nach Hause kommen. Die Bedrohung, die von dem dunklen Fleck in ihrer Vergangenheit und der Vergangenheit der drei anderen Pechvögel ausging, würde bald ein Ende haben. Wenn sie ihre Karten richtig ausspielte, wäre sie ein für alle Mal davon befreit.

Kristina kippte den Wodka hinunter, setzte sich an den Schreibtisch und betrachtete das Romanmanuskript auf dem Bildschirm. Sie hatte nicht die Kraft, Robert anzurufen. Sie konnte diesen Anruf nicht ewig aufschieben, doch in diesem

Moment war es klüger, sich für eine Weile in die Fantasie zu flüchten. Sie hatte ihrer Agentin versprochen, das Manuskript bis Weihnachten abzuliefern, und dieses Versprechen würde sie halten, egal, was rings um sie her geschah. Neue Worte nahmen auf dem Bildschirm Gestalt an. Und mit den Worten kam die Ruhe. Ihr Puls beruhigte sich. Je weiter der Text voranschritt, desto zuversichtlicher wurde sie. Wenn alles ausgestanden war, würde sich Miras Verschwinden als das Beste erweisen, was hätte passieren können. Wie sehr es sie in diesem Moment auch quälte.

41

Erik starrte aus dem Fenster. Er hatte den anderen seine Forderung mitgeteilt. Zunächst würden sie sich weigern, doch am Ende würden sie zahlen. Eigentlich sollte er stolz sein, dass er seinen Plan durchgezogen hatte, doch er verspürte keine Euphorie. Nicht einmal eine kribbelnde Nervosität.

Er empfand nichts als Leere. Seine Lungen dehnten sich aus und zogen sich zusammen, mehr nicht. Ob sein Herz schlug? Er konnte es nicht sagen.

Als der durchdringende Ton der Türklingel durch das Appartement hallte, fuhr er zusammen. Es klang aggressiv. Er erwartete keinen Besuch. Reglos blieb er stehen und tat so, als sei er nicht zu Hause. Es klingelte wieder, dann wurde gegen die Tür geklopft. Eriks Puls schnellte in die Höhe. Wer auch immer dort draußen stand, wollte definitiv zu ihm. Hatte Jörgen wieder einen seiner Gorillas geschickt?

Wohl kaum. Der würde das Schloss knacken oder die Tür eintreten. Widerstrebend ging er in den kleinen Flur und spähte durch den Spion. Im Treppenhaus stand die verzerrte Gestalt seines Betreuers. Jonas' Gesicht schien einzig und allein aus seiner Nase zu bestehen, aber er war es. Panisch begriff Erik, dass Jonas einen Kontrollbesuch absolvierte.

Er war heute Morgen nicht zur Arbeit gegangen. Mit einem leisen Fluch auf den Lippen wollte er schon die Tür öffnen, als ihm die beiden Flaschen in der Küche einfielen. Verzweifelt sah er sich um. Sollte er sie aus dem Fenster werfen? Sie bis auf den letzten Tropfen auskippen? Nein, das Risiko, dass Jonas den Alkohol roch, war zu groß.

Er sprintete zur Küchenzeile. »Moment!«, rief er laut, packte die beiden Flaschen und versteckte sie im Schrank unter der Spüle. Hier würden sie Jonas jedenfalls nicht gleich ins Auge fallen. Dann ging er ins Bad und betätigte die Toilettenspülung, ehe er in den Flur zurückkehrte und Jonas hereinließ. Hoffentlich glaubte sein Betreuer, er hätte so lange gebraucht, weil er auf dem Klo gehockt hatte.

»Hey, Kumpel«, sagte Jonas grinsend. »Darf ich reinkommen?«

»Klar«, erwiderte Erik. »Wie geht's dir?«

Jonas zog seine Schuhe im Flur aus. Beschämt stellte Erik fest, dass er selbst in dreckigen Tretern herumlief. Jonas ging an ihm vorbei in den Wohnraum, zog einen Zettel aus der Innentasche seiner Jacke und drückte ihn Erik in die Hand. »Die Bewilligung für ein neues Bett«, sagte er lächelnd. »Damit dieses morsche Lattengerüst nicht irgendwann unter dir zusammenkracht. Ich habe gleich neue Laken mit draufsetzen lassen. Geh damit einfach zu IKEA.«

»Danke.« Erik blieb mit dem Bewilligungsschein in der Hand stehen und ließ Jonas, der sich in dem kleinen Raum umsah, keine Sekunde aus den Augen. Er wusste genau, was Jonas tat. Er inspizierte, beurteilte, suchte nach Anzeichen, dass irgendetwas nicht so war, wie es sein sollte. Aber er verbarg es gut.

»Du, übrigens«, sagte Jonas beiläufig, während er einen Hängeschrank der Küchenzeile öffnete. »Deine Chefin hat mich heute Morgen angerufen.« Jonas schloss den Schrank und sah Erik fragend an.

Erik räusperte sich. »Hat sie gesagt, dass ich nicht bei der Arbeit war?«, fragte er.

»Ganz genau. Hast du mir was zu sagen, Kumpel? Du weißt, dass du nicht unentschuldigt bei der Arbeit fehlen darfst. Das ist Teil deines Therapieplans.«

Erik nickte und wich Jonas' Blick aus. Er schämte sich.

»Ich weiß. Aber mir ging's heute Morgen nicht gut. Ich bin kaum aus dem Bett gekommen und dachte, ich hätte Fieber oder so.«

»Jetzt, wo du es sagst, du siehst tatsächlich ein bisschen blass aus«, erwiderte Jonas. »Aber du hättest anrufen und dich krankmelden müssen. Warum hast du das nicht gemacht?«

»Ich … ich hab's vergessen.«

»Erik.« Jonas schüttelte betrübt den Kopf. »Das ist kein Argument, das ist dir doch wohl klar?«

»Ich weiß. Tut mir leid.« Erik fühlte sich wie ein Schuljunge, der seinem enttäuschten Lehrer beichtete, dass er die Hausaufgaben vergessen hatte.

»Bei mir musst du dich nicht entschuldigen.« Jonas zog eine Besteckschublade auf. Es schepperte metallisch. Erik gab sich

Mühe, nicht auf den Schrank unter der Spüle zu starren. Sein Herz hämmerte immer heftiger. Jonas durfte die Flaschen nicht finden, das wäre eine Katastrophe. »Ruf deine Chefin an und entschuldige dich bei ihr. Erklär ihr, warum du nicht zur Arbeit gekommen bist. Das ist wirklich wichtig.« Jonas schloss die Schublade und sah ihn mit schräg gelegtem Kopf an. »Aber wie heißt es so schön? Einmal ist keinmal. Sie schien nicht sauer zu sein, eher besorgt.«

»Das beruhigt mich«, sagte Erik. »Ich rufe sie an, versprochen. Ich hoffe, dass ich morgen wieder auf dem Damm bin. Wenn nicht, rufe ich an und melde mich krank. Das schwöre ich hoch und heilig.« Marias Worte hallten in seinem Kopf wider. *Ein Schwur ist ein Schwur.*

»Klingt gut. Aber es gibt noch was.« Jonas verließ die Kochnische und musterte Erik forschend.

»Was?«

»Ein paar Nachbarn haben heute Nacht Lärm im Haus gehört. Die Geräusche sollen aus deiner Wohnung gekommen sein.«

Erik bekam einen Kloß im Hals. »Davon weiß ich nichts«, sagte er. »Ich habe nichts gehört.«

Jonas betrachtete ihn noch einige Sekunden, dann nickte er.

»Das freut mich zu hören. Ruhestörungen sind ein No-Go. Ich möchte nicht, dass irgendjemand sagen kann, wir hätten dir dieses Vertrauen zu früh geschenkt.« Jonas fasste ihn freundschaftlich bei den Oberarmen und lächelte ihn aufrichtig an. »Ich mag dich, Kumpel, das weißt du. Ich will, dass du das hier packst und deinen Weg machst.«

»Ich weiß.« Erik wollte Jonas nicht zeigen, wie sehr er sich schämte. Er wusste, dass Jonas' Worte ehrlich gemeint waren. Aber wie sollte Jonas verstehen, was er gerade durchmachte? Jonas besaß wohl kaum ein ebenso dunkles Geheimnis wie er und die drei anderen.

»Also gut, Kumpel.« Jonas ließ seine Arme los und deutete wieder auf das altersschwache Bett. »Sag Bescheid, wenn du Hilfe beim Transport deiner neuen Koje brauchst. Ich kann vielleicht einen Anhänger organisieren. Du brauchst deinen Schlaf, vor allem wenn du dich krank fühlst. Du musst ausgeschlafen sein, damit du einen geregelten Tagesablauf einhalten kannst.«

»Danke«, sagte Erik.

42

Maria hob die Radarpistole. Der Kolben drückte gegen ihre Schulter. Sie setzte das Gerät ab und kontrollierte, ob es richtig montiert war. Das war es, sie hob die Radarpistole erneut an und nahm das nächste Auto ins Visier.

Achtundsechzig Stundenkilometer.

Sie zögerte. Welche Geschwindigkeitsbegrenzung galt eigentlich auf dieser Straße? Das Auto fuhr an ihnen vorbei, Maria blickte ihm unsicher nach.

»Was ist los mit dir?«, fragte Anders neben ihr.

»Ich …« Maria brach ab. *Hier war fünfzig.* Wie hatte sie das übersehen können? Sie gab sich Mühe, nicht an Erik zu denken. Hunderttausend Kronen. Achtundsechzig Stundenkilometer. Das war zu schnell. *Das war Erpressung.* Mit dem festen Vorsatz, sich zu konzentrieren, kniff sie die Augen zusammen. Doch auf ihrer Netzhaut erschienen vier im Kreis angeordnete Vogelkadaver. Ihr wurde schwindelig, und sie riss die Augen auf, um nicht zu stolpern.

»Ist alles in Ordnung?« Anders musterte sie besorgt.

»Ja, warum fragt du?« Maria schüttelte den Kopf. Um das Bild der Vogelkadaver zu verscheuchen und Anders' Argwohn zu zerstreuen. »Aber mit der Radarpistole stimmt irgendwas nicht.« Sie schaltete das Gerät aus, startete es neu und ließ den automatischen Testlauf durchlaufen.

»Du bist schon den ganzen Tag nicht richtig bei der Sache«, sagte Anders.

Das nächste Auto fuhr achtundvierzig Stundenkilometer. Wunderbar. »Es funktioniert wieder.« Maria rang sich ein Lächeln ab. »Wahrscheinlich hatte es sich nur aufgehängt.«

»Möglich.«

Maria merkte, dass Anders ihr kein Wort glaubte. Sie merkte es an seiner Haltung, seinem forschenden Blick und daran, dass er keinen seiner üblichen Scherze machte. Sie schluckte und ging einer weiteren Unterhaltung aus dem Weg, indem sie das nächste Auto anvisierte.

Fünfundfünfzig Stundenkilometer. *Was nun? Das Fahrzeug an den Straßenrand winken, oder war das noch innerhalb des Toleranzbereichs?* »Fünfundfünfzig km/h«, murmelte sie. Das Auto fuhr an ihnen vorbei.

»Maria.« Anders seufzte. »Das war hart an der Grenze.«

Wieder schüttelte sie den Kopf. Sie sah Erik vor sich, wie er die Hand aufhielt und sie erpresste. Hörte Kristinas Stimme im Kopf, die entschied, dass sie nicht auf Eriks Forderung eingehen würden. Hinter ihren Schläfen pochte es, unter ihren Armen sammelte sich der Schweiß. *Warum verlangte Erik Geld? War er so verzweifelt? Oder hatte er Mira tatsächlich entführt?* Der Gedanke wirbelte in ihrem Kopf umher, pumpte Adrenalin in ihr Blut. *Nein, das ist unmöglich. Nicht Erik.*

Plötzlich hörte sie Flügelschlagen. Panisch duckte sie sich, als ein Vogelschwarm über sie hinwegflog. Sie kniff die Augen zu und kämpfte gegen das Bild der vier toten Vögel in Annas Grab an. Als sie sich aufrichtete und die Augen wieder öffnete, sah Anders sie verwundert an. »Was?«, fauchte sie unbeherrscht.

»Maria, ich habe keine Ahnung, was mit dir los ist. Aber du bist heute nicht bei der Sache.« Er streckte die Hand aus. »Lass mich die Messungen machen.«

»Nein, es geht schon.« Maria nahm ihre Konzentration zusammen und hob die Radarpistole. Sie sah den Wagen, aber die Radarpistole piepte nicht. »Was ist mit dem Ding bloß los?«, fluchte sie.

Anders seufzte. »Du musst abdrücken, sonst misst das Gerät nicht. Sei mir nicht böse, aber ich glaube, du solltest besser nach Hause gehen. Ich mache mir Sorgen um dich.«

»Es geht mir gut.« Maria sah Anders fest in die Augen.

»Jeder hat mal einen schlechten Tag.« Anders legte eine Hand auf die Radarpistole und drückte sie behutsam nach unten. Er lächelte. »Ich fahre dich nach Hause. Ruh dich aus, und morgen sieht die Welt schon wieder anders aus.«

Maria schüttelte den Kopf, gab Anders aber die Radarpistole. »Ich hasse das hier«, sagte sie. Anders konnte natürlich nicht wissen, dass sie nicht ihre Unkonzentriertheit meinte. Aber es spielte auch keine Rolle. Selbst wenn sie ihm alles erzählte, würde er es nicht verstehen. Die ganze Geschichte war so unglaublich, dass sie sogar in einem Thriller unglaubwürdig erscheinen würde. Eine Mädchenleiche, die fünfundzwanzig

Jahre lang unentdeckt geblieben war, obwohl sie kaum zwei Meter tief unter der Erde gelegen hatte, war einfach absurd.

»Komm, ich fahr dich nach Hause«, sagte Anders.

Maria schüttelte den Kopf. »Danke, aber ich gehe lieber zu Fuß.« Sie lächelte. »Ein bisschen Bewegung tut mir gut, und ich kriege gleich den Kopf frei.«

»Bist du sicher?«

»Absolut.« Die Wahrheit war, dass sie allein sein wollte. Sie musste einen klaren Kopf bekommen, bevor sie wieder mit Kristina redete. »Mach dir keine Sorgen. Morgen geht es mir bestimmt wieder besser.«

Anders nickte. »In Ordnung. Pass auf dich auf. Ich hole dich morgen früh ab. Um null fünfhundertdreißig stehe ich vor deiner Haustür. Okay?«

Maria nickte und lächelte erleichtert. Dass Anders die militärische Zeitangabe benutzte, als würde er ihr einen Befehl erteilen, klang schon mehr nach seiner üblichen Frohnatur. Und das war ein gutes Gefühl. »Alles klar«, sagte sie und wandte sich zum Gehen.

Kaum hatte sie sich einige Schritte entfernt, kreisten ihre Gedanken wieder um Erik. Warum forderte er ausgerechnet hunderttausend Kronen? Warum nicht mehr? Die Summe erschien ihr lächerlich gering. Oder hatte Kristina recht, und es war nur der Anfang? Aber das machte keinen Unterschied. Tief in ihrem Innern wusste sie, dass Erik recht hatte. Das einzig Richtige war, zur Polizei zu gehen und zu erzählen, was vor fünfundzwanzig Jahren wirklich geschehen war. Dass sie aus Angst vor den Konsequenzen gelogen hatten. Dann hätte der Entführer kein Druckmittel mehr gegen sie in der Hand.

Nach einem Geständnis von ihnen wäre der Entführer der Einzige, der etwas zu befürchten hatte, wenn ihr Geheimnis ans Licht kam.

Als sie das Polizeirevier passierte, spielte sie einen Augenblick lang mit dem Gedanken, hineinzugehen und die Karten auf den Tisch zu legen, die Wahrheit zu sagen und sich von der Last der Vergangenheit zu befreien. Aber sie konnte es nicht. Sie hatte damals geschworen, kein Sterbenswort zu verraten. Außerdem hielt sie weitaus schlimmere Dinge vor der Welt verborgen als Anna Fridhemssons wahres Schicksal. Maria blieb stehen und betrachtete das Polizeirevier. Aber sie brachte es nicht fertig hineinzugehen, nicht einmal, um sich umzuziehen und ihre digitale Polizei-ID zu aktualisieren. Stattdessen nahm sie einen Umweg und ging in Dienstuniform nach Hause. Es war einerlei. Wie ironisch es auch klingen mochte, morgen würde sie ja sowieso wieder zur Polizei gehen.

43

Robert starrte aus seinem Hotelfenster auf die Autos, die in Ampelintervallen über die Klappbrücke fuhren. Die Aussicht war den ganzen Tag lang ein und dieselbe geblieben, bloß das Licht hatte sich verändert. Von Silbergrau am Morgen über Einheitsgrau am Nachmittag, bis es endgültig erloschen und dunkelgrauer Abenddunkelheit gewichen war.

Der Tag war zur Neige gegangen, während er versucht hatte, sich auf seine Arbeit zu konzentrieren. Der Stuhl vor seinem improvisierten Schreibtisch war unbequem wie ein Hocker, die Rückenlehne schien reine Dekoration zu sein. Mit krummem Rücken hatte er vor dem Bildschirm gehockt und versucht, sich dem Voruntersuchungsprotokoll und den wenigen E-Mails zu widmen, die im Lauf des Tages eingetrudelt waren. Er hatte sogar die Werbung für Seminare und Fortbildungen gelesen, die er sich weder leisten konnte, geschweige denn besuchen wollte. Trotzdem hatte er kaum etwas zuwege gebracht und überwiegend mit leerem Blick vor sich hingestarrt. Die einzige Unterbrechung vom Frust war das Mittagessen im Hotelrestaurant gewesen, danach hatte er wieder auf seinem Zimmer gesessen und gespürt, wie die Angst immer tiefer in ihn hineinkroch.

Der gestrige Tag hatte mehr Erinnerungen wachgerufen, als ihm lieb war. Und so ungern er es sich auch eingestand, der Großteil drehte sich weder um Miras Entführung, die Erpressung noch um Anna Fridhemsson, sondern um Kristina. Kristina und er waren nie offiziell ein Paar gewesen, obwohl sie früher einige Male miteinander im Bett gelandet waren, auch dann noch, als er nach Göteborg gezogen war und Kristina Johan kennengelernt hatte. Er war nicht stolz darauf, aber es war vor Jessika gewesen, so viel konnte er immerhin zu seiner Ehrenrettung anbringen.

Sein Telefon klingelte. Ohne nachzudenken oder aufs Display zu sehen, nahm er ab.

»Johanna Granwall«, sagte eine ernste Stimme.

Mist. Jessikas Anwältin war die Letzte, mit der er reden wollte, aber er konnte schlecht wieder auflegen. »Hallo«, sagte er möglichst gelassen.

»Ich versuche seit Tagen, Sie zu erreichen«, erwiderte Johanna Granwall. Ihre Stimme klang kratzig. Entweder qualmte sie eine Schachtel Zigaretten pro Tag, oder sie war erkältet. Robert entschied, sie sich als Kettenraucherin vorzustellen, das machte sie in seinen Augen boshafter.

»Ich hatte Termine«, sagte er. »Was kann ich für Sie tun?«

»Stellen Sie sich nicht dümmer, als Sie sind«, erwiderte Johanna Granwall. »Sie wissen ganz genau, weshalb ich anrufe. Ich möchte die Gütertrennungsvereinbarung zwischen Ihnen und meiner Mandantin Jessika Lööf besprechen.«

»Und was genau möchten Sie da besprechen?«, fragte Robert.

»Haben Sie den Entwurf gelesen, den ich Ihnen gemailt habe?«

Robert scrollte durch seine E-Mails, bis er die Nachricht von Johanna Granwall fand, und öffnete sie, allerdings ohne einen Blick in das angehängte PDF zu werfen. »Nein«, sagte er. »Aber was sollte ich auch dazu sagen? Das meiste ist sowieso Jessikas Alleineigentum. Ich verstehe nicht, warum wir uns nicht einfach an den Vertrag halten, den ich aufgesetzt habe.«

»Entschuldigen Sie, wenn ich das so unverblümt sage, aber Ihr Entwurf war unter aller Kritik. Sie haben sich Vermögenswerte zugesprochen, die Ihnen meiner Mandantin zufolge nicht zustehen.«

»Aha. Und welche Vermögenswerte sollen das sein?«

»Solange Sie unseren neuen Entwurf nicht gelesen haben, werde ich mich nicht zu Detailfragen äußern.«

»Und warum rufen Sie mich dann an?«

»Weil meine Mandantin die Angelegenheit zum Abschluss bringen möchte, damit sie einen Schlussstrich ziehen und nach vorne blicken kann.«

Robert lachte. »Was Sie nicht sagen. Als hätte sie das nicht längst getan. Und wenn ich die Zeilen nicht missverstehe, die ich in diesem Moment lese, sind die Kleider, die ich am Leib trage, so ziemlich das Einzige, was ich behalten darf.«

»Sie übertreiben. Aber ich möchte, dass Sie mir die Gütertrennungsvereinbarung morgen unterschrieben zurückschicken, damit wir die Angelegenheit abschließen können. An Ihrer Stelle würde ich nicht versuchen, die Sache weiter hinauszuzögern, dadurch gewinnen Sie nichts.«

»Ich soll also einfach Ja und Amen sagen und die Bedingungen, die Sie und meine Nochehefrau aufgestellt haben, kommentarlos akzeptieren?«

»Ganz genau. Meine Adresse steht in der E-Mail. Ich werde Ihnen Ihr Exemplar postalisch zukommen lassen, sobald meine Mandantin gegengezeichnet hat.«

Robert wäre am liebsten explodiert. Er hatte nicht übel Lust, Johanna Granwall anzubrüllen, sie solle sich zum Teufel scheren, aber er beherrschte sich. »Ich werde die Vereinbarung in aller Ruhe durchlesen. Ich habe mich um eine einvernehmliche Lösung bemüht, aber meine Nochehefrau hat Sie mit hineingezogen, und ich kann Jessikas Auslegung des Ehevertrags nicht in allen Punkten zustimmen.«

»Das können Sie sich sparen. Die Auslegung des Ehevertrags stammt von mir, und ich irre mich niemals. Tun Sie einfach, was ich sage.«

»Dann haben Sie doch sicher nichts dagegen, wenn ich Ihre Auslegung prüfe?«

»Tun Sie, was Sie wollen«, erwiderte Johanna Granwall. »Aber ich erwarte Ihre Unterschrift bis morgen.«

Sie legte auf. Robert schlug den Laptop mit einem Knall zu, stand auf und trat ans Fenster. Aus den Fenstern von Kristinas Haus schimmerte eigenartig gedämpftes Licht, als hätte sie sämtliche Gardinen vorgezogen. Stirnrunzelnd überlegte er, was der Grund sein könnte, gab den Versuch jedoch rasch auf, schickte Kristina stattdessen eine SMS und erkundigte sich, ob im Lauf des Tages irgendetwas Neues vorgefallen sei.

Hat sich der Entführer wieder gemeldet?, fragte er.

Er wartete auf die drei blinkenden Punkte, die anzeigten, dass Kristina antwortete. Sie erschienen nicht. Seufzend schlüpfte er in sein Jackett, verließ das Zimmer und fuhr mit dem Aufzug nach unten in die Bar. Er ließ sich ein Bier geben und kippte die Hälfte in einem Zug hinunter. Als er vor dem dritten Bier saß und die bittere Realität ringsum in Samt gehüllt zu sein schien, vibrierte sein Handy. Kristinas Antwort.

Nein. Hast du das von Erik gehört?

Nein, was ist mit ihm?

Maria hat ihn in letzter Sekunde davon abgehalten, zur Polizei zu gehen und die Wahrheit über Anna zu erzählen. Aber er will 100 000 für sein Schweigen.

Das kann er vergessen.

Das dritte Bier floss Roberts Kehle hinunter. Er sah auf die Uhr. Kurz vor neun. Er sollte etwas essen und danach ins Bett gehen. Alles war vernünftiger, als untätig herumzusitzen und zu saufen, während Erik die Situation jeden Moment zum Eskalieren bringen konnte. Er schickte Kristina eine weitere Nachricht.

Wir müssen etwas unternehmen. Kannst du reden?

Kristinas Antwort kam eine Minute später.

Ich komme zu dir. Wo bist du?

In der Hotelbar. Es sind kaum Gäste hier.

Ich kann nicht riskieren, dass mich jemand sieht. Ich komme auf dein Zimmer.

44

Maria hatte das Gefühl, von dichtem Nebel umgeben zu sein. Sie saß auf dem Sofa und betrachtete ihre Dienstkleidung, die sie achtlos auf den Fußboden geworfen hatte, als sie nach Hause gekommen war. Diese Unordnung war vollkommen untypisch für sie. Ihr Blick fiel auf das Funkgerät, das unter dem Schiffchen hervorlugte. Das Kabel hatte sich unter einer Schulterklappe verheddert und verschwand in dem Wust, der ihre Jacke darstellte.

Sobald sie nicht mehr in ihrer Uniform gesteckt hatte, war sie aufs Sofa gesackt, hatte den Hemdkragen gelöst und war, reglos vor sich hinstarrend, sitzen geblieben. Aber jetzt knurrte ihr Magen, und sie zwang sich, in die Küche zu gehen und den Schrank mit ihrem umfangreichen Teesortiment zu öffnen. Sie seufzte. Ausnahmsweise wünschte sie, sie hätte etwas Stärkeres im Haus. Sie wollte in Bewusstlosigkeit versinken, in sich selbst verschwinden. Tee würde ihr diesen Wunsch kaum erfüllen. Sie nahm eine Packung Vollkornkekse heraus, schob sich einen Keks in den Mund und kaute, während sie Tarzans und Mistels Futternäpfe füllte. Das Rappeln des Kartons lockte ihre geliebten Vierbeiner auf der Stelle an, doch Maria ignorierte sie. Nicht einmal Tarzan, der auffordernd um ihre Beine strich, erhielt eine Streicheleinheit. Er würdigte seine Portion keines Blickes und ließ sie nicht aus seinen großen grünen Augen, als sie mit der Kekspackung als Abendbrot aufs Sofa zurückkehrte und nach ihrem Telefon griff.

Keine neue Nachricht vom Entführer. Aber das war das einzig Positive. Weder Facebook-, Twitter- noch TikTok-Posts konnten die bangen Gedanken vertreiben, die sie seit dem Aufeinandertreffen mit Erik vor dem Polizeirevier quälten. Es war fast acht Uhr abends. Maria würgte einen trockenen Keksbissen herunter, nahm all ihren Mut zusammen und rief Kristina an.

»Hallo.« Kristinas schleppende Stimme ließ Maria ahnen, dass irgendetwas nicht stimmte.

»Ich bin's«, sagte Maria. »Wir müssen reden.«

»Ich kann nicht. Nicht heute Abend«, erwiderte Kristina. Maria hörte, dass sie etwas trank. »Ich muss etwas erledigen.«

Maria ignorierte Kristinas abweisendes Verhalten. »Ich habe nachgedacht«, sagte sie. »Über Erik und seine Forderung.«

»Was soll damit sein?«

Maria blickte seufzend an die alte Holzdecke. Die Astlöcher in der Maserung schienen wie Augen auf sie herabzuschauen. »Erik hat recht.«

Kristina nahm wieder einen Schluck. »Was meinst du?«

»Trinkst du?«, fragte Maria.

»Nur Kaffee«, antwortete Kristina. Aber Maria hörte, dass sie log. Von Kaffee lallte man nicht. Sie schüttelte den Kopf.

»Hältst du es für klug, jetzt zu trinken?«, sagte sie.

»Seit Mira verschwunden ist, habe ich keine Nacht durchgeschlafen. Wenn mich ein bisschen Alkohol in den Schlaf lullt, ist es das wert.«

»Okay. Ich habe keine Lust, deswegen mit dir zu streiten.«

»Weshalb, sagtest du, rufst du an? Wegen Erik?«

Maria nahm das Telefon in die andere Hand. »Ja, er hat recht. Wir sollten wirklich zur Polizei gehen und alles erzählen. Dann kann er uns nicht mehr erpressen.«

»Nein, Maria.« Urplötzlich war das Lallen aus Kristinas Stimme verschwunden. Sie klang so stabil und klar, als hätte sie unversehens die Lösung für ihre Probleme gefunden. »Warte.« Am anderen Ende der Leitung raschelte es. Als Kristinas Stimme zurückkehrte, klang sie verändert, weiter vom Hörer entfernt.

»Was machst du?«, fragte Maria.

»Ich habe mein Headset aufgesetzt«, antwortete Kristina. Ein Schlüsselbund klirrte. »Ich muss an die frische Luft, sonst ersticke ich noch.«

»Ich versuche, ein Gespräch mit dir zu führen«, erwiderte Maria irritiert. »Warum musst du ausgerechnet jetzt durch die Gegend laufen?«

»Wie ich bereits sagte, ich brauche frische Luft.«

Maria spürte, wie Wut in ihr hochstieg. Kristina nimmt mich nicht ernst, dachte sie. »Und was ist mit mir?«, stieß sie hervor.

»Was soll mit dir sein?«, fragte Kristina. »Ich verstehe, dass der Tag heute nicht leicht für dich war, mit Erik und den anderen Dingen, die du um die Ohren hast. Aber wir können gerade nichts tun.«

»Genau darum geht es doch.« Maria rutschte auf die vordere Sofakante. »Wir können etwas tun, Kristina. Wir können das tun, was wir von Anfang an hätten tun sollen. Zur Polizei gehen, die Wahrheit sagen und meine Kollegen ihre Arbeit tun lassen.«

Im Hintergrund klappte eine Tür, und als Kristina antwortete, war der Widerhall aus der Leitung verschwunden. Sie hatte das Haus verlassen und ging irgendwohin. »Du vergisst einen ausschlaggebenden Grund, warum wir das nicht tun können. Und ich rede nicht davon, dass wir so gut wie alles verlieren würden, was wir im Leben erreicht haben.«

»Was meinst du?« Maria stützte die Stirn in die freie Hand.

»Erinnerst du dich, was in der SMS stand, die der Entführer auf Miras Handy geschickt hat?«

»Nicht wortwörtlich.«

»Dass Mira stirbt, wenn wir nicht bezahlen.«

Maria nahm die Worte langsam in sich auf. Kristina hatte recht. Es ging nicht nur um eine Erpressung, es ging um eine Morddrohung.

Kristina fuhr fort. »Aber wir haben noch keine Lösegeldforderung erhalten. Der Entführer hüllt sich seitdem in Schweigen, oder etwa nicht?«

»Ja«, sagte Maria. »Oder, ich weiß nicht. Was meinst du?«

»Ich glaube nicht, dass sich der Entführer in Schweigen hüllt. Ich glaube, dass Erik hinter Miras Entführung steckt und uns seine Forderung mitgeteilt hat.«

Maria schüttelte den Kopf und stand vom Sofa auf. »Nein, das kann nicht sein. Erik kommt gerade erst wieder auf die

Beine. Er will ein geregeltes Leben führen. So etwas würde er nie tun.«

»Denk nach«, beharrte Kristina. »Er schuldet allen möglichen Gangstern Geld. Und er weiß, dass wir drei ein so dunkles Geheimnis teilen, dass wir alles dafür tun würden, es zu bewahren.«

»Aber das ist doch vollkommen unnötig. Er könnte uns doch einfach drohen, die Wahrheit zu erzählen. Dafür muss er Mira nicht entführen.«

»Nein«, entgegnete Kristina entschieden. »Er weiß nicht, wie weit wir gehen würden, damit niemand erfährt, was mit Anna geschehen ist. Vielleicht fürchtet er, wir könnten ihn umbringen. Solange er Mira in seiner Gewalt hat, weiß er, dass wir das Risiko nicht eingehen.«

45

Erik stand in seiner dunklen Einzimmerwohnung. Er hatte Hunger, und es kribbelte ihn am ganzen Körper. Sein Blick haftete auf dem Schrank unter der Spüle.

Ob es Kristinas Tochter genauso ging wie ihm, wo immer sie auch war, gefangen in der Dunkelheit? Schmiedete sie wie er einen Fluchtplan, oder hatte sie die Hoffnung aufgegeben? Hatte sie kapituliert und versuchte, nur am Leben zu bleiben, ohne zu wissen, weshalb? Sammelte sie Kraft, um einen Fluchtversuch zu unternehmen, sobald sich die Tür ihres Gefängnisses das nächste Mal öffnete?

Aber zwischen Miras und seiner Situation existierte ein wesentlicher Unterschied. Glückte Mira die Flucht, lag hinter ihrer Tür die Freiheit. Anders als hinter seiner Tür – obwohl er sie jederzeit öffnen und gehen konnte, wohin er wollte. Seine Freiheit lauerte hinter einer anderen Tür. Hinter der Tür des Schranks unter der Spüle. Die befristete Freiheit von seinen Erinnerungen. Eine gefährliche Freiheit.

Seine Hände zitterten. Er hatte am Boden der Gesellschaft gelebt, hatte Dreck gefressen. Von ganz unten hatte er sich wieder nach oben gekämpft, doch seine Vergangenheit haftete wie Ketten an seinen Füßen, die ihn abermals in den Abgrund zogen. Wenn die Neue in ihrer Klasse nicht so verflucht verzweifelt gewesen wäre, Anschluss zu finden, wäre nichts passiert. Warum hatte Maria sie mitschleppen müssen, obwohl sie ausgemacht hatten, dass sie sich zu viert trafen? Er hatte Anna mit den anderen unter dem Moos begraben, hatte wie die anderen den Mund gehalten und dem Rettungsdienst weisgemacht, Anna sei in den Fluss gestürzt. Die Lüge hatte ihn so abgrundtief vergiftet, dass die giftigen Substanzen, mit denen er seinen Körper danach jahrelang betäubt hatte, ihm wie heilsame Medizin erschienen waren.

Die anderen konnten ruhig für sein Schweigen bezahlen. Das waren sie ihm schuldig. Kristina Stare hatte sicher Geld wie Heu, so viele Bücher, wie sie weltweit verkaufte. Und dieser arrogante Anwaltspinkel musste in Schotter förmlich baden, das wusste doch jeder, dass Anwälte ohne Ende Kohle scheffelten. Dass er Maria ebenfalls erpresste, verursachte ihm hingegen Gewissensbisse. Sie war immer nett zu ihm gewesen, selbst dann, als er am Tiefpunkt gewesen war. Sie hatte sogar versucht, ihm zu helfen. Und wie dankte er es ihr? Aber er konnte es nicht ändern. Wenn er die Sache durchziehen wollte, musste er alle drei gleich behandeln. Sobald er das Geld hatte, wäre der Albtraum vorbei.

Er schlug sich mit den Handballen gegen die Schläfen, als könnte er sein schlechtes Gewissen so zum Schweigen bringen. Es half nicht. Doch es gab einen Weg. Die Lösung stand schon parat. Er konnte die Flasche durch die Schranktür förmlich sehen. Erik wusste kaum, wie es zuging, als seine Hand danach griff und seine Finger das glatte Glas umschlossen.

Zitternd richtete er sich auf und betrachtete die Flasche im Schein der Leuchtstoffröhre über der Spüle. Schmuggelware, irgendein billiger Fusel, den Jörgen von seinen zwielichtigen Kontakten bezog. Dem Etikett nach Smirnoff, Flaschenform und Schraubverschluss passten jedoch nicht. Aber was machte das schon?

Erik schraubte die Flasche auf, spürte, wie der verführerische Duft in seine Nase kroch und Regionen seines Lustzentrums stimulierten. Seine Hände zitterten nicht mehr, sie bebten. Er hatte einen hohen Preis bezahlt, um der Sucht zu entkommen, er konnte es sich nicht leisten, all das aufs Spiel zu setzen. Er drehte die Flasche um und ließ die klare Flüssigkeit in die Spüle fließen, langsam, als bringe er ein Opfer dar. Plätschernd ergoss sich die Flüssigkeit ins Becken. Die Flasche wurde immer leichter.

Tränen brannten hinter seinen Lidern. Sein Puls hämmerte. Sein Kopf drehte sich vor Angst. Kristinas Tochter, gefangen in der Dunkelheit. Anna Fridhemssons Leiche, die so schwer gewesen war, als sie sie zu der Grube getragen hatten, die sie ausgehoben hatten. Seine Erpressung, damit er den Mund hielt.

Ehe Erik es sich versah, floss der Alkohol seine Kehle hinunter, rann über seine unrasierten Wangen, trieb die Tränen hinter seinen Lidern hervor und brannte wohltuend in seinem Magen. Er trank gierig, bis er nach Luft ringen musste, dann starrte er wie durch eine Nebelwand vor sich hin.

Zweihundertneunundachtzig Tage war er trocken gewesen, jetzt fing er wieder bei null an. Jonas durfte nichts davon erfahren, seine Chefin genauso wenig. Wenn er morgen früh aufwachte, würde er ihr eine SMS schreiben und sich krankmelden. Dann würde er seine Erpressung durchziehen, die Biege machen und irgendwo ein ruhiges Dasein fristen. In Norrland vielleicht.

Erik betrachtete den letzten Zentimeter Flüssigkeit, der noch auf dem Flaschenboden schwappte. Er wollte den Schluck schon in die Spüle kippen, als er es sich anders überlegte. Das sollte wirklich der allerletzte Schluck sein, den er in seinem Leben trank, und diesen Schluck würde er genießen. Danach würde er ein neues Kapitel aufschlagen, endgültig, und nie wieder zurückblicken.

Die Flasche in schlaffem Griff, schlurfte er zum Bett, stellte die Flasche neben das Kopfende auf den Fußboden und kauerte sich in Embryohaltung auf der Matratze zusammen. Während die Wände um ihn herum schwankten, ließ er seinen Tränen freien Lauf, bis der Schlaf ihn übermannte.

46

Kristina klopfte dreimal an Roberts Zimmertür. Als er mit einer deutlichen Bierfahne öffnete, schlüpfte sie rasch ins Zimmer und schob ihn dabei vor sich her, damit die Tür so schnell wie möglich hinter ihr ins Schloss fiel.

Ihr Puls schlug bis zum Hals, und ihre Wangen brannten vor Scham. Niemand durfte sie im Hotel sehen, schon gar nicht, wie sie ein Zimmer betrat.

»Beruhige dich.« Robert wich einige Schritte zurück. Er war in Hemd und Anzughose gekleidet, das Jackett hing über einem Stuhl vor der Fensterbank, die er offenbar als Schreibtisch benutzte.

»Ich bin ruhig«, log Kristina, zog ihre Regenjacke aus und fasste ihre Haare über der Schulter zusammen. Der Boden schwankte unter ihren Füßen. Der Alkohol, den sie getrunken hatte, bevor sie sich auf den Weg zum Hotel Swania gemacht hatte, war nicht verflogen, im Gegenteil, die Wirkung wurde durch die kribbelnde Nervosität in ihrem Inneren noch verstärkt. Sie blickte sich in dem kleinen, unpersönlichen Zimmer um. »Aber ich sollte nicht hier sein. In was für einen entsetzlichen Schlamassel sind wir bloß hineingeraten?«

Robert nickte. »Ja, das kannst du laut sagen.«

»Du hast dich nicht verändert.« Kristina musterte Robert. Er war unrasiert, aber die Stoppeln waren höchstens zwei Tage alt, und in seiner Frisur tanzte kein Haar aus der Reihe. Seine Anzughose wies messerscharfe Bügelfalten auf, nur an den Knien waren sie ein wenig ausgebeult. Vermutlich hatte er am Computer gesessen und gearbeitet.

»Danke.« Robert lächelte matt. »Du dich auch nicht.« Sein Blick wanderte über ihren Körper, flüchtig, aber lange genug, damit es ihr nicht entging. Hatte er gemerkt, dass sie ihn auf dieselbe Weise gemustert hatte?

»Ich habe eine Minibar auf dem Zimmer«, sagte er.

»Hat sie was Starkes zu bieten?«

»Nicht wirklich.« Robert nahm die Halbliterflasche Rotwein in die Hand, die er auf die Fensterbank gestellt hatte. »Was ich dir anbieten kann, ist das hier. Ein Glas für jeden.« Er teilte den Wein auf zwei Wassergläser auf und drückte Kristina eines in die Hand. Sie nahm einen Schluck. Süffig. Im Vergleich zum Wodka, den sie in ihrer Schreibtischschublade versteckte, der reinste Fruchtsaft.

»Ich weiß, dass wir nicht darüber sprechen sollten«, sagte sie und blickte sich verstohlen um. »Aber als wir das letzte Mal allein in einem Hotelzimmer waren …« Sie ließ den Satz unvollendet.

Robert nickte. »Schwamm drüber. Das ist lange her.«

»Fast dreizehn Jahre«, sagte Kristina. »Kurz nachdem Johan und ich zusammengezogen waren.« Sie holte tief Luft. »Er weiß nichts davon, und er wird es auch nie erfahren.«

Robert nickte wieder. Er trank einen Schluck Wein, dann

lehnte er sich gegen den Stuhl, über dem sein Jackett hing. Marineblau mit dezentem Karomuster, registrierte Kristina. Elegant. Sie setzte sich auf das Fußende des Betts und sah Robert über den Rand ihres Glases hinweg an, während sie daran nippte.

»Eriks Erpressungsversuch wundert mich nicht«, sagte er. »Jetzt steht wohl fest, dass er Mira entführt hat?«

Kristina trank ihr Glas aus, dann nickte sie und schlug die Hände vors Gesicht. Robert sollte nicht merken, dass sie kurz davor war, in Tränen auszubrechen. Doch ihre Stimme verriet sie. »Ja«, schluchzte sie. »Ich wünschte, es wäre nicht so. Aber wer sollte es sonst sein?«

»Theoretisch könnte irgendein unbekannter Irrer dahinterstecken, dem Erik im Suff alles erzählt hat. Aber warum sollte dieser Jemand uns mit Anna Fridhemsson erpressen und obendrein deine Tochter entführen?«

Kristina nahm die Hände vom Gesicht und sah Robert an, der sie mit forschendem Blick betrachtete. Er sah fast noch genauso gut aus wie damals. Sie merkte, wie sie sich in den Nacken griff, als jucke dort etwas, und schüttelte den Kopf. »Ich weiß es nicht. Aber Erik könnte jemanden beauftragt haben, Mira zu entführen, um den Verdacht von sich abzulenken.«

Robert trank den letzten Schluck Wein und stellte das leere Glas auf seinen zugeklappten Laptop. »Ja, aber das würde bedeuten, dass er das Lösegeld teilen müsste.«

»Hast du Nachschub?« Kristina hob ihr leeres Glas.

»Keinen Wein.« Robert nahm zwei kleine Fläschchen aus der Minibar. »Gin oder billigen Whisky?«, fragte er.

»Egal.« Kristina lächelte nervös. Robert goss den Inhalt des Ginfläschchens in ihr Glas. Ein letzter Tropfen Wein zog dunkelrote Schlieren durch die klare Flüssigkeit. Er schraubte den Whisky auf und nahm einen Schluck aus der Flasche.

»Was sollen wir gegen Erik unternehmen?«, fragte Kristina, nachdem sie am Gin genippt hatte.

»Was denkt Maria?«

»Seit wann scherst du dich darum, was Maria denkt?«, fauchte Kristina. »Sie will, dass wir zur Polizei gehen und alles erzählen.«

»Denkst du, sie wird es tun?« Robert nahm einen zweiten Schluck.

»Nein. Was ist mit dir?«

»Niemals.«

Kristina lehnte sich auf dem Bett zurück und stützte die Ellbogen auf der Decke ab. »Gut. Ich auch nicht. Und Maria ist zu feige.« Sie blinzelte, damit der Raum aufhörte, sich zu drehen. Sie hätte nicht weitertrinken sollen, aber jetzt war es zu spät. Das Glas fiel ihr aus der Hand, und der Gin rann über ihre Finger. »Mist«, fluchte sie und richtete sich auf. »Tut mir leid.« Rasch saugte sie die Tropfen auf, die sich in der Beuge zwischen Daumen und Zeigefinger sammelten.

Robert stellte sein Whiskyfläschchen auf die Fensterbank. »Ich hole ein Handtuch«, sagte er und machte Anstalten, ins Badezimmer zu gehen.

»Nein.« Kristina hielt ihn zurück, legte eine Hand auf seine Hüfte und öffnete mit der anderen seinen Gürtel.

»Kristina?« Es war eine Frage, vielleicht ein Protest, allerdings nur ein sehr schwacher, Lügen, gestraft durch seine Hand, die Kristinas Haar streichelte.

Sie lächelte und zog seine Anzughose herunter, nestelte am Saum seiner Boxershorts.

Robert atmete heftig ein. »Was tust du?«

»Wonach sieht es denn aus?«, antwortete sie, während ihre Hände fanden, was sie suchten.

»Wollen wir diesen Fehler wirklich wiederholen?« Roberts Stimme stockte.

Sie sah zu ihm auf, begegnete seinem Blick. »Ja, das wollen wir.«

47

Hinterher blieben sie nebeneinander auf dem Bett liegen. Kristinas Duft, der Geruch ihres Shampoos, ihrer Haut und ihres Schweißes löste in Robert ein Wechselbad zwischen Glück und Angst aus.

»Bist du okay?«, fragte er.

»Nein.« Kristina kroch dichter an ihn heran und schlang die Arme um ihn. »Ich bin betrunken.« Sie kicherte. Dann seufzte sie und lächelte. »Es ist lange her. Ich habe dich vermisst.«

»Verdammt.« Robert löste sich vorsichtig aus ihrer Umarmung und drehte sich auf den Rücken. Kristina legte ein Bein über seins. »Das war keine gute Idee. Ich stecke zwar mitten in der Scheidung, aber du bist verheiratet, verflucht noch mal.«

»Ach, Johan und ich haben schon lange keinen Sex mehr. Ich brauchte das. Er muss es nicht erfahren.«

»Nein, muss er nicht.« Scham breitete sich in Robert aus. »Aber ich hätte es besser wissen sollen.«

»Warum? Ich habe mich schließlich nicht gerade gewehrt.« Kristina kicherte wieder. »Im Gegenteil, wenn meine Erinnerung mich nicht täuscht, habe ich angefangen?«

»Das stimmt, aber …« Robert seufzte. »Unter uns: Eine Situation wie diese hat meine Scheidung verursacht.«

»Was meinst du?«

»Dass ich alles verbockt habe. Ich wollte Green nicht verlassen, ich wollte Partner werden. Ich wollte Jessika nicht verlieren, um nichts in der Welt. Aber dann … sind Dinge passiert. Bei der Arbeit. Verstehst du?«

Kristina lachte laut auf. »Willst du mir erzählen, dass du in flagranti erwischt wurdest? Im Büro? Mit einer Kollegin?«

Obwohl Robert nicht zum Lachen zumute war, lachte er. Er nickte. »Ja, und nicht nur mit einer, sondern mit zweien.«

Kristina sah ihn grinsend an. »Doch nicht gleichzeitig, oder?«

»Nein, wofür hältst du mich? Und fürs Protokoll: Es war in beiden Fällen einvernehmlich. Ich mag ein untreuer Mistkerl sein, aber ich bin kein Vergewaltiger.«

»Nein, aber du magst es, Sex mit mir zu haben, oder nicht?«

Robert nickte. Das stimmte. Er mochte es. Zwischen ihm und Kristina würde sich nie etwas Ernstes entwickeln, aber vielleicht war genau das der Reiz. Sie hatten es schon öfter getan, damals auf dem Gymnasium – vor allem um zu experimentieren – und dieses eine Mal, als sie sich durch Zufall in einer Göteborger Kneipe begegnet waren und anschließend in Kristinas Hotelzimmer gelandet waren. Er erinnerte sich noch immer daran, wie Kristinas Finger damals mit seinem Brusthaar gespielt hatten. Er wollte es nicht zugeben, aber es erregte ihn. Die rationale Hälfte seines Verstandes wollte ihre Hand von seiner Brust nehmen, ihr sagen, dass sie aufhören sollte. Die andere Hälfte wollte die Berührung genießen, sie auskosten.

»Hast du Lust, es noch mal zu tun?«, fragte Kristina jetzt.

»Musst du nicht nach Hause?«

»Doch. Aber ich war jetzt schon so lange weg, dass eine Stunde mehr oder weniger keinen Unterschied macht.«

Robert seufzte. »Ich weiß nicht«, sagte er. »Was ist, wenn du schwanger wirst?«

Kristina lachte und setzte sich rittlings auf ihn. »Das fällt dir ja früh ein, aber die Gefahr besteht nicht. Nach Miras Geburt habe ich mir eine Spirale einsetzen lassen. Wir sind heute also besser geschützt als damals.«

»Was meinst du damit?«

Kristina seufzte, rutschte von ihm herunter, hielt kurz inne, als überlege sie, was sie antworten solle, zog mit einer Hand das Laken über ihre Brust und sagte: »Ich weiß nicht, wie ich es dir schonend beibringen soll.«

»Was?« Robert richtete sich auf die Ellbogen auf. Sein Körper kribbelte vor böser Vorahnung.

Kristina lächelte und sah ihm in die Augen. »Mira ist deine Tochter.«

Robert zuckte zusammen und spürte, wie sich sein Kopf von den Schultern löste. Er sank auf die Matratze zurück und versuchte, ruhig zu atmen. Sein Blickfeld schrumpfte. Er schloss die Augen und hob den Arm vors Gesicht.

»Geht es dir gut?«, fragte Kristina.

Robert schüttelte den Kopf. »Nein«, stöhnte er. Als er die

Augen wieder aufmachte, sah er, dass Kristina dichter an ihn herangekrochen war und ihn mit zur Seite gelegtem Kopf musterte. Sie wollte seine Wange streicheln, aber er schob ihre Hand sanft beiseite. »Nimmst du mich auf den Arm?«, fragte er, obwohl er die Antwort kannte.

»Nein.«

»Und warum hast du mir das nicht schon viel früher gesagt?«

Kristina seufzte. Sie schmiegte sich an ihn. »Ich weiß es nicht«, sagte sie. »Zuerst war ich nicht sicher, und Johan hat sich so sehr ein Kind gewünscht.«

»Aber findest du nicht, dass er und ich ein Recht darauf haben, die Wahrheit zu erfahren?«

»Die Wahrheit, was ist das eigentlich?« Kristina blickte an die Zimmerdecke. »Außer mir weiß niemand, dass Johan nicht Miras leiblicher Vater ist. So leben wir seit zwölf Jahren, und alle sind glücklich damit. Wäre es besser gewesen, ich hätte ihm mit der Wahrheit das Herz gebrochen? Oder ihn verlassen und Mira alleine aufgezogen?«

Robert schüttelte den Kopf. »Du wärst nicht alleine gewesen. Ich wäre da gewesen.«

»Du und ich? Das hätte niemals funktioniert«, sagte Kristina. »Wir können ab und zu miteinander ins Bett gehen, aber als Paar taugen wir nichts. Tut mir leid.«

»Du hättest uns eine Chance geben können«, erwiderte Robert. »Ich frage mich, ob Erik weiß, dass er *meine* Tochter entführt hat.« Robert setzte sich auf und lehnte sich mit dem Rücken an das Kopfende des Bettes.

»Ändert das irgendetwas?« Kristina hockte sich im Schneidersitz vor seine Füße.

»Für mich ja«, sagte Robert. »Bis zu diesem Moment war es schlimm genug, dass er *deine* Tochter entführt hat und uns erpresst. Aber jetzt …« Er machte eine Pause und holte Luft.

Doch Kristina kam ihm zuvor: »Jetzt hat er *unsere* Tochter entführt. Das macht die Tat noch viel persönlicher, oder nicht?«

48

Ich habe eine Tochter!

Robert verdaute die Neuigkeit, während er und Kristina weiter redeten. Er hatte sich nie ein Kind gewünscht, aber jetzt, wo er wusste, dass er eins hatte, wenn auch nur im biologischen Sinn, verspürte er das seltsame Bedürfnis, dieses Kind mit seinem Leben zu beschützen. Dieses Bedürfnis war ebenso übermächtig wie irrational, schließlich hatte er Mira noch nie gesehen.

»Wenn Erik Mira entführt hat, müssen wir ihn dazu bringen, sie freizulassen«, sagte Kristina in diesem Moment. Sie stand auf und ging zu ihrer Handtasche, die auf dem Fußboden inmitten ihrer und seiner Kleidung lag. »Ich muss dir etwas zeigen. Maria habe ich nichts davon gesagt, sie würde den Anblick nicht verkraften.« Kristina kam mit Miras Handy in der Hand zum Bett zurück, entsperrte das Display und scrollte durch einige Fotos. Das lachende Gesicht eines Mädchens, das Mira sein musste. Mira mit Glitter im Haar, Mira mit Kaninchenohren …, bis Kristina auf ein Videosymbol deutete. »Ich habe mir Miras Handy gestern Abend noch einmal genauer angesehen, für den Fall, dass der Entführer darauf irgendeinen Hinweis hinterlassen hat. Und da habe ich das hier gefunden.«

Die Aufnahme war dunkel, körnig, und die Tonspur rauschte. Ein Mädchen kauerte in der Ecke eines schmuddeligen Etagenbetts, hinter ihr und an der Seite waren graue Betonwände zu erkennen. Sie sah verängstigt aus, klein und einsam. Mira. Sie musste es sein. Sie war ihrer Mutter wie aus dem Gesicht geschnitten. Aus ihrem blonden Zopf hatten sich verfilzte Strähnen gelöst und hingen ihr ins Gesicht.

»Wo ist Mama?«, fragte sie mit trotzigem Blick in die Kamera.

»Deine Mama kann nicht hier sein«, flüsterte eine Stimme. Unmöglich zu sagen, ob es eine Männer- oder Frauenstimme war. »Aber du musst keine Angst haben. Deine Mama kommt bald. Ich möchte nur, dass du sagst, was wir vereinbart haben.«

»Ich will nicht.«

»Je schneller wir das hier machen, umso schneller bist du wieder bei deiner Mama.«

»Ich hasse Sie.«

»Die Aufnahme läuft.«

Das Mädchen verschränkte die Arme vor der Brust und wandte den Kopf ab. Es murmelte etwas Unverständliches, dann blickte es wieder in die Kamera. Das grelle LED-Licht spiegelte sich in seinen Augen.

»Ich heiße Mira Stare«, sagte sie trotzig. »Ich weiß nicht, wo ich bin. Ich bekomme genug zu essen und zu trinken, und ich bin unverletzt.« Miras Stimme versagte, sie drehte den Kopf zur Seite. »Muss ich das sagen?«, fragte sie.

»Ja, das musst du«, antwortete die Flüsterstimme.

Mira schlang die Arme um ihren Körper. »Hier ist es kalt, und ich habe Angst. Er will hunderttausend Kronen Lösegeld, dann lässt er mich frei. Das ist alles, nur hunderttausend Kronen. Bitte.«

»Gut gemacht, braves Mädchen. Jetzt bist du bald wieder zu Hause.«

Die Aufnahme brach ab. Robert rang nach Luft. Er hatte zum ersten Mal seine Tochter gesehen, ihre Stimme gehört. Im Film eines Entführers. In Eriks Film. So musste es sein, es bestand kein Zweifel.

»Die hunderttausend Kronen können doch kaum eine zufällige Übereinstimmung sein«, sagte Kristina.

»Nein. Aber die Frage ist, wie er reagiert, wenn wir nicht bezahlen«, erwiderte Robert. »Glaubst du, Erik ist fähig, Mira etwas anzutun?«

»Ich weiß es nicht. Aber die Summe ist viel zu lächerlich, um es darauf ankommen zu lassen.« Kristina seufzte und kniff die Augen zusammen, um die Tränen zurückzudrängen. Vergeblich. Sie liefen ihr über die Wangen, und ihre Stimme zitterte. »Wenn wir bezahlen, wird er ganz bestimmt neue Geldforderungen stellen, aber ich halte das nicht mehr aus. Wir müssen zahlen. Wenn Erik hinter Miras Entführung steckt, lässt er sie vielleicht frei, wenn wir tun, was er sagt.«

Robert nickte. »Du hast recht«, sagte er. Miras verfilzte Haare und ihr bleiches Gesicht hatten sich auf seiner Netzhaut eingebrannt. Seine Tochter. Welcher Vater würde nicht jede Summe bezahlen, um seine Tochter aus den Händen eines Entführers zu befreien? Tja, Robert Silver, abgebrannter Anwalt ohne eine Öre in der Tasche. »Aber es geht nicht«, sagte er, während ihm das Herz in die Hose sank.

»Warum nicht?«, weinte Kristina.

»Weil ich kein Geld habe«, sagte er und hob resigniert die Schultern. »Ich bin pleite, bis aufs letzte Hemd. Wegen der verfluchten Scheidung. Ich kann nicht mal mehr einen Kredit aufnehmen. Als ich mich selbstständig gemacht habe, habe ich mein Limit ausgeschöpft. Ich habe absolut keine Mittel.«

Kristina sah ihn mit blanker Angst im Blick an. »Das ist ein Witz, oder?«

»Leider nein. Es ist furchtbar, aber es ist die Wahrheit. Ich habe keine Öre mehr. Ich kann kaum noch die Miete für mein Büro zahlen, ganz zu schweigen von diesem Hotelzimmer.«

»Aber was sollen wir dann tun?«

»Keine Ahnung. Kannst du die Summe nicht vorschießen, und ich zahle dir meinen Anteil zurück, sobald ich wieder flüssig bin?«

Kristina schüttelte den Kopf. Ihre Augen waren vor Entsetzen geweitet und schwammen in Tränen, aber sie weinte nicht mehr. »Nein«, flüsterte sie mit erstickter Stimme.

»Wie bitte?«, sagte Robert. »Warum nicht? Deine Bücher verkaufen sich doch großartig. Die Summe wirst du doch wohl haben?«

»Du verstehst nicht.« Kristina wich seinem Blick aus. »Ja, meine Bücher verkaufen sich gut, aber ich verdiene nicht so viel, wie du vielleicht denkst. Und die Tantiemen werden nur zweimal im Jahr ausgeschüttet. Alles fließt in die Abzahlung des Hauses, des Autos etc. pp. Nach Deckung der laufenden Kosten bleibt nichts mehr übrig. Wir leben von Johans Gehalt.«

»Habt ihr keine Ersparnisse?«

»Nein, wie gesagt, es bleibt nichts übrig.«

»Und wenn du Johan bittest, einen Kredit aufzunehmen?«

Kristina lachte bitter. »Und ihm verraten, dass der Entführer uns erpresst? Er würde darauf bestehen, dass wir zur Polizei gehen, und dann wäre alles aus. Wir würden Mira nie wiedersehen.«

»Glaubst du wirklich, dass Erik fähig ist, ihr etwas anzutun?«, fragte Robert. »Ich weiß nicht …«

»Seit der Mittelstufe war er fast jeden Tag besoffen oder stoned. Willst du das Risiko eingehen, dass er deiner Tochter die Kehle durchschneidet?«

Deiner Tochter. Kristinas Worte drangen wie Pfeilspitzen in sein Herz. »Nein, natürlich nicht. Aber was sollen wir tun? Wir können die Summe nicht aufbringen, sosehr wir es auch wollen. Glaubst du, Maria hat das Geld?«

»Keine Ahnung. Ich glaube kaum, dass sie als Verkehrspolizistin viel verdient, und ihr altes Elternhaus verschlingt sicher eine ganze Menge. Ich verstehe nicht, warum sie da wohnen bleibt.«

»Du wohnst doch auch in deinem ehemaligen Elternhaus«, wandte Robert ein.

»Das ist was anderes.« Kristina deutete zum Fenster und auf die weiße Fassade ihrer Villa, die auf der anderen Seite des Flusses schimmerte. »Ich wohne im besten Viertel von Trollhättan, Maria in einer Bruchbude in Tingvalla.«

»Wie auch immer«, sagte Robert. »Wir müssen irgendwas tun.«

Kristinas Gesicht leuchtete auf. »Hast du eine Idee?«

»Erik ist nicht so schlau, wie er denkt. Ich bin überzeugt, dass wir ihn dazu bringen können, Mira freizulassen, wenn wir versprechen zu bezahlen. Wir müssen mit ihm reden.«

Kristina nickte und schlüpfte in ihre Sachen. »Das können Maria und ich machen.«

»Nicht allein«, widersprach Robert. »Ich komme mit.«

Kristina hielt inne und sah ihn mit ernstem Blick an. Dann breitete sich ein Lächeln auf ihrem Gesicht aus. Sie beugte sich zu ihm und küsste ihn. »Gut. Ich muss jetzt nach Hause und Familie spielen. Aber ich versuche, Maria, so schnell es geht, zu erreichen.«

DONNERSTAG

Mira seit 6 Tagen vermisst

49

Kristina erwachte mit pochenden Schläfen und dem anhaltenden Gefühl von Roberts Berührungen auf ihrer Haut. Aber sie war nicht müde. Sie schwang die Beine aus dem Bett und setzte sich auf. Fahles Morgenlicht sickerte durch die heruntergelassenen Jalousien. Sie warf einen Blick auf ihren schlafenden Ehemann, der sich seinen Platz an ihrer Seite verdient hatte, indem er seit zwölf Jahren Robert Silvers Tochter aufzog.

Lächelnd schüttelte sie den Kopf. Als sie gestern nach Hause gekommen war, hatte Johan schon geschlafen. Ihr war das nur recht gewesen, sie hatte nach Alkohol und Schweiß gerochen, kaum der Duft einer Frau, die von einem nächtlichen Spaziergang zurückkam. Einen Moment lang bereute sie, Miras Gebettel um einen Hundewelpen nicht nachgegeben zu haben. Ein Hund wäre ein besserer Vorwand, regelmäßig das Haus verlassen zu müssen, als die mühevoll aufrechterhaltene Illusion, dass sie Bewegung brauchte. Aber sie hatte weder einen Hund noch die Zeit, sich den Kopf darüber zu zerbrechen.

Kristina schlüpfte in ihren Morgenmantel, ging in ihr Arbeitszimmer hinunter, setzte sich an den Laptop, öffnete das Romanmanuskript und notierte im Handlungsaufbau, welche

Ereignisse bereits eingetreten waren und welche folgen mussten, damit der Plot stimmig blieb. Sie kam erstaunlich schnell voran, und während sie arbeitete, sah sie ein, dass sie etwas essen und einen Kaffee trinken musste, um ihre Lebensgeister zu wecken und ihren Kater zu vertreiben, bevor Johan ernsthaft misstrauisch wurde und begriff, wie die Dinge wirklich lagen. Sie ging in die Küche, schaltete den Wasserkocher ein, nahm Brot und Aufschnitt aus dem Kühlschrank und stellte alles auf die Arbeitsfläche.

Kurz spielte sie mit dem Gedanken, Johan mit einem Frühstück im Bett zu überraschen, ihn vielleicht sogar zu verführen, damit seine Gedanken nicht ständig um Mira kreisten, verwarf die Idee jedoch gleich wieder. Er würde es kaum zu schätzen wissen, nicht in dieser Situation, nicht bei seiner Sorge um Mira. Und so kurz nach ihrem Seitensprung mit Robert kam es ihr erst recht falsch vor.

Sie schob die Lamellen auseinander und spähte aus dem Fenster. Es dauerte einen Moment, bis sie begriff, dass sich etwas verändert hatte. Ihr Puls schlug schneller. Was hatte ihre Aufmerksamkeit geweckt? Angestrengt blickte sie auf die Straße hinaus.

Neben ihrem Briefkasten standen drei Kameramänner. Und nicht nur das, in der Einfahrt ihres Nachbarn parkte ein Übertragungswagen von TV4. Die Schiebetür stand offen und gab den Blick auf ein Fernsehstudio in Kleinformat frei, bereit, live auf Sendung zu gehen, sobald etwas mit Nachrichtenwert passierte.

Kristina schaltete den Küchenfernseher an. Sie hatte sich nicht geirrt, die Medien hatten sämtliche Diskretion in den Wind geworfen und berichteten live aus ihrer Einfahrt. Was gesagt wurde, spielte keine Rolle, trotzdem hörte sie zu, um sich zu vergewissern, dass ihre Vermutung zutraf.

Die Polizei habe die Suche nach der zwölfjährigen Mira Stare eingestellt, berichtete der Reporter. Nach dem Skelettfund sei die Suche noch eine Weile fortgesetzt worden, aber nun habe die Polizei ihr Augenmerk auf Orte verlagert, an denen ein potenzieller Entführer das Mädchen gefangen halten könnte, verlassene Schutzräume oder Ähnliches. Der Reporter warf die Frage auf, ob Mira womöglich außer Landes gebracht worden sein könnte, während die Polizei die umliegenden Wälder durchkämmt hatte, und was es mit diesem Skelett auf sich habe, das man in Miras Jacke gefunden hatte. Was diesen Fall noch mysteriöser mache, sei die Tatsache, dass es sich bei dem verschwundenen Mädchen um die Tochter von Schwedens *True-Crime*-Königin Kristina Stare handele, die sich in ihrem Haus, vor dem er live berichte, vor der Öffentlichkeit abschirmte, und während er dies sagte, deutete der Reporter mit dem Daumen auf das Küchenfenster, hinter dem Kristina just in diesem Moment stand.

Die Kaffeemaschine verkündete gurgelnd, dass das Wasser durchgelaufen war. Kristina schaltete den Fernseher aus, goss sich eine Tasse ein und nippte daran, während sie versuchte, ihre Gedanken zu sortieren. Auch wenn sie gewusst hatte, dass es irgendwann so weit kommen würde, war sie unschlüssig, was sie jetzt tun sollte.

Wie soll ich weiter vorgehen? Sind die anderen gut genug vorbereitet, um planmäßig zu agieren, ohne dass ich eingreifen muss?

Sie trank noch einen Schluck Kaffee, dann ging sie mit der Tasse in der Hand in Miras Zimmer. Die Lamellen schepperten laut, als sie sie auseinanderzwängte und hinausspähte. Der Anblick überraschte sie nicht. Auf der Rückseite hatten sich ebenfalls Fotografen postiert und ihre Kameras aufs Haus gerichtet. Sie hantierten mit Stativen und zusätzlicher Ausrüstung. Einer schien ein Tablet vor der Nase zu haben, ein seltsam klobiges Modell wie diese Outdoorgeräte, die auf Bohrinseln oder ähnlichen Anlagen verwendet wurden, mit zwei dicken seitlichen Antennen.

Stirnrunzelnd ließ Kristina die Lamellen zuschnappen. *Okay, sie sind auf beiden Seiten. Ich frage mich …* Sie schlich die Kellertreppe hinunter, griff eine Jacke von der Garderobe und öffnete die Hintertür. Die kalte Morgenluft hüllte sie ein wie eine feuchte Decke, als sie im Schutz der Thujahecke in den Garten ging. Es roch nach nassem Gras, würzigen Tannennadeln und feuchtem Asphalt. Alles war wie immer. Kein Kameraobjektiv, das über die verborgene Gartentür lugte. Ihr Schleichweg schien noch immer unentdeckt zu sein.

Kristina setzte sich auf die Bank, stellte die Tasse neben sich ab und nahm ihr Handy aus der Tasche ihres Morgenmantels, um Maria anzurufen. Während es in der Leitung klingelte, fiel ihr ein seltsames Surren auf, das sie nicht zuordnen konnte.

Maria meldete sich. »Kristina?«, fragte sie. »Hast du die Morgennachrichten gesehen? TV4 berichtet live aus deiner Einfahrt. Geht es dir gut?«

»Ja, ich hab's gemerkt«, antwortete sie. Das Surren wurde lauter, aufdringlicher. Kristina blickte sich um.

»Mir ist klar, dass du in der Öffentlichkeit stehst«, sagte Maria. »Aber ist das nicht ziemlich dreist?«

»Doch.« Kristina hörte selbst, wie abwesend ihre Stimme klang. Sie stand auf, stellte sich auf die Zehenspitzen und ließ ihren Blick an der Thujahecke entlangwandern.

»Hast du mit Robert geredet?«, fragte Maria. »Über Erik?«

»Ja.« Mit einem Mal begriff sie, woher das Geräusch kam. Über der Hecke tauchte eine Drohne auf, stieg einige Meter in die Höhe und verharrte reglos in der Luft. Kristina starrte direkt in das Auge einer gyrostabilisierten Kamera, die unter dem weißen Flugkörper montiert war, den vier surrende Rotoren in der Luft hielten. Kristina wurde eiskalt.

»Maria«, sagte sie, ohne die Drohne aus den Augen zu lassen. »Ihr müsst ohne mich mit Erik sprechen. Ich glaube, ich sitze hier fest.«

Dann lächelte sie breit und winkte in die Kamera, als stünde sie auf einer Bühne.

Was sie in gewisser Weise auch tat.

50

Robert brauchte nicht zu raten, welches Auto Maria fuhr, als sie um die Ecke bog und vor dem Eingang des Swania hielt. Die ursprüngliche dunkelgraue Metalliclackierung ihres alten Volvo ließ sich noch erkennen, aber der Glanz war im Lauf der Jahre abgestumpft, die Bremsbeläge schleiften, und der Motor stotterte unregelmäßig.

Maria lehnte sich über den Beifahrersitz und öffnete ihm die Tür.

»Steig ein«, sagte sie. Robert rutschte auf den Sitz und schnallte sich an. Im Wagen roch es nach Staub und Benzin, wie früher im Auto seines Großvaters, sodass er sich eigenartig geborgen fühlte. Und obwohl die Ledersitze ramponiert und verschlissen waren, saß er darin sehr bequem.

Maria warf ihm einen Seitenblick zu. »Ist irgendwas passiert? Du wirkst so anders.«

Einen Augenblick lang schoss ihm die Frage durch den Kopf, ob Kristina Maria von ihrer gemeinsamen Nacht erzählt hatte, doch dann begriff er, dass Kristina das niemals tun würde. Nicht Maria und nicht unter diesen Umständen. »Nein, nicht dass ich wüsste«, sagte er. »Wieso?«

Maria zuckte die Schultern. »Keine Ahnung. Ich schätze, ich bin es einfach nicht gewöhnt, Anzugträger zu chauffieren. Meistens sitzen uniformierte Kollegen neben mir, und der eine oder andere betrunkene Zeitgenosse auf der Rückbank, der in Gewahrsam genommen werden muss. Obwohl, wenn ich es recht bedenke, tragen einige von denen auch Anzüge.«

»Interessant«, sagte Robert. »Ist es weit?« Er hatte keine Lust auf Small Talk und wollte die Sache so schnell wie möglich über die Bühne bringen, damit jeder von ihnen zum Alltag zurückkehren konnte. Wie auch immer dieser Alltag in seinem Fall künftig aussehen mochte, seit sein Leben ein einziger Scherbenhaufen war.

»Nein, zehn Minuten vielleicht.« Maria hielt an einer roten Ampel. Sie seufzte. »Aber ich denke, wir sollten die Zeit nutzen, um uns abzusprechen. Was meinst du?«

Robert nickte. Maria hatte recht. Sie mussten eine Strategie entwickeln, damit Erik sie zu Mira führte.

»Ich habe darüber nachgedacht, was du Dienstagabend vor dem Hotel gesagt hast«, sagte Maria.

Robert musterte sie. Ihre Miene wirkte verbissen, ein ungewohnt entschlossener Zug umspielte ihre Wangenknochen. »Dass wir nach Annas Unfall gelogen haben, war ein schlimmer Fehler. Aber was wir hinterher getan haben, war noch viel schlimmer. Verstehst du? Ich weiß, dass wir unser Verhalten ein Leben lang bereut haben. Jeder von uns. Aber ist es nicht noch viel schlimmer, dass bis heute keiner von uns die Wahrheit gesagt hat?«

Robert sah sie eindringlich an. Die Entschlossenheit wich nicht aus ihrem Gesicht, während sie in Richtung Innenstadt fuhr, am Nils-Ericsson-Gymnasium vorbei und weiter nach Kronogården. Sie klang wie eine Predigerin bei einer Erweckungsveranstaltung.

»Ja, wahrscheinlich«, seufzte er. Er konnte sich nicht einmal vorstellen, wie sein Leben verlaufen wäre, hätte er nicht all die Jahre an einer Lüge festgehalten, als wäre sie die einzige Wahrheit. Vielleicht wäre er nie Anwalt geworden, Erik hätte wohl nie Drogen genommen, und Mira … Mira wäre vielleicht von Anfang an als seine Tochter aufgewachsen. Der letzte Gedanke versetzte ihm einen Stich.

»Aber wir können jetzt nicht zur Polizei gehen«, widersprach er. »Falls es das ist, was du meinst. Damit würden wir uns nur tiefer in die Bredouille bringen, und Mira wäre dadurch nicht geholfen.«

Um ein Haar hätte er *meiner Tochter* gesagt, bekam aber gerade noch die Kurve.

»Nein, davon rede ich nicht«, sagte Maria. »Ich will damit sagen, dass diese Heimlichtuerei ein Ende haben muss. Sobald Mira in Sicherheit ist, müssen wir die Vergangenheit abhaken und nach vorne schauen.«

Robert spürte, wie der Druck auf seiner Brust nachließ. Er wollte nichts lieber als das. Er musste jetzt nach vorne schauen, mehr denn je. In diesem Punkt hatte Maria recht. Er hatte ihr Geheimnis sein Leben lang mit sich herumgeschleppt, wie ein boshafter Kobold hatte es auf seiner Schulter gehockt und ihm

Gift ins Ohr geflüstert. Das hatte ihn Zuflucht suchen lassen bei allem, was seine Gedanken kurzfristig zerstreute: Partys, Frauen. Dieselben Dinge, die ihn am Ende zu Fall gebracht hatten. Dieselben Dinge, die ihn hierhergeführt hatten, auf den Beifahrersitz von Marias klapprigem Volvo, auf dem Weg zu ihrem ehemaligen Klassenkameraden. Zu Erik, zu dem alle aufgesehen hatten. Der unfehlbare Erik, der eine glänzende Zukunft vor sich gehabt hatte, der dem Druck jedoch nicht standgehalten hatte und auf dem Boden der Gesellschaft gelandet war.

Und der jetzt seine, Roberts, Tochter entführt hatte.

Etwas brodelte in seinem Inneren, etwas sehr viel Infameres als die Lüge, die er dort all die Jahre mit sich herumgetragen hatte. Maria hatte recht. Sie mussten einen Schlussstrich unter die Vergangenheit ziehen. Sobald Erik Stiernström Mira freigelassen hatte, würde er, Robert Silver, dafür sorgen, dass Erik den Preis für sein Verbrechen zahlte.

Denn das hatte er als Anwalt immerhin gelernt: Kaum jemand trauerte einem toten Junkie nach.

»Du hast recht.« Robert lächelte Maria an und wiederholte ihre letzten Worte, damit sie verstand, dass er einer Meinung mit ihr war. »Sobald Mira in Sicherheit ist, ist es Zeit, die Vergangenheit abzuhaken und nach vorne zu schauen.«

»Es ist längst überfällig«, sagte Maria. In diesem Moment bogen sie auf den Parkplatz vor den Hochhäusern am Lantmannavägen ein. Maria zog die Handbremse so heftig an, dass der Wagen schaukelte, dann sahen sie sich an.

»Bist du bereit?«, fragte Robert.

Maria holte tief Luft. »Ja.«

»Dann los.«

51

Maria musterte Roberts verbissene Miene, als sie im Fahrstuhl nach oben fuhren, sagte aber nichts. Sie verstand, dass er wütend war und sich von Erik hintergangen fühlte. Ihr ging es genauso. Erik hatte Robert immer von oben herab behandelt. Er war ihnen allen überlegen gewesen, auf allen Gebieten, abgesehen von seiner labilen Psyche, die ihn in die Drogensucht geführt hatte. Kein Wunder, dass ein Gewinnertyp wie Robert die Gelegenheit ergriff, es ihm heimzuzahlen.

Aber das konnte nicht der einzige Grund sein. Roberts dunkle Augen funkelten, als er mit entschlossenen Schritten den Fahrstuhl verließ. Er hielt kurz inne, bis Maria auf Eriks Wohnungstür deutete, dann hämmerte er mit der geballten Faust dagegen. Im Innern der Wohnung blieb es still. Robert warf Maria, die klingelte, einen fragenden Blick zu, dann warteten sie. Zu guter Letzt erklangen Schritte, und Erik öffnete die Tür.

Er sah derangiert aus und starrte sie verwirrt an. Seine Augen waren gerötet, seine Haare ungekämmt. Maria roch eine eindeutige Alkoholfahne. »Was wollt ihr?«, blaffte Erik, aber er trat zurück und ließ sie herein.

»Wir müssen reden«, sagte Maria. Robert drängte sich an

Erik vorbei, blieb mitten im Raum stehen und blickte auf die Flasche neben dem Bett. Sie war leer und schien Wodka enthalten zu haben.

»Ganz meine Meinung«, erwiderte Erik und schloss die Tür hinter Maria.

»Erik.« Maria sah ihn an. Er tat ihr leid. Sie wollte nicht, dass er wieder zur Flasche griff, er hatte so hart gekämpft, um die Sucht zu besiegen. Aber die Worte blieben ihr im Hals stecken, als ihr einfiel, dass sie hergekommen waren, um Erik zu zwingen, ihnen zu sagen, wo er Mira gefangen hielt.

»Wie kannst du so leben?« Robert zeigte auf die Flasche. »Glaubst du, du wirst jemals wieder ein mündiges Mitglied der Gesellschaft, wenn du um diese Uhrzeit schon säufst?«

Erik schwankte. »Bist du deshalb hier?« Er kratzte sich am Kopf und trat einen Schritt auf Robert zu. »Willst du darüber reden?«

So sanft, wie sie konnte, legte Maria Erik die Hand auf die Schulter. Er sollte die Geste nicht als Drohung missverstehen, nicht als die Hand einer Polizistin, die einen Verdächtigen festnahm. »Beruhige dich, Erik«, sagte sie. »Du weißt, dass wir nicht deshalb hier sind. Können wir versuchen, uns wie zivilisierte Leute zu benehmen?«

»Er hat angefangen.« Erik deutete auf Robert, der den Kopf schüttelte. »Aber mir soll's recht sein. Sagt, was ihr zu sagen habt.«

»Gestern vor dem Polizeirevier«, begann Maria, »hast du eine Forderung gestellt, damit du nicht zur Polizei gehst und erzählst, was damals wirklich mit Anna geschehen ist. Bleibst du dabei?«

»Darauf könnt ihr Gift nehmen.« Erik sah sie an, wich ihrem Blick aber im nächsten Moment aus. »Hunderttausend, dann halte ich für alle Zeiten den Mund.«

Robert schüttelte den Kopf. »Ich habe keine Geduld für diesen Scheiß«, sagte er und stieß Erik gegen die Brust. »Wir wissen, dass du Mira entführt hast. Hör mit diesem Schmierentheater auf und sag uns, wo sie ist. Sonst gehen *wir* zur Polizei und zeigen *dich* wegen Entführung an.«

Erik lachte. »Das glaubst du doch wohl selbst nicht? Ihr geht nicht zu den Bullen, nie im Leben. Dazu seid ihr viel zu feige.«

»Erik, so weit muss es nicht kommen«, sagte Maria. »Denk nach. Willst du dein neues Leben so beginnen? Es muss einen Weg geben, wie wir das Problem unter uns lösen.«

Erik zuckte die Schultern. »Ich will nur ein paar armselige Moneten, kapiert ihr das nicht? Damit ich meine Vergangenheit hinter mir lassen kann. Das ist alles.«

»Hältst du das alles für ein Spiel?« Roberts Stimme war eiskalt. »Keiner wird dir Geld geben, verstehst du das? Keiner! Hör auf, bevor jemand zu Schaden kommt.«

»Bitte, Erik. Sag uns, wo Mira ist«, flehte Maria. »Dann können wir dir bei deinem Neuanfang helfen.«

Erik lachte wieder. »Glaubt ihr allen Ernstes, ich hätte das Mädchen entführt?«, sagte er. »Dann seid ihr wirklich dümmer, als ich dachte. Ich habe keinen blassen Schimmer, wer Kristinas Göre gekidnappt hat.«

Roberts Gesicht verzerrte sich und lief dunkelrot an. Er bohrte Erik den Zeigefinger in die Brust. »Tisch uns keine Scheißmärchen auf«, brüllte er. Er trat dicht an Erik heran und stieß dabei die Flasche um, die in Richtung Badezimmer rollte.

Erik wich zurück. »Beruhig dich, Mann.« Er schlug Roberts Hand weg. »Ich will nur das Geld. Mira ist mir scheißegal.«

»Beruhigt euch, alle beide!«, rief Maria mit erhobener Stimme. »Wir sind hier, um zu reden, nicht, um uns die Köpfe einzuschlagen.«

Robert schien sie nicht zu hören. Er durchbohrte Erik mit dem Blick und zwang ihn, weiter zurückzuweichen. »Wenn du glaubst, ich würde dir Geld geben, dann bist du auf dem Holzweg, kapierst du? Nicht, so lange du Mira irgendwo gefangen hältst.«

»Wag es nicht, mich einen Kidnapper zu nennen!«, brüllte Erik und versetzte Robert einen Stoß.

»Hört auf, beide!«, wiederholte Maria und versuchte, so viel polizeiliche Autorität in ihre Stimme zu legen, wie sie konnte. Aber es war zu spät. Was auch immer Robert bereits im Fahrstuhl hatte rotsehen lassen, brachte das Fass zum Überlaufen.

Robert rempelte zurück. Er war stärker als Erik, und der Stoß brachte Erik aus dem Gleichgewicht. Er trat mit dem Fuß auf die Wodkaflasche, die vor die Schwelle des Badezimmers gerollt war, verlor den Halt und fiel durch die geöffnete Tür ins Bad. Mit einem dumpfen Knall schlug sein Kopf auf den Badewannenrand. Erik sackte reglos zu Boden.

Blitze zuckten durch Marias Gehirn. »Um Himmels willen!«, rief sie und schlug die Hände vor den Mund.

Robert ging vor Erik in die Hocke. »Er atmet nicht – glaube ich jedenfalls. Was zum Teufel machen wir jetzt?« Maria hörte den Schock in seiner Stimme.

Sie zitterte am ganzen Körper. In ihrem Inneren breitete sich eine vertraute Leere aus. Sie kannte dieses Gefühl. Sie hatte es nicht nur bei Anna gespürt. Eigenartigerweise vertrieb es ihre Panik. Maria hob Eriks Füße an. »Hilf mir«, befahl sie und begegnete Roberts fragendem Blick.

»Es war ein Unfall«, flüsterte er. »Ich wollte ihm nur Angst machen. Ich wollte ihn nicht verletzen.«

»Es ist zu spät«, sagte Maria. »Hilf mir, ihn in die Badewanne zu legen.«

»Warum?«

»Das erkläre ich dir dann. Fass mit an.«

Robert nickte. Erik war von hagerer Gestalt, trotzdem wog sein schlaffer Körper schwer wie Blei. Als er in der Badewanne lag, stumm und reglos, verschloss Maria den Abfluss mit dem Stöpsel und drehte das Wasser auf.

»Er war betrunken oder jedenfalls stark verkatert«, sagte Maria über das Geräusch des fließenden Wassers hinweg, das Eriks abgetragene Kleidung langsam dunkler färbte. Die Leere hatte jetzt auch ihre Stimme erfasst. Sie klang hohl und leblos, als sie fortfuhr. »Fass die Flasche nicht an. Wir wollen nicht, dass die Polizei darauf Fingerabdrücke findet. Und hör mir jetzt genau zu. Erik ist in der Badewanne ertrunken. Wir haben ihn tot aufgefunden. Oder nein, besser, wir waren gar nicht hier.«

In diesem Moment bewegte Erik sich. Eiseskälte durchfuhr Maria, als sie sah, wie sich seine Finger um den Badewannenrand schlossen. Sie ließ sich von ihrer inneren Leere leiten und legte eine Hand auf Eriks Stirn, drückte seinen Kopf unter Wasser und hielt ihn dort. Es war leichter als erwartet, obwohl Erik wild mit den Armen fuchtelte und versuchte, ihre Hand wegzustoßen. Aber es waren nur erbärmliche Versuche, das Unvermeidliche abzuwehren. Erik war schwach und nur halb bei Bewusstsein. Luftblasen drangen aus seinem Mund, als er nach Luft rang.

»Was zum Teufel tust du?!«, rief Robert. »Er lebt noch!«

»Nein, er ist tot.« Maria blickte Robert fest in die Augen. »Vertrau mir.«

Robert zerrte an ihren Schultern und versuchte, sie zurückzureißen. Für einen kurzen Moment glückte es ihm, und Erik kam prustend an die Oberfläche. Doch Maria schüttelte seine Hände ab und drückte Erik erneut unter Wasser.

»Hör auf, du bringst ihn um!«, schrie Robert.

»Ja«, sagte Maria ruhig. Eriks fuchtelnde Armbewegungen erlahmten, seine Versuche, den Kopf aus dem Wasser zu heben, wurden schwächer. »Das ist der einzige Weg, um zu verhindern, dass er unser Geheimnis verrät.«

Robert wich vor Maria zurück. Entsetzt sah er zu, wie die Luftblasen von Eriks ersterbenden Atemzügen an die Oberfläche stiegen, wie Eriks fuchtelnde Arme ein letztes Mal Wasser auf Maria und den Badezimmerfußboden schwappen ließen. Dann war es vorbei.

Maria drehte das Wasser ab und drückte Erik dabei weiter auf den Boden der Wanne. Sie zitterte am ganzen Körper, aber sie spürte nichts. Die Leere hatte sämtliche Gefühle getilgt. Sie richtete sich auf und betrachtete Erik mit schief gelegtem Kopf. Als sie den friedvollen Ausdruck auf seinem Gesicht sah, spürte sie, wie sich ihre Mundwinkel unmerklich hoben. Eine letzte Luftblase stieg aus Eriks Nase auf.

Erik hatte Frieden gefunden, genau wie ihre Mutter.

»Wie zur Hölle sollen wir jetzt erfahren, wo Mira ist?«, sagte Robert.

52

Robert hatte keine Ahnung, ob er überhaupt atmete. Als Maria Erik ertränkt hatte, war er vor Schreck wie gelähmt gewesen. Er hatte sie aufhalten wollen, doch nach dem ersten linkischen Versuch hatten seine Muskeln nicht mehr gehorcht. Stattdessen war er rückwärts aus dem Badezimmer gewichen, um es nicht aus nächster Nähe mitansehen zu müssen. Erst als Eriks fuchtelnde Armbewegungen erstarben und seine Hände kraftlos ins Wasser fielen, löste sich Roberts Erstarrung, und ihm fiel wieder ein, warum sie hergekommen waren.

Maria drehte schweigend den Kopf in seine Richtung.

Seine Muskeln erwachten einer nach dem anderen wieder zum Leben. »Du hast ihn getötet«, sagte er.

Maria drehte den Kopf und betrachtete Eriks reglose Gestalt. »Er hat Frieden gefunden«, erwiderte sie. »Wie er es sich gewünscht hat.«

»Ich glaube kaum, dass Erik ertränkt werden wollte«, schnaubte Robert. »Wir müssen die Polizei rufen!«

»Nein!« Maria fuhr herum. Sie verließ das Badezimmer und schloss die Tür. »Das können wir nicht. Verstehst du nicht? Sie würden Fragen stellen.«

»Es ist genau wie damals bei Anna«, sagte Robert und schüttelte den Kopf. »Wir dürfen diesen Fehler kein zweites Mal machen.«

»Dieses Mal ist es kein Fehler«, widersprach Maria. »Hör mir zu. Wenn wir die Polizei rufen, müssen wir erklären, was passiert ist, warum wir hier waren. Ich habe vielleicht einen Bezug zu Erik, du nicht. Wenn wir einfach gehen, wird ihn irgendwer finden, feststellen, dass er betrunken war und in der Badewanne ertrunken ist. Bei Leuten wie Erik kommt das vor, glaub mir. Niemand wird auch nur etwas anderes vermuten. Niemand wird uns verdächtigen.«

Robert musterte Maria, während sie ihren Plan schilderte. Ihre Schüchternheit war wie weggeblasen. Sie wirkte beinahe erregt, atmete schwer, und in ihrem Blick loderte eine unheimliche Glut.

»Okay.« Er hob die Hände. »Du hast recht, wir verschwinden von hier. Aber hast du vergessen, warum wir hergekommen sind?«

»Erik hatte keine Ahnung, wo Mira ist«, sagte Maria. »Er wollte nur Geld, begreifst du das nicht?«

»Was ist, wenn du dich irrst? Wenn er Mira doch irgendwo gefangen gehalten hat. Wie sollen wir sie jetzt finden?«

»Dann haben wir ein Problem.« Marias Lippen verzogen sich zu einem leichten Lächeln.

»Und ob wir dann ein Problem haben! Was zum Teufel hast du dir dabei gedacht?!«

»Was hast *du* dir gedacht?«, konterte Maria. »Ich habe nicht angefangen, mich zu prügeln, ich habe Erik nicht so heftig geschubst, dass er mit dem Kopf auf den Badewannenrand geschlagen ist.«

»Nein, aber *ich* habe ihn nicht ertränkt.«

»Diesmal kommst du nicht davon«, sagte Maria. »Du warst hier, du bist genauso schuld wie ich, und das weißt du. Sosehr du dir das auch einreden willst, diesmal war es kein Unfall. Wir haben Erik umgebracht, du und ich. Also, leb damit, denn du hast keine andere Wahl. Glaub mir, ich weiß, wovon ich rede.«

»Was willst du damit sagen?«

Maria schüttelte den Kopf und sah sich in dem unpersönlichen Appartement um. »Nichts«, sagte sie und hob Eriks Rucksack auf. »Vergiss es, wir müssen nachsehen, ob wir irgendeinen Hinweis finden, der uns zu Mira führt.« Maria kramte im Rucksack herum, bis sie das Tagebuch fand und es herausnahm.

»Was ist das?«, fragte Robert.

»Keine Ahnung.« Maria blätterte die Seiten durch. »Sieht aus wie ein Tagebuch. Vielleicht hat er darin etwas über Mira geschrieben.« Sie stellte den Rucksack auf den Boden und begann zu lesen.

Robert war schlecht. Er hatte Hunderte Ermittlungsprotokolle gesehen, in denen es um Mordopfer, Tatorte und Fotos von allen nur denkbaren tödlichen Verletzungen gegangen war, aber er hatte noch nie gesehen, wie ein Mensch einen anderen Menschen umbrachte. Und noch dazu Maria? Die schüchternste und farbloseste Frau, der er je begegnet war? Er hatte keine Ahnung, was er denken oder fühlen sollte. Mechanisch ging er in die kleine Kochnische und durchsuchte die Schränke, als hoffte er, dort einen Hinweis zu finden, der sie zu Mira führte.

Zu seiner Tochter.

Panik ließ ihn hyperventilieren. Die Schränke waren leer. Nichts als ein paar angestoßene Teller und eine Packung Toastbrot. Kein Hinweis auf Miras Versteck. Mutlos sackte er auf den Fußboden.

»Mira«, flüsterte er und presste die Handballen gegen die Schläfen. Sein Kopf kam ihm vor wie ein Wasserball, aufgeblasen und genauso inhaltslos. Sein Herz hämmerte. Er spürte eine Hand auf seiner Schulter, sah Marias Gesicht wie durch eine Wasseroberfläche. Ihre Züge flossen wie Aquarellfarben auseinander.

»Bist du okay?« Ihre Stimme schien aus weiter Ferne zu kommen.

Er wollte ihr sagen, dass Mira seine Tochter war, aber er konnte kaum atmen. Es war besser, Maria erfuhr es nicht, noch nicht. Sie hatte Erik, ohne mit der Wimper zu zucken, ermordet. Nicht auszudenken, was sie mit ihm machen würde, sollte sie sich von ihm bedroht fühlen. Er nickte und versuchte, einen klaren Kopf zu bekommen.

»Wie kannst du so ruhig sein?«, fragte er und fokussierte den Blick auf Marias Gesicht, bis es wieder Form annahm.

»Das ist nichts, worauf ich stolz bin.« Maria reichte ihm die Hand und half ihm auf. »Aber auch nichts, worüber ich sprechen möchte.«

Robert blickte auf die geschlossene Badezimmertür. »Was zur Hölle sollen wir jetzt tun?«

Maria zuckte die Schultern. »Erst einmal verschwinden wir von hier und sehen nach, ob in Eriks Tagebuch ein verwertbarer Hinweis steht. Dann können wir nur noch warten.«

»Worauf?«

»Dass die Polizei Mira findet oder der Entführer sich wieder meldet. Was sonst könnten wir tun?«

»Wir müssen es Kristina sagen«, sagte Robert. »Sie wird in helle Panik geraten.«

53

Kristinas Blick wanderte vom Romanmanuskript auf dem Bildschirm zu ihrem klingelnden Handy.

Sie hatte die Polizei informiert, dass Journalisten und Fotografen ihr Haus umlagerten. Das Drohnengesurre war daraufhin verstummt, doch der Übertragungswagen von TV4 parkte unverändert in der Einfahrt des Nachbarn. Die eintreffenden Polizeibeamten hatten gemeint, der Sender habe eine private Absprache mit ihm getroffen, und was das anginge, seien ihnen die Hände gebunden. Kristina hatte diesen Nachbarn noch nie leiden können, und jetzt hatte sie den Beweis, dass die Abneigung auf Gegenseitigkeit beruhte.

Das Auftauchen der Polizei war ohnehin sinnlos. Die Paparazzi waren längst zurück. Umzingelt und ohne ein Lebenszeichen von Mira hatte sie sich im Arbeitszimmer verschanzt und an ihrem neuen Kriminalroman gearbeitet, der *Pechvögel* heißen sollte. Es gab nichts, was sie sonst hätte tun können. Sie kam nicht aus dem Haus, und der Gedanke, wie Johan untätig herumzusitzen und zu warten, machte sie wahnsinnig. Beim Schreiben war es ihr bisher stets gelungen, den Verführungsversuchen der Flasche zu widerstehen. Der gestrige Alkohol steckte ihr noch in den Gliedern, und obwohl sie die treibende Kraft beim weiteren Verlauf des Abends gewesen war, verspürte sie einen Anflug von Scham.

Als sie Roberts Namen auf dem Display las, zuckte sie zusammen.

»Ja«, sagte sie mit belegter Stimme und räusperte sich.

»Ich bin's«, sagte Robert. »Wir waren bei Erik.«

»Wie ist es gelaufen?«

Robert atmete schwer. »Er ist tot.«

Kristina richtete sich kerzengerade auf. »Was sagst du? Was ist passiert?«

»Es ging alles so schnell. Eben hat er noch gelebt, und plötzlich ist er tot.«

»Warte«, sagte Kristina. »Ich verstehe nicht. War er schon tot, als ihr gekommen seid, oder …«

»Wir haben ihn umgebracht.« Keiner von ihnen sagte etwas, bis Robert fortfuhr. »Es war ein Unfall.«

»Was ist passiert?«, fragte Kristina.

»Erik war betrunken. Die Situation ist eskaliert, wir sind beide handgreiflich geworden. Er ist gestürzt, es war keine Absicht. Dann haben wir ihn in die Badewanne gelegt, damit es so aussieht, als wäre er im Suff ertrunken.« Robert holte tief Luft. »Aber er kam wieder zu Bewusstsein, und da hat Maria ihn ertränkt.«

Kristina spürte, wie ein Blitz durch sie hindurchfuhr. Maria? Das hätte sie sich in ihren kühnsten Träumen nicht ausmalen können. »Was sagst du da?«, fragte sie ungläubig. Hastig warf sie einen Blick auf die Arbeitszimmertür. Aber sie war allein. Johan hockte vermutlich wie üblich im Wohnzimmer auf dem Sofa. Seit Miras Verschwinden schien er dort förmlich festgewachsen zu sein.

»Du hast mich verstanden«, erwiderte Robert. »Aber es spielt kein Rolle. Erik ist tot. Er kann nicht mehr zur Polizei gehen.«

»Aber er kann uns auch nicht mehr sagen, wo er Mira gefangen hält.« Ein leises Lächeln glitt über Kristinas Gesicht.

Nur noch drei Pechvögel im Spiel. Jetzt wurde es erst richtig spannend.

»Nein.« Robert seufzte. »Ich traue mich kaum, es zu sagen, aber gerade hoffe ich aus tiefster Seele, dass jemand anderes Mira entführt hat. Sonst habe ich keine Ahnung, wie wir weiter vorgehen sollen.«

Kristina nickte. Erik war das schwächste Glied, die Figur, die nichts zu verlieren hatte, die nur gewinnen konnte. Aber welcher Kriminalroman, der diese Bezeichnung verdiente, servierte den Täter auf einem silbernen Tablett? Der Gedanke an ihre Tochter, die an einem dunklen Ort gefangen gehalten wurde, bereitete ihr körperliche Schmerzen.

»Okay«, sagte sie und atmete schwer, um Robert zu signalisieren, dass die Entwicklung sie nicht kaltließ. »Wir müssen einen Schritt zurück machen und abwarten, ob der Entführer sich wieder meldet. Und dann müssen wir entsprechend handeln.«

»Ich hasse es zu warten«, sagte Robert. »Es geht um unsere Tochter. Ich will sie aus der Gewalt dieses Entführers befreien.«

»Das will ich auch, aber was können wir tun? Erik ist tot. Wenn er Mira nicht entführt hat, können wir nichts anderes tun, als zu warten. Du hast doch Maria nicht erzählt, dass du Miras Vater bist?«

»Nein, nein«, versicherte Robert. »Sie ist vor mir gegangen und allein weggefahren. Wir hielten es für klüger, Eriks Wohnung nicht gemeinsam zu verlassen.«

Erleichtert atmete Kristina aus. Die Situation war schon verfahren genug, Maria musste nicht mehr über Mira erfahren als unbedingt nötig. Dieses Detail war Roberts und ihr Geheimnis, und das würde es bleiben, ganz gleich ob alles andere ans Licht zu kommen drohte.

»Wie geht es dir?«, fragte sie.

»Ganz ehrlich? Ich bin am Boden. Alles wiederholt sich. Als Erik gestürzt ist und mit dem Kopf auf den Badewannenrand geschlagen ist, war es wie die Wiederholung von Annas Sturz.«

»Das kann ich verstehen.«

»Und Maria?« Robert verstummte. Wind rauschte in der Leitung, während er seine Schritte beschleunigte. »Plötzlich ist sie ein vollkommen anderer Mensch, ich fasse es einfach nicht. Sei froh, dass du nicht dabei warst. Was sie gemacht hat und wie ruhig sie dabei geblieben ist … Es war entsetzlich.«

Kristina nickte. »Ich kann es auch nicht glauben. Dass sie einen Unfall vertuschen wollte, gut. Aber Erik ertränken? Ich hätte nie für möglich gehalten, dass sie dazu fähig ist.«

»Niemand hätte das«, sagte Robert. »So was passiert in Filmen, nicht in der Realität.«

Kristina lächelte. Robert hatte recht. So etwas passierte in Filmen oder in Büchern. Und auch wenn es sicher schon im wahren Leben vorgekommen war – wer, wenn nicht sie, wusste, wie man wahre Ereignisse mit Fiktion ausschmückte, um sie zu Bestsellerstoff zu machen? –, gehörte es ganz bestimmt nicht zur Normalität.

»Können wir uns später treffen?«, fragte Robert. »Wir müssen besprechen, wie wir weiter vorgehen.«

Kristina kehrte in die Realität zurück. »Ja, wenn ich aus dem Haus komme.«

»Was meinst du?«

»Die Presse belagert uns. Die Paparazzi hocken buchstäblich auf den Bäumen. Sie haben sogar eine Drohne über Haus und Grundstück fliegen lassen.«

»Großer Gott, das ist doch nicht normal.«

»Nein, ist es nicht. Ich begreife nicht, was in den Köpfen der Leute vorgeht.«

54

Als Maria in ihre Einfahrt einbog, schrammte der linke Außenspiegel am Torpfosten entlang und zersplitterte. Sie hielt an, schaltete den Motor aus und stieg aus dem Wagen. Als sie die Haustür aufschloss, schoss Mistel unter einem Busch hervor und strich ihr maunzend um die Beine. Maria zog ihre Jacke aus, nahm Mistel auf den Arm, kraulte sie unter dem Kinn und ging mit der schnurrenden Katze in die Küche.

Wie üblich füllte sie die Futternäpfe und setzte Teewasser auf. Knirschendes Trockenfutter zwischen Katzenzähnen, knisternde Teeblätter zwischen ihren Fingern. Die vertraute Geräuschkulisse konnte sie heute nicht beruhigen. Für gewöhnlich spendeten die weichen Kissen und Decken auf dem Sofa nach einem Dienst draußen in der Kälte Wärme und Geborgenheit. Doch heute hatte Maria das Gefühl, von ihnen erstickt zu werden, als sie sich mit dem Tee auf die Couch setzte und versuchte, nicht an Eriks aufgerissene Augen unter der Wasseroberfläche zu denken, seine fuchtelnden Arme, die versuchten, ihre Hände wegzustoßen.

Der Tee schwappte über, als sie den Becher abrupt auf den Tisch stellte und aufsprang. Mistel hob den Kopf und sah sie verwundert an. Erst jetzt fiel Maria auf, dass sie beim Füllen der Näpfe eine ganze Menge Futter verschüttet hatte. Warum hatte sie das nicht gemerkt? Sie schlug die Hände vors Gesicht und versuchte, ruhig zu atmen, ihre Gefühle nicht die Oberhand gewinnen zu lassen. Nicht wie *damals*. Doch vergeblich. Sie kamen trotzdem. Ihre Beine gaben unter ihr nach, sie sank aufs Sofa zurück und brach in Tränen aus.

Erinnerungen überlagerten sich. Eriks aufgerissene Augen, Annas ausgestreckte Hand. Das traurige Lächeln ihrer Mutter.

Maria stand auf und lief rastlos auf und ab, bis sie sich am Fuß der Treppe wiederfand und merkte, dass sie die geschlossene Tür am oberen Treppenabsatz anstarrte. Die Tür zog sie an wie ein schwarzes Loch, in das sie hineinzustürzen drohte. Sie stolperte die Treppe hinauf und rüttelte an der Klinke. Die Tür ging nicht auf. Natürlich nicht, sie hatte sie abgeschlossen, damit sich der Vorfall von neulich nicht wiederholte. Auch gut, dort drinnen gab es nichts. Dort herrschten Leere und Dunkelheit, genau wie in ihrem Inneren.

Anna war eine Sache. Abgesehen davon, dass sie all die Jahre geschwiegen hatte, hatte sie sich nichts zuschulden kommen lassen. Doch wäre Annas Tod nicht gewesen, wäre sie zu dem, was sie später getan hatte, niemals imstande gewesen. Obwohl der Raum hinter der verschlossenen Tür leer war, vernahm Maria unverändert die leisen Geräusche der Geräte. Geräte, die ihre Mutter am Leben erhalten hatten.

Maria und ihre Mutter hatten gemeinsam mit den behandelnden Ärzten entschieden, dass Anne-Marie Andersson ihre letzten Tage zu Hause in ihrer vertrauten Umgebung verbringen sollte. Im Krankenhaus konnten sie nichts mehr für sie tun. Der Tumor hatte schon zu stark gestreut. Es war nur noch eine Frage der Zeit. Zeit, die sie im Krankenhaus verbringen konnte oder mit ihrer Tochter, in der Geborgenheit des Hauses, das sie liebte.

Das ehemalige Arbeitszimmer ihres Vaters wurde ausgeräumt, und auf dem echten Teppich, den Anne-Marie auf einem Istanbuler Basar erstanden hatte, im selben Jahr, in dem sie Anders kennenlernte, Marias Vater, wurde ein Krankenbett aufgestellt, daneben ein Beatmungsgerät und Ständer mit schmerzlindernden Infusionen, Nahrungsmittellösungen sowie ein Vitaldatenmonitor.

Maria ließ sich vom Dienst beurlauben und saß den ganzen Tag und den Großteil des Abends am Bett ihrer Mutter, trug den Fernseher hinauf ins Obergeschoss und schaute mit ihr ihre Lieblingssendungen.

Sie las ihrer Mutter vor, Bücher, die ihre Mutter mochte, und Bücher, von denen sie hoffte, dass sie ihr gefielen. Es ließ sich unmöglich sagen. Anne-Maries Gesicht hatte jeglichen Ausdruck verloren. Jede Miene produzierte die gleiche Menge Speichel im Mundwinkel.

Doch hin und wieder verrieten ihre Augen, dass in dieser reglosen Hülle doch noch etwas von ihrer Mutter vorhanden war. Manchmal leuchteten ihre Augen auf, als wollte sie sich bei ihrer Tochter bedanken oder ihr sagen, dass sie sie liebte. Manchmal wurden sie matt und füllten sich mit Tränen. Maria hatte keine Ahnung, ob aus Schmerz oder aus Angst, weil ihr Leben sich dem Ende zuneigte.

Wenn ihrer Mutter die Tränen kamen, trocknete Maria sie. Sie wusch ihre Mutter mit feuchten Waschlappen, wechselte Beutel mit Exkrementen und Urin aus. Abend für Abend blickten Anne-Maries Augen länger und tiefer in Marias Seele hinein, als würde Anne-Marie um etwas bitten, das sie nicht in Worte fassen konnte. Doch irgendwann schlief sie ein, dann schlich Maria in die Küche hinunter und verschlang Mikrowellenfertiggerichte, um ihren Heißhunger und ihre Gewissensbisse zu stillen, weil sie ihre Mutter mit den Geräten allein ließ. Ihre Gedanken und Emotionen verstrickten sich zu einem unentwirrbaren Knäuel. Wenn sie im Dunkeln in ihrem Schlafzimmer lag, starrten Anna Fridhemssons Augen sie an, wurden größer und größer, während die Welt sich ringsum blutrot färbte.

Eines Nachts war sie wie so oft schweißgebadet und mit klopfendem Herzen aus dem Schlaf gefahren, überzeugt, ihre Mutter sei gestorben. Doch als sie nach ihr sah, war nichts geschehen. Ihre Mutter war wach. Ihre Augen schwammen in Tränen, und als sie Maria ansah, zog ihr Blick Maria wie ein Magnet an. Maria hatte sich auf die Bettkante gesetzt und ihrer Mutter die Stirn gestreichelt, ohne ihren flehenden Blick auch nur eine Sekunde loszulassen.

In diesem Moment stupste Mistel sie mit der Pfote an und

holte sie in die Gegenwart zurück. Maria nahm sie auf den Arm und vergrub das Gesicht im Katzenfell. Irgendwann griff sie nach dem Telefon und rief Kristina an.

»Ich habe meine Mutter getötet«, sagte sie.

55

Robert nahm die Abkürzung über den Friedhof. Auf halbem Weg fragte er sich, warum er beschlossen hatte, *zu Fuß* zum Hotel zurückzugehen. Seine Schuhe mochten elegant sein, aber sie scheuerten an den Fersen, und durch die dünne Ledersohle spürte er jedes Steinchen.

Er hatte mit dem Gedanken gespielt, ein Taxi zu rufen, doch dann war ihm eingefallen, dass die Fahrt zurückverfolgt werden konnte. Nichts sollte ihn mit Kronogården oder Eriks Tod in Verbindung bringen. Er hätte mit dem Bus fahren können, aber dort gab es Zeugen. Natürlich bestand das Risiko, dass ihn auch hier jemand sah, aber die Gefahr war geringer. Die meisten Friedhofsbesucher waren mit den Gedanken bei ihren verstorbenen Angehörigen, pflegten die Gräber oder wälzten ihre eigenen Probleme. Und angesichts dessen, dass der Tod an seiner Seite schritt, erschien ihm dieser Weg irgendwie passend.

Er hob den Kopf und blickte zum Himmel. Die Wolkendecke glich einer Bleistiftskizze, nichts als einander überlagernde Farbschattierungen von Grau. Die kühle Herbstluft roch nach vermoderndem Laub und feuchter Erde. Er atmete tief ein, und mit der klaren Luft klärten sich auch seine Gedanken. Der Rhythmus seiner Schritte und die regelmäßigen Reihen der Grabsteine lüfteten den Schleier, der auf seinen Gedanken lag, seit Maria Erik ermordet hatte.

Er selbst war tief in die Sache verstrickt, da machte er sich nichts vor. Er hatte Maria zwar nicht geholfen, Eriks Kopf unter Wasser zu drücken, sie aber auch nicht davon abgehalten. Außerdem hatte er die Ereignisse in Gang gesetzt, indem er Erik einen Stoß versetzt hatte. Sobald jemand herausfand, dass Erik nicht im Suff ertrunken war – oder jemand mit der wahren Geschichte zur Polizei ging –, würde man ihn der Beihilfe bezichtigen, aber es war nicht alles verloren.

Robert lächelte selbstgewiss. Keines dieser Szenarien würde eintreten. Niemand würde zur Polizei gehen. *Er* würde es ganz sicher nicht tun. Und Maria, die sich unbestreitbar als ein völlig anderer Mensch entpuppt hatte, als er es je für möglich gehalten hätte, würde *damit* bestimmt nicht zu ihren Kollegen marschieren. Schließlich war der ganze Plan auf ihrem Mist gewachsen. Ihm, Robert, fiel lediglich die Rolle des passiven Mithelfers zu. Anders als damals bei Anna Fridhemsson. Er schluckte einen Kloß im Hals herunter. Bei Anna war er die treibende Kraft gewesen, hatte Himmel und Hölle in Bewegung gesetzt, um sich nicht der Verantwortung für das Geschehene stellen zu müssen.

Aber auch das würde niemand erfahren. Erik war tot. Seine eigenen Lippen waren versiegelt, Kristina würde nie im Leben auf den Gedanken kommen, und Maria … Nein. Was bedeutete: Er hatte nichts zu befürchten, zumindest für den Moment. Er konnte aufatmen. Für ein paar kurze Minuten ließ sogar seine Angst um Mira nach.

Jetzt, da Erik aus dem Weg geräumt war, hatten sich fast alle Probleme mit einem Schlag gelöst. Niemand würde ihr Geheimnis verraten, niemand sie um Geld erpressen, und niemand würde verraten, wie Erik wirklich ums Leben gekommen war. Alles, was er tun musste, war warten, dann würde sich ganz bestimmt auch Miras Verschwinden klären.

Doch sobald Robert die eigentümliche Ruhe des Friedhofs verlassen hatte und ihm der Lärm des Stadtverkehrs entgegenschlug, kehrten seine Zweifel zurück. Auf der E45 wälzten sich Autoschlangen, in der Unterführung unter der Straße rasselten Fahrradketten, wenn Radfahrer zwischen den Gängen hin und her schalteten. Die Herbstdüfte wichen dem Geruch von Gummireifen auf Asphalt, Auspuffabgasen und dem Lärm Hunderter Automotoren auf dem Weg in Richtung Innenstadt.

Was, wenn doch jemand anderes hinter Miras Entführung steckte? Was, wenn Maria Selbstanzeige erstattete und in diesem Moment auf dem Polizeirevier zu Protokoll gab, dass er Erik einen Stoß versetzt hatte und sie ihn anschließend gemeinsam in die Badewanne gelegt hatten? Sein Herz verkrampfte sich, als er überlegte, was schlimmer war: dass Erik Mira an einem Ort eingesperrt hatte, von dem sie nicht fliehen konnte, oder dass ein unbekannter Fremder sie nach wie vor quälte.

Seine Gedanken wurden zusehends düsterer, und den Rest des Wegs verlor er sich in unruhigen Grübeleien. Die Schritte, mit denen er die Lobby des Swania betrat, waren so schwer, als hätte er eine mehrtägige Wanderung absolviert. Als er durch die Tür kam, stand eine Frau aus einem der Sessel auf und stemmte die Hände in die Hüften.

»Na bitte, da ist er ja.«

Robert zuckte zusammen, als er sie erkannte. Jessika. Wie immer vom Scheitel bis zur Sohle perfekt gestylt, in ihren blütenweißen Mantel und ein rosafarbenes Poloshirt gekleidet. Ihr Lächeln war kalt, erinnerte ihn aber nichtsdestoweniger daran, wie schön sie war.

»Jessika«, sagte er. Er hörte selbst, wie abwesend er klang. »Was machst du hier?«

»Stell dich nicht dümmer, als du bist«, erwiderte sie und wies triumphierend auf eine mürrisch dreinblickende Frau in schwarzem Hosenanzug, die sich neben sie stellte.

»Das ist Johanna Granwall, meine Anwältin.«

Johanna Granwall streckte ihm die Hand entgegen, Robert ignorierte sie. »Woher wisst ihr, dass ich hier bin?«, fragte er.

»Ich bitte dich.« Jessika verdrehte die Augen.

»Sie haben mir geschrieben, dass Sie beruflich in Trollhättan sind.« Johanna Granwall zog ihre Hand zurück und nahm eine Aktentasche von einem Beistelltisch.

»Und ich kenne dich, Robert«, sagte Jessika. »Du würdest nie in einem schlechteren Hotel als diesem absteigen, auch wenn es in diesem Kaff nicht gerade viele Alternativen gibt.«

»Also seid ihr einfach hergekommen und habt auf mich gewartet? Wie viel zahlst du ihr eigentlich?« Robert deutete auf

Johanna Granwall, die ein diskretes Lächeln nicht unterdrücken konnte.

»Genug«, sagte Jessika. »Aber wir wollen wissen, ob du die Gütertrennungsvereinbarung unterschreibst, ohne eine Szene zu machen.«

Robert spürte, wie es in ihm zu brodeln begann. *Verfluchte Jessika, jetzt hatte sie ihn.* Er begann, die Lobby nach Ausgängen abzusuchen, Adrenalin löste seinen Fluchtinstinkt aus. Aber er konnte sich nicht wie ein Neandertaler aufführen. Er musste diese Situation als der Anwalt handhaben, der er war. Oder zumindest zu sein versuchte.

»Ich hatte noch keine Zeit, die Vereinbarung zu lesen«, sagte er ruhig.

»Das ist kein Problem«, erwiderte Johanna Granwall. »Wir können sie hier und jetzt gemeinsam durchgehen. Sie ist nicht lang. Sollen wir uns in den Wintergarten setzen?«

»Ich habe nichts dagegen. Aber was ist, wenn ich Änderungen vornehmen möchte? Ist es nicht besser, ich lese die Vereinbarung in aller Ruhe?«

»Dazu hatten Sie mehr als genug Gelegenheit«, sagte Johanna Granwall. »Und meine Mandantin möchte die Sache endgültig zum Abschluss bringen. Ich möchte, dass wir den Wortlaut gemeinsam durchgehen. Und für den unwahrscheinlichen Fall, dass wir eine Änderung vornehmen, habe ich meinen Laptop dabei.«

Jessika trat auf ihn zu und legte ihm eine Hand auf den Arm. Sie sah ihn an. Wie war es möglich, dass dieselben Augen, in denen er sich so viele Male verloren hatte, ihn jetzt an die Augen eines toten Fisches erinnerten? Das Feuer, die Leidenschaft, war aus ihnen verschwunden. In Jessikas Augen lag nichts als Müdigkeit. »Robert«, sagte sie. »Wir müssen es irgendwann hinter uns bringen. Das ist dir doch genauso klar wie mir.«

Widerstrebend nickte er. »Du hast recht. Ich verspreche nicht, dass ich sofort unterschreibe, aber ich werde mich nicht unnötig querstellen. Du hast mein Wort, okay?«

Jessika lächelte. Zum ersten Mal seit Monaten schien es von Herzen zu kommen. Einen kurzen Augenblick lang funkelte Leben in ihren Augen. »Danke, Robert.«

Gestern hatte er erfahren, dass er eine Tochter hatte, mit seiner Jugendliebe, die er nie richtig vergessen hatte. Heute hatte er geholfen, einen Mann zu ermorden, der einmal sein Freund gewesen war. Er hatte keine Ahnung, was der morgige Tag bringen würde. Aber eine Lappalie wie eine Gütertrennungsvereinbarung durfte Miras Rettung jedenfalls nicht im Weg stehen.

56

Kristina wusste nicht, was sie erwidern sollte. Aus Marias wirrem Gestammel wurde sie nicht schlau.

»Maria«, sagte sie und schloss leise die Arbeitszimmertür, damit Johan nicht hörte, dass sie telefonierte. »Ich verstehe nicht, wovon du redest. Geht es dir gut?«

»Nein«, stieß Maria mit tränenerstickter Stimme hervor. »Nein, mir geht es nicht gut. Ich habe sie getötet, hörst du, was ich sage?« Den letzten Satz zischte Maria.

»Nein, Maria, ich verstehe nicht. Warum redest du von deiner Mutter?«

»Sie hatten alle den gleichen Blick. Anna, Erik und meine Mutter. Ich habe sie alle umgebracht.«

»Maria, entschuldige, aber ich verstehe wirklich nicht, wovon du redest.«

»Dann hör mir zu, nur dieses eine Mal! Ich schwöre, danach dreht sich wieder alles um dich und deine Tochter, aber gerade geht es ausnahmsweise einmal um mich!«

Kristina zuckte zusammen. Noch nie hatte sie Maria so entschlossen gehört. Sie setzte zu einer Erwiderung an, aber die Worte wollten nicht kommen, also wartete sie, bis Maria weitersprach.

»Sie hatte nicht mehr lange«, sagte Maria. »Sie lag in ihrem Krankenhausbett, angeschlossen an Apparate, mit einem Schlauch in der Nase, und konnte nur noch atmen, schlafen und intravenös ernährt werden. Das ist kein Leben, für niemanden, und jeden Abend hat sie mich angefleht, sie von ihrem Leiden zu erlösen. Ich schwöre, dass sie es getan hat.«

Kristina nickte, obwohl sie wusste, dass Maria es nicht sah. Sie hatte damit gerechnet, dass Maria nach Eriks Tod das Gespräch mit ihr suchen würde, aber *das hier*?

»Am letzten Abend habe ich sie gefragt, was sie möchte«, sagte Maria. »Sie konnte nicht mehr sprechen, nur noch röcheln, aber ich wusste, was es bedeutete. Also habe ich das Beatmungsgerät ausgeschaltet und sie in den Armen gehalten, bis es vorbei war.«

Kristinas Puls schlug schneller. Nicht einmal sie, die ihre Tage damit verbrachte, reale Mordfälle auf die makabersten Arten nachzuerzählen, konnte sich vorstellen, wie sich das angefühlt haben musste. »Es tut mir so leid«, sagte sie so leise, dass sie nicht wusste, ob Maria es hörte.

»Am nächsten Morgen habe ich im Krankenhaus angerufen. Sie haben das Bett und die Geräte abgeholt. Seitdem steht der Raum leer. Ich kann ihn nicht mehr betreten. Damals habe ich nicht verstanden, wie ich das tun konnte, wie ich ihr Leben auslöschen konnte, aber heute verstehe ich es.« Maria holte tief Luft. »Es war wegen Anna. Mit Anna hat alles angefangen. Ich habe geglaubt, mich von alldem abschotten zu können, indem ich mich so weit vom Leben zurückziehe, wie es nur geht, aber das war ein Trugschluss. Die Wahrheit holt einen immer ein.«

»Maria, es ist nicht deine Schuld. Du hast es selbst gesagt, deine Mutter wollte nicht mehr leben. Du hast sie erlöst.«

»Nein!«, schrie Maria. »Ich bin eine Mörderin. Ich habe sie ermordet. Ich! Es spielt keine Rolle, was sie wollte. Ich habe das Beatmungsgerät abgeschaltet. Und *ich* habe Erik ermordet. Ich allein!«

Kristina schwieg. Maria atmete heftig. »Aber weißt du, was das Schlimmste ist?«

»Nein.«

Kristina konnte nicht sagen, ob Maria lachte oder weinte, als sie fortfuhr. »Das Schlimmste ist, dass es jedes Mal leichter wird.«

»Maria …«, begann Kristina, doch Maria schnitt ihr das Wort ab, als hielte sie einen Theatermonolog. »Du weißt, dass ich Annas Tod nie überwunden habe. Es war ein Unfall, das weiß ich, aber sie hatte das Recht zu leben. Erik … Erik hat sein Recht auf Leben verwirkt, indem er deine Tochter entführt hat. Er konnte genauso gut sterben. Aber außer dir weiß niemand, dass ich meine Mutter umgebracht habe. Ab jetzt musst du also noch ein Geheimnis bewahren.«

»Und ich werde es niemals jemandem erzählen, du hast mein Wort.« Fast hätte sie hinzugefügt, dass auch sie weitere Geheimnisse hütete, biss sich jedoch auf die Zunge. Jetzt war nicht der richtige Moment.

»Ich weiß.« Marias Stimme klang auf einmal seltsam abwesend. »Ich weiß. Aber was tun wir jetzt?«

Kristina seufzte. »Mira ist noch immer verschwunden«, sagte sie. »Wir müssen sie irgendwie finden.«

»Erik kann uns nicht mehr sagen, wo sie ist«, erwiderte Maria. »Gott, was habe ich nur getan? Was ist, wenn Mira meinetwegen irgendwo verhungert und verdurstet?«

Kristina lächelte. Mira würde nirgendwo verhungern oder verdursten, nicht wenn sie, Kristina, ihren Willen bekam.

Laut sagte sie: »Ich weiß nicht … Zuerst war ich überzeugt, dass Erik Mira entführt hat, aber jetzt bin ich mir nicht mehr sicher.«

»Warum nicht?«

»Es ist nur so ein Gefühl.« Kristina zog Miras Handy aus der Hosentasche. »Ich glaube, dass jemand anderes hinter der ganzen Sache steckt, und ich habe auch schon einen Verdacht.«

»Wer ist es?«

»Das möchte ich nicht sagen, bevor ich hundertprozentig sicher bin.« Kristina lächelte wieder. »Aber vielleicht errätst du es.«

57

Marias Hand fiel schlaff in den Schoß, das Handy rutschte zu Boden. Blicklos starrte sie vor sich hin.

Habe ich den Falschen getötet? Eben noch hatte sie wegen dem, was sie getan hatte, vor dem Zusammenbruch gestanden, jetzt kam ihr alles nur noch sinnlos vor. Und das ängstigte sie mehr als die Tat selbst. Eben noch waren Kristina und sie sich einig gewesen, dass Eriks Tod ein notwendiges Übel gewesen war, unvermeidbar, auch wenn sie damit riskierten, Mira größerer Gefahr auszusetzen. Und plötzlich stellte Kristina es als kleine Unannehmlichkeit dar. Und damit nicht genug, sie deutete sogar an, dass sie wusste, wer Mira entführt hatte, und ihre Tochter nicht in Gefahr schwebte. Jedenfalls noch nicht.

Wenn das stimmte, war Erik umsonst gestorben. Unwillig schüttelte Maria den Kopf und rief sich in Erinnerung, dass er sie erpresst und gedroht hatte, ihr dunkles Geheimnis zu verraten. Er hatte sein Schicksal verdient. Oder etwa nicht? Maria hob ihre Hände vors Gesicht. Sie zitterten, als sie daran dachte, was sie getan hatte. Ertrinken war ein unblutiger Tod. Ihre Hände waren unbefleckt, trotzdem klebte Blut an ihnen.

Ihre Gedanken rasten. Erik hatte versucht, in ein normales

Leben zurückzufinden. Von ihnen allen hatte ihn das Schicksal am härtesten getroffen. Sie selbst mochte eine eigenbrötlerische Einsiedlerin geworden sein, die nur in Gesellschaft ihrer Katzen lebte, aber Erik war so viel tiefer gefallen. Es erschien ihr maßlos ungerecht, dass Erik und sie einen hohen persönlichen Preis gezahlt hatten, während Robert und Kristina sich auf der Sonnenseite des Lebens bewegten. Abgesehen von Miras Entführung war Kristina mit Talent und Glück gesegnet, und Robert war ein erfolgreicher Staranwalt, jedenfalls wenn man den Gerüchten und seinen eigenen Worten Glauben schenkte.

Aber sie war zu klug, um auf Gerüchte zu hören. Robert war kein glücklicher Mensch. Die Scheidung zehrte an ihm, das sah selbst sie. Blieb nur noch Kristina mit ihrem perfekten Leben. Aber warum setzte sie eigentlich voraus, dass Kristina in ihrem Elfenbeinturm im Fagerstrandsbacken von aller Schuld ausgenommen war? Waren sie nicht zu Erik gegangen, weil Kristina sie zu ihm geschickt hatte? War es nicht ungemein praktisch, dass Kristina sich nicht mehr aus dem Haus stehlen, dass sie nur Däumchen drehen und heimlich Telefongespräche führen konnte? Und war es nicht äußerst seltsam, dass sie nicht mehr Angst um Mira hatte? Nach außen hin wirkte sie jedenfalls nicht sonderlich besorgt.

Sie, Maria, mochte vielleicht eine einfache Verkehrspolizistin sein, aber das bedeutete nicht, dass sie dumm war. Das eine oder andere hatte auch sie auf der Polizeihochschule gelernt, und sie hatte ihren Kollegen zugehört, in den Mittagspausen oder bei Weihnachtsfeiern.

Kristina hatte es nicht eindeutig gesagt, aber es bestand kein Zweifel, dass ihr Verdacht, jemand anderes müsse hinter Miras Entführung stecken, auf Robert gemünzt war. Robert war clever genug, einen solchen Plan auszuhecken, aber welches Motiv sollte er haben? Für ihn stand viel zu viel auf dem Spiel, sollte die Wahrheit ans Licht kommen, genau wie für Kristina. Gleichzeitig kam Eriks Tod Kristina nicht ungelegen. Erik war von ihnen allen derjenige gewesen, der am meisten davon profitiert und am wenigsten verloren hätte.

Hatte Kristina Robert und sie in Wahrheit dahingehend manipuliert, Erik zu ermorden, sollte es sich aus der Situation heraus ergeben? Ausgeschlossen war es nicht, doch sie brauchte einen konkreten Anhaltspunkt.

Da fiel ihr Eriks Tagebuch ein.

58

Maria ging in den Hausflur und nahm das Tagebuch aus der Jackentasche. Es glich eher einer Kladde als einem Buch. Der Einband war abgestoßen und klebrig. Sie mochte gar nicht daran denken, wo und wie es sein Dasein gefristet hatte.

Ihre Hände zitterten. Es fühlte sich falsch an, Eriks Tagebuch zu lesen. Der Inhalt war weder für sie noch sonst jemanden gedacht, er war einzig und allein für Erik Stiernström bestimmt. Aber Erik war tot, und sie hatte ihn ermordet. War es nicht ein Hohn, sogar eine Sünde, dass ausgerechnet sie Eriks intimste Gedanken las? Maria zögerte. Sie war unwürdig. Trotzdem hatte sie keine Wahl. Was, wenn in dem Tagebuch ein Hinweis stand, der sie zu Mira führte?

Sie holte tief Luft und schlug das Buch auf. Auf den ersten Seiten hatte Erik in sauberen Druckbuchstaben geschrieben, im weiteren Verlauf wechselte seine Schrift sprunghaft zwischen unleserlich und schlampig. Hin und wieder waren die Einträge datiert, überwiegend schien er jedoch willkürlich die nächste freie Seite aufgeschlagen zu haben. An einigen Stellen gingen die Sätze über die Linien des Papiers hinaus und kletterten am Zeilenende schräg nach oben, sodass

Maria das Buch drehen musste, um die Wörter zu entziffern.

Lesend ging sie zurück in die Küche und setzte sich an den Tisch. Im Licht der Deckenlampe deutete sie die unleserlichsten Stellen. Dass Erik Ängste geplagt hatten, wusste sie bereits. Doch mit jedem Satz kristallisierte sich unbehaglich deutlich heraus, wie schlimm es wirklich um ihn gestanden hatte. Die Notizen offenbarten ein Auf und Ab positiver und negativer Phasen. Nicht nur die Handschrift, auch der Wortlaut spiegelte seine psychische Verfassung wider. An schlechten Tagen war der Stil wirr und fragmentarisch, an besseren hatte Erik vollständige Sätze gebildet, die kaum Rechtschreibfehler aufwiesen. Doch aus jedem Eintrag sprach die Angst, egal ob er sie explizit benannte oder nicht. Mitunter gab es Lichtblicke, doch sie waren rar und lagen zeitlich weit auseinander. Gute Momente, schöne Erinnerungen. Freundschaft. Eine kurze, aber intensive Liebe. Versuche, in ein normales Leben zurückzufinden, die jedoch allesamt gescheitert waren und neue Drogenexzesse und Selbstzerstörung ausgelöst hatten.

Ein Eintrag, in dem Erik Selbstmordabsichten ankündigte, wies Blutspritzer auf. Aber schon auf der nächsten Seite schrieb er, dass auch dieser Versuch gescheitert sei. Eriks Worte verstärkten Marias Mitgefühl für ihn. Sein Leidensweg, die vielen Prüfungen, vor die ihn das Leben gestellt hatte, lagen schwarz auf weiß vor ihr. Das war mehr, als sie ertragen konnte.

Und immer wieder kam er auf Anna Fridhemsson zu sprechen, schrieb, dass sie ihn in jedem wachen Moment verfolgte.

Alle seine Ängste kreisten um dieselbe Frage: War Annas Tod ein Unfall gewesen oder hatte er sie im Zorn getötet?

Ab und zu schrieb er auch von ihnen, von Kristina, Robert und Maria. Und sein Hass trat offen zutage. Er gab ihnen die Schuld und warf ihnen vor, ihn zum Schweigen gezwungen zu haben. Doch genauso oft kamen ihm Zweifel, und er nahm die gesamte Schuld auf sich. Aber das schmälerte nicht die Abscheu, die er ihnen gegenüber empfand. Er hasste sie alle aus tiefster Seele, Maria vielleicht nicht ganz so sehr wie Robert und Kristina.

Gegen Ende veränderten sich die Texte schlagartig. Zwischen den Einträgen musste ein größerer Zeitraum verstrichen sein, denn von einer Seite auf die andere waren sie plötzlich reflektiert und klar strukturiert. Und Maria kannte einige Ereignisse, über die Erik schrieb. Dass er sich aus dem Alkohol- und Drogensumpf herausgekämpft und sogar seine alten Dämonen besiegt hatte, um das Tagebuch aus einer ehemaligen Absteige zu holen, nur um erneut in eine ausweglose Situation zu geraten. Dass ein Saufkumpan namens Jörgen ihn mit angeblichen Schulden erpresste, während ein Unbekannter Kristinas Tochter entführt hatte. Dass er beschlossen hatte, Profit aus Miras Entführung zu schlagen, um seine Schulden zu begleichen, und dass er sich dafür verachtete.

Erik war verzweifelt gewesen, aber er hatte Mira nicht entführt, so viel stand fest – jedenfalls wenn das, was er geschrieben hatte, der Wahrheit entsprach. Maria ließ das Buch sinken. Die Erleichterung, dass Eriks Tod nicht bedeutete, dass Mira rettungslos verloren war, vermischte sich mit ihrem Entsetzen, einen unschuldigen Menschen getötet zu haben. Gleichzeitig dankte sie ihren glücklichen Sternen, dass sie das Tagebuch gefunden und mitgenommen hatte. Es stellte Robert, Kristina und sie als potenzielle Verdächtige heraus. Diese Gefahr war gebannt, zumindest für den Moment.

Maria griff nach ihrem Handy, um Robert anzurufen und ihm zu erzählen, worauf sie in Eriks Tagebuch gestoßen war, als sie sah, dass Kristina ihr eine Nachricht geschickt hatte. Es war ein Foto, eine verwackelte Aufnahme von Miras Handy, sie erkannte das pinkfarbene Gehäuse wieder. Maria zoomte das Bild näher heran.

Auf dem Display stand eine Nachricht. Der Text war unscharf, die Botschaft dafür unmissverständlich.

So simpel war es nicht. Hunderttausend Kronen für Miras Leben.

Die Nachricht war vor einer Viertelstunde eingegangen, Stunden nach Eriks Tod. Dass die Lösegeldsumme exakt Eriks Forderung entsprach, schien lediglich ein unglücklicher Zufall zu sein.

Wer hielt Mira gefangen?

59

In Roberts Kopf rauschte es, als er den beiden Frauen die Treppe zum Wintergarten hinunterfolgte. Sie waren das diametrale Gegenteil voneinander – Jessika mit langen blonden Haaren, die ihr offen über den Rücken fielen, gekleidet in eine weiße Hose, weiße Pumps und ein mädchenhaftes rosafarbenes Poloshirt; Johanna Granwall hatte ihre schwarzen Haare zu einem strengen Dutt aufgesteckt und trug einen schwarzen Hosenanzug und schwarze Ballerinas. Sie glichen Schachfiguren: zwei Königinnen, die Robert an den Kragen wollten, einem einfachen, in die Ecke gedrängten Bauern.

Sie setzten sich an einen Tisch. Johanna Granwall schob die Gedecke beiseite, dann nahm sie ein Dokument aus einer Ledermappe und legte es vor ihn hin.

Robert zog es zu sich heran und begann zu lesen. »Moment mal«, sagte er schon nach den ersten Zeilen.

»Was ist?« Jessika taxierte ihn mit schräg gelegtem Kopf.

»Diese Klausel entspricht nicht unserem Ehevertrag«, sagte er.

»Tut sie nicht?«

»Nein, und tu nicht so, als wüsstest du das nicht ganz genau«, rief Robert aufgebracht.

»Meine Mandantin und ich haben diesen Punkt diskutiert«, sagte Johanna Granwall. »Sie haben recht. Wir haben einige Justierungen vorgenommen, die nicht dem Ehevertrag entsprechen, damit die Aufteilung des Eigentums verhältnismäßig erfolgt.«

»Verhältnismäßig?«, wiederholte Robert und starrte Jessika an.

»Unseren Informationen nach ist Ihr Anwaltsbüro mehr wert als das Vermögen, das meiner Mandantin zufällt«, erläuterte Johanna Granwall.

»Ihr wisst ganz genau, dass das nicht stimmt.«

»Wir haben nur Ihr Wort, dass dem so ist«, spezifizierte Johanna Granwall. »Wir sind bereit, Ihrem Wort bis zu einer gewissen Grenze zu vertrauen. Und diese Grenze ist in der Gütertrennungsvereinbarung klar definiert.«

»Also darf ich Jessika 75 Prozent meiner Ersparnisse übereignen für das Privileg, mein eigenes Anwaltsbüro zu behalten, verstehe ich das richtig?«

Robert musste sich das Lachen verkneifen. Jessika wusste ganz genau, dass sein Büro nicht genug zum Leben abwarf und es noch etliche Jahre nicht tun würde. Es spielte keine Rolle, dass er auf der amtlichen Strafverteidigerliste stand, er konnte darauf schwören, dass das Gericht ihm nur Fälle zuwies, wenn kein fadenscheiniger Vorwand vorlag, es nicht zu tun. Wenn er Glück hatte, bekam er den Bodensatz. Nicht dass er Besseres verdient hätte, aber diese Vereinbarung war nicht statthaft.

Als sein Handy in der Innentasche seines Jacketts vibrierte, schrak er zusammen. Er spürte, dass ihm der Schweiß auf die Stirn trat, und gab sich Mühe, nicht sofort panisch das Telefon hervorzuziehen, aber er schaffte es nur wenige Sekunden. Es konnte Kristina oder Maria sein. Es war eine Nachricht von Kristina. Stirnrunzelnd betrachtete er das unscharfe Foto eines Handydisplays.

»Entschuldige, aber könnten wir uns bitte konzentrieren?« Jessika klopfte ungeduldig mit einem manikürten Fingernagel auf das Tischtuch.

Roberts Blick ging zwischen ihr und seinem Telefon hin und her. »Natürlich«, sagte er dann und legte das Handy mit dem Display nach unten auf den Tisch.

»Wir können den Wortlaut der Gütertrennungsvereinbarung und den Wortlaut des Ehevertrags so lange diskutieren, wie Sie wollen, aber dies ist eine Bedingung, von der wir nicht abrücken werden«, sagte Johanna Granwall.

Robert schüttelte den Kopf. »Wenn ich darauf bestehe, landen wir vor Gericht. Ist es das, was du willst?«, fragte er an Jessika gewandt.

Jessika wich seinem Blick aus, schaute aus dem Panoramafenster des Wintergartens hinüber zur Klappbrücke.

»Auf diesen Kampf sind wir vorbereitet«, antwortete Johanna Granwall. »Aber ich glaube nicht, dass Sie dieses Risiko eingehen möchten, Robert. Sie sind nicht gerade ein Ass in Familienrecht.«

»Ich kann einen Kollegen hinzuziehen.« Robert verschränkte die Arme vor der Brust. Aber er wusste, dass er es nicht tun würde. Erstens hatte er kein Geld, um einen Anwalt zu bezahlen. Und zweitens – wenn er verlor – bliebe ihm nicht mal mehr sein Anteil ihres ehemaligen gemeinsamen Vermögens.

»Dann ist unsere Unterhaltung hiermit beendet.« Johanna Granwall griff nach dem Dokument.

»Robert.« Jessika taxierte ihn mit eiskaltem Blick. »Hör auf damit. Ich möchte die Sache einfach nur abschließen.«

»Und du glaubst, dass wir eine Einigung erzielen, wenn du solche Forderungen stellst?« Robert deutete auf den Vertrag. »Unser Ehevertrag ist auf deinem Mist gewachsen. Es waren deine Bedingungen. Warum ist das, was damals gut genug war, heute auf einmal hinfällig?«

»Weil du trotz Ehevertrag mit dem größten Vermögen aus unserer Ehe gehst.«

»Aha? Und was ist mit dem Haus?«

»Das ist nicht dasselbe. Das Haus ist Alleineigentum meiner Mandantin«, schaltete Johanna Granwall sich ein. »Es steht ihr frei, damit zu tun und zu lassen, was sie will.«

»Ja, weil das im Ehevertrag so festgelegt wurde«, sagte Robert und presste die Kiefer aufeinander. »Du und deine verfluchte Familie, ihr habt behauptet, es sei eine Klausel, um unser gemeinsames Vermögen zu schützen. Aber das war nur eine Finte, damit du es bekommst. Habe ich recht?«

»Und wenn schon. Du weißt, dass ich das Haus verkaufe, Robert. Keiner von uns bekommt es.«

»Nein, aber du behältst das Geld.« Robert schüttelte entnervt den Kopf.

Sein Telefon klingelte wieder. Die beiden Frauen starrten ihn hasserfüllt an, während er nachsah, wer es war. *Maria*. Derzeit hatte er größere Probleme, als mit Jessika zu streiten. Er schmetterte das Handy so heftig auf den Tisch, dass er befürchtete, das Display könnte gesprungen sein, schüttelte wieder den Kopf und blickte dann Jessika fest in die Augen.

»Ihr könnt von mir aus dahin gehen, wo der Pfeffer wächst, alle beide, aber ich habe keine Zeit für diesen Mist. Gebt mir einen Stift, dann unterschreibe ich.«

60

Maria blickte auf das kleine Rasenviereck hinter ihrem Haus. Sie hatte das Mähen für dieses Jahr eingestellt, und das hohe ungeschnittene Gras glänzte von Tau. Im Hintergrund liefen die Lokalnachrichten. Um den hohen Pegelstand des Vänern zu regulieren, leitete Vattenfall weiterhin Wasser in das alte Flussbett unter der Oskarsbron.

Die Nachrichten interessierten sie nicht. Sie hatte den Fernseher nur eingeschaltet, um eine Geräuschkulisse zu haben, während sie versuchte, Robert zu erreichen. Beim zweiten Versuch nahm er ab. Er klang zugleich wütend und resigniert.

»Was willst du?«, blaffte er.

»Warum gehst du nicht ans Telefon?«, erwiderte Maria. »Wir müssen reden.«

»Ich war beschäftigt. Was ist?«

»Ich habe Eriks Tagebuch gelesen. Und wir können von Glück sagen, dass ich es mitgenommen habe. Sonst wären wir geliefert, sobald er gefunden wird.«

»Warum? Hat er über uns geschrieben?«

»In dem Tagebuch steht alles, Robert. Alles.«

Robert schwieg einen Moment. »Steht darin, wo er Mira eingesperrt hat?«

»Nein. Erik hat Mira nicht entführt. Aber ich denke, das weißt du inzwischen. Hast du Kristinas SMS bekommen?«

»Natürlich. Dir ist doch klar, was das bedeutet, oder?«

Maria holte tief Luft und bemühte sich, Roberts herablassenden Ton zu ignorieren. »Ja, dass wir Erik umsonst ermordet haben.«

»Wir?«, schnaubte Robert. »Soweit ich mich erinnere, warst du es, die ihn umgebracht hat.«

»Du hast dich nicht gerade ins Zeug gelegt, mich davon abzuhalten«, erwiderte Maria und beobachtete Tarzan, der mit einem toten Vogel im Maul durch ein Loch in der Hecke in den Garten schlüpfte. Der gebrochene Flügel erinnerte sie an den gebrochenen Flügel des Spatzes in Annas Grab. Schaudernd wandte sie den Blick ab und fuhr fort. »Wenn du es getan hättest, wäre Erik noch am Leben.«

»Wie auch immer«, sagte Robert. »Worüber willst du reden?«

»An dieser ganzen Geschichte stimmt irgendwas nicht«, sagte Maria und setzte sich aufs Sofa. Sie griff nach der Fernbedienung und schaltete den Fernseher in dem Moment auf stumm, als ein Nachrichtenbeitrag über die Suche nach Mira begann. »Hast du nicht dasselbe Gefühl?«

»Wo soll ich anfangen?« Robert seufzte. »Die ganze Sache stinkt zum Himmel.«

»Ja, irgendwas ist hier faul. Und ich vertraue Kristina nicht mehr.«

»Wieso nicht?«

»Denk nach. Sie hat dafür gesorgt, dass wir vier uns wiedergetroffen haben. Ich weiß nicht, was sie dir erzählt hat, aber sie war die Erste von uns, die Erik im Verdacht hatte. Und dann, genau im richtigen Moment, als wir Erik mit dem Verdacht konfrontieren wollen, wird sie von der Presse belagert und kann ihr Haus nicht verlassen. Ich werde das Gefühl nicht los, dass sie uns permanent einen Schritt voraus ist.«

»Sei vorsichtig, was du sagst, Maria«, erwiderte Robert. »Vergiss nicht, dass Kristinas Tochter entführt wurde.«

»Ich weiß.« Maria seufzte. »Sie ist die Leidtragende. Glaub nicht, dass ich das vergessen habe. Trotzdem werde ich das Gefühl nicht los, dass sie irgendein falsches Spiel treibt.«

Robert lachte. »Jeder Mensch treibt irgendein falsches Spiel«, sagte er. »Das habe ich als Anwalt gelernt.«

»Wie meinst du das?«

»Ich habe im Rahmen meiner Scheidung soeben die Gütertrennungsvereinbarung unterzeichnet«, sagte er. Maria hörte das Piepen einer Schlüsselkarte und eine Tür, die geöffnet und wieder geschlossen wurde. »Was soll ich sagen? Meine zukünftige Ex-Frau hat alles von langer Hand geplant, sehr viel früher, als ich geglaubt hatte.«

Maria schüttelte den Kopf. Wie konnte Robert seine Scheidungsprobleme damit vergleichen, dass Kristina womöglich ein doppeltes Spiel mit ihnen trieb? Am liebsten wäre sie ihm über den Mund gefahren, aber weil sie nicht wollte, dass er auflegte, ließ sie es bleiben. Stattdessen fuhr Robert fort: »Nimm uns vier oder ja, jetzt nur noch uns drei. Seit Annas Unfall spielen wir ein falsches Spiel, um uns vor den Konsequenzen der Wahrheit zu schützen. Aber wer weiß«, Robert hielt inne und holte tief Luft, »vielleicht hatte Erik doch recht, und wir sollten zur Polizei gehen.«

Maria richtete sich auf dem Sofa kerzengerade auf. »Nur über meine Leiche. Nicht nach Erik, niemals.«

»Immer mit der Ruhe«, beschwichtigte Robert. »Ich werde nichts sagen. Nicht über Anna und auch nicht über Erik. Wir müssen uns auf das Wesentliche fokussieren, darauf, wie wir Mira finden. Wenn sie in Sicherheit ist, haben wir Zeit genug, darüber nachzudenken, wie wir unser Gewissen reinwaschen, aber auch dann werde ich kein Sterbenswort sagen. Man würde mir Beihilfe vorwerfen, darauf kann ich verzichten.«

Roberts Worte beruhigten Maria. Er war Anwalt, er kannte die Rechtslage. Er kannte sich im Strafrecht besser aus als sie, inzwischen hatte sie nur noch die Paragrafen des Bußgeldkatalogs parat, alle anderen Bestimmungen waren zu verschwommenen Erinnerungen verblasst. Darin war sie kaum besser bewandert als der Durchschnittsbürger. »Das stimmt«, sagte sie. »Du denkst also nicht, dass Kristina geheime Absichten verfolgt?«

»Nein, ich wüsste nicht, welche das sein sollten. Es ist doch kein Wunder, dass der Entführer mit ihr kommuniziert. Immerhin geht es um ihre Tochter. Du und ich, wir sind nebensächlich.«

»Vielleicht hast du recht.« Marias Schultern sackten wieder nach unten. »Vermutlich ist nichts dabei, dass Kristina die Ansagen macht. Wie du sagst, es geht um ihre Tochter.« Aber der Zweifel nagte weiter an ihr, meldete sich als leise, kaum wahrnehmbare Flüsterstimme zu Wort. Sie blickte auf Eriks Tagebuch, das auf dem Couchtisch lag. »Aber was machen wir mit dem Tagebuch?«, fragte sie.

»Verbrenn den Mist«, antwortete Robert und legte auf.

61

Robert warf das Telefon aufs Bett, trat ans Fenster, stützte die Hände auf die Fensterbank und schaute über den Fluss zu Kristinas Haus hinüber, das auf der Anhöhe thronte und auf Trollhättan herabblickte.

Er schüttelte den Kopf. Er wusste, was Maria versuchte. Aber er hatte nicht vor, nach ihrer Pfeife zu tanzen. Tatsächlich erstaunte es ihn, dass sie es überhaupt probierte. Sie hatte weder das Talent noch die Motivation, die Art Spielchen zu spielen, die Kristina schon ihr Leben lang spielte. Die Art Spiel, die Robert immer zu durchschauen geglaubt hatte.

Bis heute. Bis seine Frau, deren größtes Verdienst darin bestand, die Cover einiger einigermaßen salonfähiger Herrenmagazine geschmückt zu haben, ihn schachmatt gesetzt hatte. Gut, ihre Eltern und diese Anwältin hatten sie unterstützt, aber sie hatte alles kaltschnäuzig Schritt für Schritt eingefädelt, Ehevertrag, Gütertrennung während der Ehe, ein Winkelzug nach dem anderen, bis sie ihre Position so gut gefestigt hatte, dass er klein beigeben musste, um einen Rechtsstreit zu vermeiden. Und er hatte gekuscht. Es stimmte. Er war kein guter Anwalt, und er würde es auch nie werden. Vielleicht war es an der Zeit, neue Wege zu beschreiten.

Er blickte wieder auf Kristinas Haus. Kristina war eine gute Schriftstellerin, er hoffte, dass sie auch eine gute Mutter war, denn dann hätte seine Tochter bis vor einigen Tagen ein schönes Leben gehabt. Eine unbeschwerte Kindheit an der besten Adresse einer beschaulichen Kleinstadt, mit einer liebevollen Mutter und einem liebevollen Vater. Er lachte bitter. Damit konnte er nicht konkurrieren. Er war so pleite, wie man nur sein konnte. Und er hatte fünf Tage, um eine unbehaglich große Summe von seinem Konto auf das Konto seiner Ex-Frau zu überweisen. Das war alles, was ihm nach der Scheidung blieb. Er hatte keinen blassen Schimmer, woher er das Geld nehmen sollte, und die Erpressung machte das Ganze nicht leichter.

Robert lächelte, als ihm der Gedanke durch den Kopf schoss, dieselbe Masche abzuziehen wie Erik. Allerdings durfte er nicht vergessen, dass Maria nicht gezaudert hatte, Erik deswegen umzubringen. Und dabei hatte sie immer eine Schwäche für diesen erbärmlichen Junkie gehabt und ihn, Robert, nie ausstehen können. Das wusste er, auch wenn sie es vielleicht nicht zugeben würde. Sie würde ihn mit Freuden um die Ecke bringen, sollte er einen Erpressungsversuch unternehmen. Er wandte sich vom Fenster ab und lehnte sich mit dem Rücken gegen die Fensterbank. Das Bett war nach wie vor von Kristinas und seiner gemeinsamen Nacht zerwühlt, er wollte nicht, dass sein Zimmer gereinigt wurde, so lange er es bewohnte.

Plötzlich ging ihm auf, dass Marias Versuche, Kristina zur Schurkin des Dramas zu machen, auf etwas ganz anderes hindeuten konnten, auf etwas, das ihm erst jetzt in den Sinn kam. Die Behauptung, Kristina könnte in die Geschehnisse verstrickt sein, war absurd. Sie mochte ihnen einen Schritt voraus sein, aber der Gedanke, dass sie ihre eigene Tochter einer Gefahr aussetzte, war vollkommen abwegig. Erik war der glasklare Verdächtige gewesen, derjenige, der alles zu gewinnen und nichts zu verlieren gehabt hatte. Erik war aus dem Spiel, aber er hatte Mira nicht entführt. Also, wer steckte dahinter?

Robert erschauderte. Alles deutete auf Maria. Die Zurückgezogene, die alles dafür tat, ein unscheinbares Leben zu führen, die sich so sehr an Regeln und Vereinbarungen klammerte, dass sie Polizistin geworden war, um die Ordnung aufrechtzuerhalten, bei der Polizei aber den stumpfsinnigsten Posten bekleidete, den er sich vorstellen konnte. Und das war noch nicht alles. Sie hatte mehrmals gedroht, ihr Geheimnis zu verraten. Entweder machten ihr die Konsequenzen keine Angst mehr, oder sie waren ihr egal. Obendrein hatte sie eine erschreckende Seite von sich offenbart: Sie war eine kaltblütige Mörderin, imstande, ihre eigenen Freunde zu ermorden.

Wenn einer von ihnen fähig war, ein kleines Mädchen zu entführen und Lösegeld zu erpressen, dann Maria.

Robert kochte innerlich. Er fühlte sich wie bei den seltenen Gelegenheiten, wenn es ihm gelang, eine Schwachstelle in den Ausführungen des Staatsanwalts zu finden. Es begann als warmes Gefühl in der Brust, schwoll zu einem Kribbeln am ganzen Körper an, bis sich ein triumphierendes Lächeln auf seinem Gesicht ausbreitete. *So musste es sein.* Er trat an den Spiegel und musterte sein Gesicht. Er sah müde aus. Matt und abgekämpft nach einer langen Nacht und einem noch längeren Tag. Aber in seinen Augen lag ein siegesgewisser Glanz.

Er musste mit Kristina reden. Traf sein Verdacht zu, mussten sie mit Maria auf ganz andere Art verfahren als mit Erik.

62

Während Robert rastlos in seinem Hotelzimmer auf und ab lief, blieb Maria apathisch auf dem Sofa sitzen und versuchte, Ordnung in einen Sturm aus Gedanken und Gefühlen zu bringen.

Seit dem Geschehnis im Wald vor fünfundzwanzig Jahren hatte sie eine äußere Gelassenheit entwickelt, die unerschütterlich wirkte. Ihre Kollegen rissen Witze darüber, dass sie nicht einmal mit der Wimper zucken würde, wenn direkt neben ihr ein Auto explodierte. Und das stimmte. Niemand konnte ihr ansehen, was in ihrem Inneren vorging.

Und diese äußerliche Ruhe hatte Robert an ihr wahrgenommen, als sie Erik ohne erkennbare Gemütsregung unter Wasser gedrückt hatte. Das war es, was der Rest der Welt an ihr wahrnahm, und das war es, was sie jetzt augenscheinlich gelassen das Handy auf den Couchtisch legen ließ, obwohl ihre Emotionen sie innerlich zerrissen. Wäre sie anders gestrickt, hätte sie ihre Panik laut herausgeschrien, das Telefon an die Wand geschleudert. Aber nein. Sie sperrte ihre Gefühle in eine mentale Schachtel. Das hatte auch Vorteile, so bekam sie einen klaren Kopf oder bildete es sich zumindest ein.

Doch dieses Mal sprang der Deckel der Schachtel wieder auf, und ihre Gefühle gewannen die Oberhand.

Erik hatte Mira nicht entführt, davon war sie inzwischen überzeugt. Aber davon abgesehen hatte sie keine Ahnung, was hier vorging und wem ihrer verbliebenen sogenannten Freunde sie vertrauen konnte.

In einer Hinsicht lag Robert richtig: Kristina war nicht die Drahtzieherin dieser Geschichte, neben Mira war sie das Opfer. Ganz gleich wie verdächtig Kristinas Wissensvorsprung ihr auch erschien, Fakt war und blieb, dass ihre Tochter entführt worden war. Kristina mochte mit allen Wassern gewaschen sein, aber hinter Miras Entführung konnte sie nicht stecken.

Über Robert wusste sie hingegen nichts. Er war gleich nach dem Abitur aus ihrem Leben verschwunden. Hin und wieder war das Gerücht über den erfolgreichen Staranwalt, der astronomische Summen verdiente, durch Trollhättan gefegt, aber es war jedes Mal genauso schnell wieder verstummt, wie es aufgekommen war. Als Randnotiz in der Klatschpresse hatte sie einmal gelesen, dass das Männermagazin-Model Jessika Lööf mit dem besagten Staranwalt den Bund der Ehe geschlossen hatte, doch danach war es um die Liaison still geworden.

Alles, was sie über Robert wusste, stammte aus seinem Mund. Aber wie viel davon entsprach eigentlich der Wahrheit? Kristina mochte von ihnen dreien am meisten Fantasie besitzen, aber Robert war derjenige, der eine Lüge als bare Münze zu verkaufen verstand.

Die Fernsehnachrichten wurden von einem Gartenmagazin abgelöst. Maria betrachtete prachtvolle Geranien und Frühlingszwiebeln pflanzende Hobbygärtner, ohne sie wahrzunehmen. Ihre ausdruckslose Miene spiegelte nicht ihre wahren Gefühle wider, als ihr einfiel, dass Robert und Kristina schon in der Schulzeit eine undurchsichtige Beziehung verbunden hatte. Auf einer Jahrgangsparty hatten sie den ganzen Abend knutschend in einer Ecke gelegen, um sich am nächsten Tag keines Blickes zu würdigen. Keiner hatte genau gewusst, ob sie ein Paar waren oder nicht, aber genau genommen hatte es auch keinen interessiert. Sie auch nicht, bis zu diesem Moment. Sie sah die beiden vor sich, wie sie jetzt, in diesem Augenblick, miteinander redeten, während sie, Maria, allein zu Hause auf dem Sofa hockte, allein mit sich, ihren Katzen und ihrem Zweifel.

Robert und Kristina waren schuld, dass sie in diesem Schlamassel steckte. Nach Annas tödlichem Sturz hatten sie sich die Lüge ausgedacht, die sie dem Rettungsdienst erzählt hatten. Kristina hatte sich eine fadenscheinige Geschichte aus den Fingern gesogen, die augenblicklich aufgeflogen wäre, hätte Robert nicht dafür gesorgt, dass man sie ihnen abkaufte. Erik hatte schweigend gelitten, und sie, Maria, hatte blind darauf vertraut, dass der *Schwur*, den sie geleistet hatte, sie schützen würde. Aber zum Teufel mit diesem Schwur.

Während Kristina und Robert sich im Rampenlicht sonnten, hatte sie all die Jahre ein Schattendasein gefristet. Bis zu diesem Moment hatte sie geglaubt, dies sei ihre beste Rolle und dass – solange sie auf Roberts und Kristinas Entscheidung vertraute – alles in Ordnung kommen würde. Aber das war nur Augenwischerei gewesen!

Mit einer ausholenden Handbewegung fegte sie Fernbedienung und Telefon vom Couchtisch, die scheppernd zu Boden fielen. Mistel fuhr mit gesträubtem Fell vom Sofakissen hoch, auf dem sie gedöst hatte, und blickte sich verschreckt um. Aber Maria musste dem Zorn, der in ihr brodelte, Luft machen. Warum sollte Kristina nicht ihre Finger im Spiel haben? Maria vertraute ihr nicht mehr, egal ob sie Opfer oder Täter war. Wäre Kristina nicht gewesen, wären sie und Robert nicht zu Erik gefahren, und sie hätte Erik nicht umgebracht.

Aber Robert war auch nicht besser. Maria wusste, was er dachte. Jetzt, wo Erik tot war, war sie in seinen Augen die Nächste, die am wenigsten zu verlieren hätte, wenn die Wahrheit ans Licht käme. Dabei hatte sie mehr zu verlieren als Robert, vorausgesetzt, es stimmte, dass er alles verloren hatte, seinen tollen Job und sein Vermögen, und ihm nur sein Anwaltsbüro geblieben war, das alles andere als schwarze Zahlen schrieb. Wenn jemand Geld brauchte, dann Robert, und Robert war gerissen genug, jemand anderem den Schwarzen Peter zuzuschieben.

Sie musste etwas tun, es war ein unbezwingbarer Drang. Sie würde die Wahrheit zum Vorschein bringen, wie sie Annas leeres Grab zum Vorschein gebracht hatte.

Maria kniete sich auf den Fußboden und sammelte Fernbedienung und Handy auf. Es war nicht ihre größte Stärke, aber jetzt war es an der Zeit, dass sie ernsthafte Polizeiarbeit betrieb, außerhalb des Dienstes und in Zivil. Sie würde herausfinden, wie alles zusammenhing, und sie würde gleich morgen anfangen.

63

Robert presste das Telefon so fest ans Ohr, dass es schmerzte, und blickte zum zigsten Mal aus dem Fenster auf Kristinas Haus. Es war dunkel geworden, und die weiße Fassade wurde nur von den Straßenlaternen am Fuß der Anhöhe im Vänersborgsvägen erleuchtet. Der fahle Schein spiegelte sich in den Fenstern, doch aus dem Haus selbst drang kein Licht. Als er die Augen zusammenkniff, entdeckte er am unteren Rand der Fenster, unterhalb der letzten Lamellen, einen schwachen Schimmer. Es verlieh dem Haus etwas Geisterhaftes.

Egal wohin er blickte, Kristinas Haus war überall. Es thronte auf der anderen Seite des Flusses und nahm den Fernsehbildschirm ein, als die Nachrichten über die jüngsten Entwicklungen im Vermisstenfall Mira Stare berichteten. Die Polizei hatte offiziell bestätigt, dass die Suche nach Mira eingestellt war und sie neuen Theorien nachgingen. Die Reporterin zog den offensichtlichen Schluss: Der Fund des in Miras Jacke gehüllten menschlichen Skeletts sprach für ein Gewaltverbrechen.

Bisher hatten weder Presse noch Polizei eine Verbindung zu dem fünfundzwanzig Jahre alten Vermisstenfall gezogen. Aber es war wohl nur eine Frage der Zeit, bis jemand seine Hausaufgaben machte, dachte Robert. Doch dieses Problem konnten sie angehen, wenn es so weit war.

Es knisterte in der Leitung, als Kristina sich meldete.

»Ja?«, sagte sie atemlos. Er hörte einen eigenartigen Widerhall.

»Wo bist du?«, fragte er.

»Was spielt das für eine Rolle? Was willst du?«

Robert runzelte die Stirn. Warum klang sie so abweisend? Oder bildete er sich das nur ein? Sah er inzwischen überall Gespenster? Er hatte zu viel Zeit mit Verschwörungstheorien über Maria zugebracht. »Ich habe nachgedacht«, sagte er. »Jetzt, wo Erik aus dem Spiel ist.«

»Ich habe mir auch meine Gedanken gemacht«, sagte Kristina. Das Knistern wurde lauter und ihre Stimme leiser.

»Was ist das für ein Geräusch?«, fragte er.

»Entschuldige, ich habe mein Headset auf. Das Mikrofon ist in den Kragen gerutscht.«

»Okay. Ich frage mich, ob Erik wirklich etwas mit Miras Entführung zu tun hatte.«

»Das glaube ich nicht. Nicht, seit diese neue SMS auf Miras Handy eingegangen ist«, erwiderte Kristina. »Hast du das Foto bekommen? Erik ist tot, er kann die SMS nicht geschrieben haben.«

Robert nickte und setzte sich aufs Bett, den Blick unverwandt auf Kristinas Haus gerichtet. »Die Frage ist, wer hat sie dann entführt? Ich habe eine Theorie.«

»Ich auch«, sagte Kristina. »Willst du anfangen, oder soll ich?«

»Ich kann anfangen«, sagte Robert. »Ich habe Mira nicht entführt, und sie ist deine Tochter.« Er verstummte. Bis vor Kurzem waren diese Worte die volle Wahrheit gewesen. Jetzt waren sie grundverkehrt. »Unsere Tochter«, korrigierte er sich. So fühlte es sich besser an. Und zugleich so viel grausamer. *Jemand hatte seine Tochter entführt!*

»Da hast du recht«, sagte Kristina. »Wer, denkst du, steckt dahinter?«

»Maria«, sagte Robert.

»Warum glaubst du das?«

»Das ist die einzige logische Erklärung. Sie weiß, dass weder du noch ich sie verdächtigen würden. Was, wenn Erik gewusst hat, dass Maria Mira entführt hat, und ihr gedroht hat, zur Polizei zu gehen? Dann hätte sie einen guten Grund gehabt, ihn aus dem Weg zu räumen. Sie hat bewiesen, dass sie zu einem Mord fähig ist. Da ist eine Entführung doch nicht aus der Luft gegriffen?«

Kristina schwieg. In der Leitung rauschte es wieder. Waren das Autos? Doch bevor er die Hintergrundgeräusche analysieren konnte, antwortete Kristina. »Ich denke ähnlich wie du. Und eins noch. Nach Erik hat Maria am wenigsten zu verlieren, wenn die Wahrheit über Anna ans Licht kommt, und sie weiß, dass wir das nicht riskieren können. Meine Schriftstellerkarriere wäre aus und vorbei, und du würdest aus der Anwaltskammer ausgeschlossen werden, oder nicht?«

»So sicher wie das Amen in der Kirche«, bestätigte Robert. »Ehrlich gesagt ist meine Anwaltskarriere ohnehin schon im Eimer, aber das würde mir endgültig das Genick brechen, zweifellos.«

»Wie auch immer«, sagte Kristina. »Wir beide müssen das Spiel fortsetzen. Das weiß Maria. Sie könnte nicht mehr als Polizistin arbeiten, wenn die Wahrheit herauskommt. Aber sie weiß, dass wir es nicht so weit kommen lassen. Also kann sie uns erpressen, ohne zu befürchten, dass wir sie bei der Polizei anschwärzen.«

»Was sollen wir tun?«, fragte Robert.

»Wir warten«, antwortete Kristina. »So unerträglich es auch ist, untätig herumzusitzen, aber wir müssen Marias nächsten Zug abwarten und uns vergewissern, dass unser Verdacht zutrifft. Sie darf auf gar keinen Fall merken, dass wir sie verdächtigen.«

Robert nickte. Regen hatte eingesetzt, Tropfen prasselten gegen das Fenster. In der Leitung rauschte es wieder, als liefe Kristina an einer stark befahrenen Straße entlang.

»Bist du draußen?«, fragte er. »Ich dachte, die Presse belagert dein Haus.«

»Ich sitze auf der Rückseite im Garten«, sagte Kristina. »Ich kann nicht den ganzen Tag im Haus hocken und die Wände anstarren.«

Robert hob die Augenbrauen und blickte wieder in Richtung Fagerstrandsbacken. Er wusste, wo die Rückseite von Kristinas Haus lag, er konnte die Umrisse der Thujahecke in der Dunkelheit ausmachen. *Aber da hörte man doch nicht so laute Verkehrsgeräusche. Oder doch?*

»Wie erfahren wir bis dahin, ob es Mira gut geht?«, fragte er.

»Wir müssen einen Beweis verlangen, dass sie unversehrt ist. Gott, dass ich nicht längst daran gedacht habe!« Kristinas Stimme versagte, sie begann zu weinen. »Aber wie?«

Robert kam eine Idee. »Wir benutzen Miras Handy«, sagte er. »Warum hätte Maria es uns sonst finden lassen? Dies ist schließlich kein Kriminalroman, wo solche Schachzüge eingebaut werden, um die Spannung zu steigern.«

»Du hast recht«, stimmte Kristina ihm mit tränenerstickter Stimme zu. »Ich schreibe sofort eine SMS. Ruf Maria an, wir müssen uns morgen früh treffen.«

FREITAG

Mira seit 7 Tagen vermisst

64

Marias Herz hämmerte. Sie atmete flach und versuchte, die Gefühle auszublenden, die in ihr tobten, während Kristina ihr die Videoaufnahme auf Miras Handy vorspielte. Ein zwölf Jahre altes Mädchen mit verfilzten weizenblonden Haaren weinte und flehte sie an, die Lösegeldforderung des Entführers zu erfüllen, damit er ihr nicht die Finger abschnitt. Jeden Tag einen.

Wann der Entführer seine Drohung wahr zu machen gedachte, blieb unklar. Bei dem Gedanken an die Verstümmelung wurde Maria schlecht vor Entsetzen.

Kristina hielt die Aufnahme an, ließ Miras Handy jedoch auf dem Tisch liegen. »Ich habe dem Entführer gestern eine Textnachricht geschickt«, sagte sie. »Das Video kam heute Nacht als Antwort.«

Sie saßen zu dritt in Marias Küche. Robert, der für gewöhnlich nie um ein Argument verlegen war, starrte mit kalkweißem Gesicht schweigend auf die Tischplatte. Maria suchte in seiner Miene nach Anzeichen, dass er mehr wusste, als er zugab. Obwohl sie keinem der beiden mehr vertraute, richtete sich ihr Verdacht weniger gegen Kristina als gegen Robert. Vor allem jetzt, unter dem Eindruck von Miras flehentlicher Videobotschaft.

»Also, was tun wir jetzt?«, ergriff Robert schließlich das Wort. Er hob den Kopf und sah sie an.

Kristina senkte den Blick. »Ich weiß es nicht. Vielleicht sollten wir die Lösegeldforderung doch erfüllen.«

Robert schüttelte den Kopf. »Du weißt, dass das nicht geht. Wir haben darüber gesprochen. Wenn wir das tun, wird er nur mehr verlangen.«

Kristina wischte sich eine Träne von der Wange. »Das können wir nicht wissen. Vielleicht lässt er Mira tatsächlich frei.«

»Zur Polizei können wir jedenfalls nicht gehen«, sagte Maria. »Nicht nachdem Erik …« Ihre Stimme versagte, und sie brach ab.

»Wieso nicht?«, entgegnete Robert. »Die Polizei hat keine Ahnung, dass wir in Eriks Tod verstrickt sind. Wenn wir es ihnen nicht auf die Nase binden, werden sie nie darauf kommen.«

»Maria hat recht«, sagte Kristina. »Unsere Verbindung zu Erik mag der Polizei bisher nicht bewusst sein, aber den Zusammenhang zwischen Anna und uns werden sie früher oder später herstellen. Wenn wir ihnen sagen, dass wir alle drei erpresst werden, werden sie den Grund verstehen, sobald die DNA-Analyseergebnisse des Skeletts vorliegen.«

»Also stecken wir in einem ausweglosen Teufelskreis?«, fragte Maria. »Es muss doch irgendwas geben, was wir tun können.«

»Ich habe diese Spielchen satt!«, stieß Robert unvermittelt aus und griff nach Miras Handy.

»Nein!« Kristina versuchte, ihm das Handy aus der Hand zu reißen, aber er hielt es so, dass sie es nicht erreichen konnte, und begann zu tippen.

»Das hätten wir«, sagte er dann und legte das Telefon zurück auf den Küchentisch. Maria und Kristina beugten sich darüber. Robert hatte eine Textnachricht geschickt.

Wer zum Teufel bist du?

Kristina seufzte. Ihr erschöpfter Blick ließ die Schatten unter ihren Augen deutlich hervortreten. »Glaubst du wirklich, dass der Entführer darauf antworten wird?«

Robert fluchte leise.

Kristina sank auf ihrem Stuhl zusammen. »Ich halte das nicht mehr aus«, schluchzte sie und begann zu weinen. »Woher kriegen wir hunderttausend Kronen, damit er mein Kind freilässt?«

»Guck mich nicht an«, sagte Robert. »Meine Ex-Frau hat mich bei der Scheidung soeben wie eine Weihnachtsgans ausgenommen. Ich kann nicht mal einen Kredit aufnehmen. Mein gesamtes Kapital steckt in meinem Anwaltsbüro.«

»Hätte ich das Geld, hätte ich längst bezahlt.« Kristina sah Maria an.

Marias Herz verkrampfte sich. Sie konnte die Summe aufbringen, mit Müh und Not, aber sie hatte hunderttausend Kronen. Ihr Gehalt war lächerlich, einer Beförderung hatte sie sich ja stets widersetzt, aber sie hatte kaum Kosten. Sie wohnte in ihrem ehemaligen Elternhaus, das sie geerbt hatte und auf dem keine Hypotheken lasteten. Auch die wenigen Renovierungen, um die sie im Lauf der Jahre nicht herumgekommen war, obwohl sie im Grunde nichts verändern wollte, hatten keine Löcher in ihre Ersparnisse gerissen. Sie gab ihr Geld nur für die notwendigsten Dinge aus, Katzenfutter und Lebensmittel.

Sie war drauf und dran, das zu sagen – ganz so, wie die alte Maria es getan hätte –, bremste sich aber im letzten Moment. Sie war nicht mehr die alte Maria. Sie hatte sich in mehr Hinsichten verändert, als es ihr selbst bewusst war. Also log sie.

»Ich habe auch kein Geld«, schwindelte sie. »Seht euch doch um. Ich wohne in meinem Elternhaus, in dem noch immer die alten Siebzigerjahretapeten an den Wänden kleben. Ich kann es mir nicht mal leisten zu tapezieren.«

»Verdammt noch mal«, stieß Robert hervor.

»Kannst du nicht dein Auto verkaufen?« Kristina blickte ihn finster an.

Er schüttelte den Kopf. »Gewerbeleasing«, sagte er. »Keine Chance. Bei einem Verkauf gehe ich leer aus.«

Maria seufzte. »Dann haben wir keine andere Wahl«, sagte sie. »Wir müssen das Risiko eingehen und zur Polizei gehen. Es reicht, wenn du es tust, Kristina. Sie müssen nicht erfahren, dass wir alle drei erpresst werden.«

Kristina nickte langsam. »Uns bleibt wohl nichts anderes übrig. Aber dann dürfen wir von jetzt an keinen Kontakt mehr zueinander haben. Ist das möglich?«

»Meine Ex-Frau weiß von meinem Aufenthalt hier in der Stadt«, sagte Robert. »Aber sie glaubt, es hat berufliche Gründe.

Ich kann nach Hause fahren und mich bei Gericht blicken lassen. Dann habe ich bald ein Alibi.«

»Und ich muss nur wieder ganz normal zur Arbeit gehen und meine Schichten absolvieren«, sagte Maria.

»Okay.« Kristina holte tief Luft. »Dann machen wir es so.«

65

Als Robert seinen Mantel angezogen und Marias Haus verlassen hatte, blieben Kristina und Maria im Flur zurück. Kristina blickte Maria ernst an.

»Wir wissen beide, dass er dahintersteckt, oder?«

Maria nickte langsam. »Wer sollte es sonst sein?«

»Die Frage ist nur, was er jetzt tun wird, wo er weiß, dass ich zur Polizei gehe.«

»So weit wird er es nicht kommen lassen.« Maria ging seufzend in die Küche.

Kristina folgte ihr. »Er wird mir eine Droh-SMS auf Miras Handy schicken, nach der ich unmöglich zur Polizei gehen kann«, sagte sie.

Maria nickte und setzte sich an den Küchentisch. »Du denkst also, dass wir jetzt gleich gehen sollten?«, fragte sie.

»Nein, auf gar keinen Fall. Wir müssen seinen nächsten Schachzug abwarten, um sicher zu sein, dass er wirklich hinter Miras Entführung steckt. Er darf nicht merken, dass wir ihm auf die Schliche gekommen sind. Ich habe Angst vor ihm. Ich habe mich nicht getraut, es dir zu erzählen. Aber ich war gestern Nacht bei ihm.«

»Warum?«, fragte Maria.

»Ich weiß, es war dumm. Aber ich wollte mit ihm reden, allein. Ich hatte gehofft, ihm irgendein Detail zu entlocken, das er in deiner Gegenwart nicht sagen würde. Aber ich hätte es nicht tun sollen.«

»Was ist passiert?«, fragte Maria alarmiert. Kristina verspürte einen prickelnden Nervenkitzel. Sie hatte Maria genau da, wo sie sie haben wollte.

»Er …« Kristina legte eine Kunstpause ein. »Er ist übergriffig geworden. Es war beängstigend.« Sie hielt abermals inne und wog ihre Worte sorgfältig ab. »Du weißt es vielleicht, aber wir waren in der Schulzeit hin und wieder intim miteinander.«

»Ich habe nur Gerüchte gehört«, erwiderte Maria. »Mehr nicht.«

»Ich fürchte, die Gerüchte sind wahr.« Kristina holte tief Luft, um ihrer nächsten Lüge mehr Gewicht zu verleihen – der Lüge, die verhindern würde, dass Maria ihre Absichten jemals wieder infrage stellte, wie eine gute Schwester. »Er kann gewalttätig werden, das weißt du«, sagte sie und blickte Maria fest an. »Wenn er seinen Willen nicht bekommt. Er akzeptiert kein Nein, verstehst du?«

»O Gott, das tut mir so leid.« Maria nahm Kristinas Hände in ihre. »Ich wusste, dass wir ihm nicht vertrauen können, aber *das* hätte ich niemals von ihm gedacht.«

»Solche Dinge sieht man einem Menschen nicht an«, sagte Kristina. »Aber wir müssen vorsichtig sein, damit er sich nicht in die Ecke gedrängt fühlt. Früher oder später wird er zu Mira gehen, und dann haben wir ihn.«

Maria blickte sie zweifelnd an. »Du denkst also, wir sollen ihn beschatten?«

»Wie sonst sollten wir Mira finden? Du bist Polizistin«, erwiderte Kristina. »Du musst doch wissen, wie man jemanden unauffällig im Auge behält.«

Maria hob die Arme. »Ich habe seit meiner Ausbildung niemanden mehr beschattet, und schon damals war ich schlecht darin. Ich weiß nicht, Kristina. Du bist im Beschatten bestimmt genauso gut wie ich.«

Kristinas Blick wanderte durch die Küche. Auf der Spüle stapelten sich schmutzige Teller neben einer geöffneten Packung Katzenfutter. Bei ihrem letzten Besuch war die Küche nahezu klinisch rein gewesen. Offenbar war Maria Ordnung nicht mehr so wichtig. »Ich kann nicht«, sagte sie. »Ich muss zu Hause bleiben, Johan beruhigen und mich hin und wieder den Journalisten zeigen. Schon allein, dass ich jetzt hier bin, ist ein viel zu großes Risiko. Ich kann nicht durch die Gegend laufen und Robert ausspionieren.«

Kopfschüttelnd lehnte sich Maria auf dem Küchenstuhl zurück. »Ich weiß«, seufzte sie resigniert. »Ich mache es.«

Jetzt war es an Kristina, sich vorzubeugen und Marias Hände zu nehmen. »Wir müssen Robert allein das Handwerk legen, ohne die Polizei.«

Marias Hände zitterten.

»Du schaffst das, Maria. Ich vertraue dir«, sagte Kristina.

66

Leichten Schrittes und mit einem Lächeln auf den Lippen ließ Kristina Marias Haus hinter sich zurück. Mira wäre bald frei, das spürte sie. Um nicht den Marktplatz überqueren zu müssen, vermied sie den direkten Heimweg, huschte durch schmale Seitengässchen und nahm den Umweg über die Eisenbahnbrücke und das Industriegebiet Källstorp. Das Risiko, dass sie dort jemand erkannte oder dass sie irgendeinem Klatschreporter begegnete, war so gut wie ausgeschlossen.

Sie durfte jetzt nicht den Fokus verlieren. Erst wenn Mira wieder zu Hause und die ganze Sache ausgestanden wäre, würde sie aufatmen können. Sie umrundete eine Straßenecke unweit des Busbahnhofs. Sie befand sich in direkter Nachbarschaft des Gebäudes, in dem zu ihrer Schulzeit die Druckerei der *Trollhättans Tidning* untergebracht gewesen war. Heute arbeitete dort die Redaktion der neuen Lokalzeitung. Sie hatte keine Ahnung, ob das Gebäude noch andere Gewerbe beherbergte, aber manchmal fragte sie sich, ob in einem der Räume eine riesige Druckpresse stand, die niemand mehr betätigte.

Damals, vor fünfundzwanzig Jahren, hatte die *Trollhättans Tidning* über den tragischen Unfall berichtet, bei dem die zwölfjährige Anna Fridhemsson ums Leben gekommen war. Sie hatten sogar ein Foto gebracht – von Kristina, die in ihren Neunzigerjahreklamotten am Ufer stand und mit traurigem Blick den Göta älv hinunterdeutete. »*Hier ist sie ins Wasser gefallen*«, hatte die Bildunterschrift gelautet.

Halte durch, mein Schatz, dachte Kristina. Jetzt konnte es nicht mehr lange dauern. Sie musste nur dafür sorgen, dass Maria und Robert weiter die Rollen spielten, die sie ihnen zugewiesen hatte. Eigentlich machte sie sich keine Sorgen. Maria und Robert waren wie alle anderen Figuren des Manuskripts, das zu Hause auf sie wartete. Mitunter waren die Charaktere störrisch und weigerten sich, das zu tun, was sie ihnen zugedacht hatte, doch am Ende fügten sie sich in den Plot ein. Taten sie es nicht, strich sie sie – oder ermordete sie. Wie Erik Stiernström. Er war ein bisschen zu vorlaut geworden, ein bisschen zu selbstgewiss. Damit hatte er sein Schicksal selbst besiegelt.

Romanfiguren besaßen ihren eigenen Willen, das hatte Kristina früh in ihrer Schriftstellerkarriere gelernt. Sie mussten zu allem gezwungen werden. In dieser Hinsicht waren reale Menschen einfacher. Von realen Menschen verlangte niemand, dass sie sich stets erwartungsgemäß verhielten.

Kristina beschleunigte ihre Schritte. Am Hallenbad Älvhogsborg blieb sie stehen und blickte durch den Zaun auf die herbstlich leeren Außenbecken. Als Jugendliche hatte sie hier tausendmal gebadet. Hatte mit Jungs geflirtet und war vom Fünfmeterturm gesprungen. Auf den Zehner hatte sie sich nicht getraut, aber sie hatte sich einen Spaß daraus gemacht, die größten testosterongesteuerten Aufschneider die Stufen hochzulocken und dabei zuzusehen, welche sprangen und welche die Leiter wieder herunterkletterten und mit eingezogenem Schwanz das Weite suchten. Menschen waren so vorhersehbar, wenn man die richtigen Fäden zu ziehen verstand.

Als sie in Sichtweite der Eisenbahnbrücke kam, nahm sie ihr Handy aus der Handtasche und schrieb Robert eine SMS. Es war an der Zeit, ordentlich im Wespennest zu stochern.

– Damit du Bescheid weißt, Maria behält dich im Auge.

Kristina blieb in der Mitte der Brücke stehen und blickte auf das Wasser, das in Richtung Stadt floss. Leichte Nebelschleier strichen über den Fluss. Zufrieden lächelnd schob sie das Telefon zurück in ihre Handtasche und atmete befreit durch, füllte ihre Lunge mit klarer Herbstluft.

Es ist so schön hier, dachte sie. Seltsam, dass man es so schnell vergaß.

67

Maria fand schnell heraus, dass Robert noch in der Stadt war. Immerhin arbeitete sie bei der Verkehrspolizei. Sie hatte nur in Erfahrung bringen müssen, welches Auto er fuhr.

Und das war ein Kinderspiel gewesen. Sie hatte seine Personenkennziffer in den alten Klassenlisten nachgeschlagen, die in einem Karton auf dem Dachboden lagen, und damit eine Halterabfrage durchgeführt. In weniger als zwanzig Minuten hatte sie das Kennzeichen von Roberts Wagen ermittelt. Maria lächelte zufrieden. Dass die Abfrage im System auf ihren Namen lief, kümmerte sie nicht. Falls jemand fragte, würde ihr schon ein Vorwand einfallen.

Der Wagen hatte vor dem Hotel gestanden, als sie Robert vor zwei Tagen am Swania abgeholt hatte. Ein knallroter Angeber-BMW, den niemand übersehen konnte, erst recht nicht das geschulte Auge einer Verkehrspolizistin.

Jetzt saß sie in ihrem klapprigen Volvo auf der anderen Seite des Karl Johans Torg, von wo sie den Eingang des Hotels und den BMW problemlos im Blick hatte, und wartete. Als die Monotonie überhandnahm, schoss ihr abermals durch den Kopf, dass an dieser Geschichte irgendetwas faul war. Diesen Verdacht hegte sie schon seit einer geraumen Weile, jedes Mal wenn sie Zeit hatte, die Geschehnisse zu reflektieren. Doch bis jetzt hatte sie ihren Argwohn immer viel zu rasch wieder beiseitegeschoben. Von dem Moment, als Kristina sich nach all den Jahren aus heiterem Himmel bei ihr gemeldet hatte, waren die Tage im Achterbahntempo vergangen. Doch gerade passierte nichts, und das gab ihr Zeit zum Nachdenken.

Roberts knallroter BMW war ein Fremdkörper, nicht einmal in den gehobeneren Vierteln oder vor dem besten Hotel der Stadt passte er ins Bild. Er stach hervor. Maria schnappte nach Luft. Sie spürte, wie die Puzzleteile in ihrem Kopf an die richtige Stelle fielen. Bei Erik war es genauso gewesen. Seine Schuld war genauso deutlich ins Auge gefallen wie Roberts Auto. Eriks Schuld hatte auch nicht ins Bild gepasst. Sie war von Anfang an zu offensichtlich gewesen. Ihr erster Verdacht hatte sich *bewusst* gegen Erik richten sollen. Doch das war nur eine falsche Fährte gewesen. Natürlich war der verzweifelte Junkie, der Schulden und im Leben nichts zu verlieren hatte, der geeignete Kandidat, die Tochter der berühmten Krimischriftstellerin zu entführen. Wer sonst? Wohl kaum der erfolgreiche Anwalt, und erst recht nicht die gesetzestreue Polizistin.

Aber Miras Entführer war noch am Leben, also fiel der Verdacht nun auf den Verdächtigen Nummer zwei, auf Robert Silver, auf den Anwalt, der definitionsgemäß jede Situation zu seinem Vorteil zu drehen verstand und der seine Gegner genauso geschickt zu manipulieren wusste wie Zeugen vor Gericht. Sie hatte Mira nicht entführt, also blieb Robert als einziger Verdächtiger übrig, so war es doch?

Aber diese Gleichung wies einen Fehler auf. Die Polizei hatte die Öffentlichkeit zur Mithilfe aufgerufen und um jeden noch so kleinen Hinweis gebeten, der eine Spur zu Mira sein könnte. Doch niemand meldete sich, nicht einmal irgendwelche Spinner mit an den Haaren herbeigezogenen Szenarien. Die Geheimnisse ihres Viererbunds kamen eins nach dem anderen ans Licht, doch das größte blieb im Dunkeln.

In diesem Moment nahm Maria vor dem Wintergarten des Hotels eine Bewegung wahr. Eine Mutter schob einen Kinderwagen vor sich her. An ihrer Seite hüpfte ein kleines Mädchen in einem rosa Anorak und plapperte wie ein Wasserfall. Maria lächelte. Die Bindung zwischen Mutter und Tochter war nicht zu übersehen. Es musste schrecklich für Kristina sein, ihre Tochter in der Gewalt eines Entführers zu wissen. Trotzdem blieb sie seltsam ruhig und handhabte die Situation mit kühlem Kopf.

Und nicht nur das, Kristina saß, von Reportern und Fotografen umzingelt, in ihrem Haus, sodass Maria und Robert die Laufarbeiten für sie erledigen mussten.

Bisher hatte Maria, halb nach unten gerutscht, auf dem Fahrersitz gekauert, jetzt setzte sie sich aufrecht hin und betrachtete ihr Gesicht im Rückspiegel. Ihr Blick war voller Klarheit. Nach dem Junkie war der vom Olymp gestoßene Staranwalt, der Haus, Hof und Karriere verloren hatte, prädestiniert für die Rolle des Verdächtigen. Aber Robert hatte Mira nicht entführt, aus demselben Grund, aus dem Erik Mira nicht entführt hatte. Es war zu offensichtlich.

Doch die dritte Alternative war einfach absurd. Kristina konnte doch nicht ihre eigene Tochter gekidnappt haben? Maria kam nicht dazu, diesen Gedanken weiterzuspinnen. Eine vertraute, in einen eleganten Anzug gekleidete Gestalt trat aus dem Hotel. Robert entriegelte seinen Wagen und warf eine Dufflebag aus schwarzem Leder in den Kofferraum.

Maria schloss die Augen und holte dreimal tief Luft. Sie musste mit ihm reden. Jetzt oder nie. Sie stieg im gleichen Moment aus ihrem Wagen, in dem Robert die Tür seines BMW öffnete. Der kaputte Außenspiegel klapperte, als sie die Fahrertür zuschlug.

»Robert!«, rief sie laut über den Marktplatz.

Er hielt mitten in der Bewegung inne und sah sie einen Augenblick an. Dann schloss er die Autotür wieder und ging mit entschlossenen Schritten auf sie zu.

68

»Was treibst du für ein Spiel?«, fluchte er. Die Worte flogen förmlich aus seinem Mund, während er zornig auf Maria zumarschierte.

Maria blieb stehen. Die Farbe wich aus ihrem Gesicht, als hätte er sie bei einer Schandtat ertappt. Was er gewissermaßen auch getan hatte.

»Robert, ich …«, stammelte sie. »Wir müssen reden.«

»Reden! Reden ist verflucht noch mal das Einzige, was wir tun!«

Maria wich vor ihm zurück, aber er blieb nicht stehen. Er pflanzte sich so dicht vor ihr auf, dass sie beide den Atem des anderen spüren konnten. Maria zitterte, sah ihm aber unverwandt in die Augen. So verharrten sie einige Sekunden, dann trat Maria einen Schritt zurück.

»Hör mir zu«, sagte sie und deutete am Hotel vorbei in Richtung Fagerstrandsbacken. »Kristina manipuliert uns beide. Kapierst du das nicht?«

Robert zuckte zusammen. Das hatte er nicht erwartet, nicht aus Marias Mund. »Und was willst du damit sagen?«, blaffte er. Niemand manipulierte Robert Silver. Niemand.

»Genau darüber will ich mit dir reden, Robert. Was erzählt sie dir? Ich verwette mein letztes Hemd, dass sie dir nicht dasselbe erzählt wie mir.«

»Was du nicht sagst.« Robert blickte sich um. Sie standen mitten auf dem Rasen des Karl Johans Torg, vor der »Torte«, dem Blumenrondell vor der Villa Stranna, das um diese Jahreszeit nur ein kahles Erdrund mit einigen schlaffen Blättern war. Die Mutter mit dem Kinderwagen starrte sie verwundert an, ging jedoch weiter. »Was erzählt sie dir denn?«, fuhr Robert fort.

Marias Schultern senkten sich unmerklich. »Alles Mögliche«, sagte sie. »Aber es läuft darauf hinaus, dass sie glaubt, du hättest Mira entführt.«

Robert trat einen Schritt zurück. Das war doch absurd! Warum sollte er seine eigene Tochter entführen? Vorwurfsvoll zeigte er auf Maria. »Du lügst!«, presste er zwischen zusammengebissenen Zähnen hervor.

»Nein, Robert, ich lüge nicht. Kristina hat mir gesagt, dass sie dich für Miras Entführer hält. Die Frage ist nur: Was hat sie dir erzählt?«

Robert bekam einen Tunnelblick, sein Puls raste wie verrückt, während die Wirklichkeit ringsum stillzustehen schien. Am liebsten hätte er Maria gepackt und geschüttelt. Genauso musste Erik sich gefühlt haben, als er rotgesehen hatte. Aber Robert begnügte sich mit seiner scharfen Zunge. »Das geht dich nichts an, verstehst du? Und wenn du weiter herumschnüffelst, verspreche ich dir, dass du es bereuen wirst.«

Maria wich erneut vor ihm zurück, hob abwehrend die Hände und schüttelte den Kopf, als bäte sie ihn, sich zu beruhigen. Er beruhigte sich nicht, doch er war klug genug, es bei einer verbalen Drohung bewenden zu lassen. Er machte auf dem Absatz kehrt und saß schneller in seinem Wagen, als er es für möglich gehalten hätte, ließ den Motor an und fuhr, ohne nach rechts und links zu schauen, mit quietschenden Reifen los. Auf der Hauptstraße sah er, dass Maria ihm nachblickte, bis er hinter der Mauer an der Villa Stranna verschwunden war. Die Ampel am Marktplatz stand auf Grün, und er trat so hart aufs Gaspedal, dass der Motor aufheulte und der Marktplatz in verschwommenen Grautönen an ihm vorbeirauschte.

Erst auf der E45 in Richtung Göteborg beruhigte sich sein Puls, und er konnte wieder einen klaren Gedanken fassen. Alles, was er wollte, war, einen so großen Abstand wie nur irgend möglich zwischen sich und diesen ganzen verfluchten Schlamassel zu bringen. Er wollte dieser Stadt den Rücken kehren und nie wieder dorthin zurückkehren. Er würde sich an den Plan halten, den sie vereinbart hatten, damit Kristina zur Polizei gehen konnte. Aber der Zweifel nagte an ihm. Er konnte nicht verschwinden, bevor Mira in Sicherheit war. Er konnte seine Tochter nicht im Stich lassen. Hatte er wirklich keine andere Wahl?

Während er hinter dem Steuer seines teuren Wagens über die Autobahn bretterte, spürte er, dass allmählich Ordnung in das Chaos seiner Gedanken kam.

69

»Ich weiß nicht, was ich machen soll«, schrie Maria. Ihre Stimme war kurz davor, ins Falsett zu kippen. Kristina hielt das Telefon ein Stück vom Ohr weg.

»Er hat mich bedroht und ist dann mit dem Auto verschwunden. Und ehe ich auch nur auf den Gedanken kam, ihm zu folgen, war er weg.«

Kristina lächelte. Sie war gerade nach Hause gekommen und saß auf der Bank im Garten. Der rasche Marsch hatte sie außer Atem kommen lassen, doch Maria schien ihre angestrengten Atemzüge gar nicht zu bemerken.

»Also ist er dir entwischt, ist es das, was du sagst?«, fragte sie und gab sich Mühe, aufgebracht zu klingen.

Maria schwieg einen Moment, dann antwortete sie: »Ja.«

»Mist«, fluchte Kristina.

»Tut mir leid«, sagte Maria. »Vielleicht kann ich ihn wieder aufspüren. Aber sein Auftreten war extrem bedrohlich. Ich kriege allmählich wirklich Angst vor ihm.«

»Ich hoffe nur, dass er Mira nichts antut.«

»Wir können zur Polizei gehen«, sagte Maria. »Jetzt, sofort, und ihnen erzählen, was damals mit Anna passiert ist. Dann werden sie die Parallele zu Miras Verschwinden ziehen. Und dann verdichtet sich ein eher willkürlicher Anfangsverdacht gegen Robert zu einem konkreten Tatverdacht.«

Kristina blieb der Mund offen stehen. Meinte Maria das ernst? Sie wusste doch, dass sie Robert auf eigene Faust das Handwerk legen mussten. War sie etwa noch immer bereit, sich selbst und sie, Kristina, zu opfern und ihr Geheimnis nach all den Jahren zu enthüllen? Sie musste Maria davon abbringen. Fieberhaft suchte sie nach einer plausiblen Erwiderung. »Vergiss nicht, Robert kann gegen dich aussagen. Wenn er will, wird aus Eriks tragischem Ertrinkungsunfall in der Badewanne im Handumdrehen ein vorsätzlicher Mord.«

»Verfluchter Mist!«, entfuhr es Maria am anderen Ende der Leitung.

Eine plötzliche Einsicht ließ Kristina innerlich lächeln. Maria hatte sich als Figur entpuppt, die sie verwenden konnte, um die Handlung voranzutreiben. »Was sollen wir tun?«, fragte sie.

Maria seufzte. »Ich weiß es nicht, aber vielleicht muss ich es in Kauf nehmen. Vielleicht gehöre ich ins Gefängnis.«

»Ich kann dich verstehen«, sagte Kristina. »Aber denk nach. Erik hat kein lebenswertes Leben geführt. Und deine Mutter … Lass uns einfach sagen, du hast sie erlöst. In meinen Augen bist du keine Mörderin.«

Maria zog schniefend die Nase hoch. »Trotzdem willst du, dass ich Robert aus dem Weg räume, oder etwa nicht?«

Kristina bemühte sich, keine Miene zu verziehen, obwohl sie innerlich jubelte. Es ging fast zu leicht. »Nein«, sagte sie nach einer längeren Pause und befeuchtete die Lippen, ehe sie fortfuhr. »Nur wenn es sich absolut nicht vermeiden lässt. Aber zuallererst müssen wir ihn finden.«

»Es wird dir nicht gefallen.« Maria klang besorgt. »Aber es würde mich nicht wundern, wenn er auf dem Weg zu dir ist.«

Kristinas Lächeln wurde breiter. Perfekt.

»Gut. Dann stellen wir ihm eine Falle«, sagte sie.

»Und wie?«

»Halt dich in der Nähe meines Hauses bereit.«

70

Maria ließ ihr Auto am Marktplatz zurück und lief über die Klappbrücke in Richtung Fagerstrandsbacken. Sie hielt den Kopf gesenkt und starrte auf den Asphalt. Ihr Kopf fühlte sich an, als würde er gleich platzen, und sie wollte entgegenkommenden Passanten nicht in die Augen schauen. Wie war sie bloß an diesen Punkt geraten? Ausgerechnet sie, die sich nichts anderes gewünscht hatte, als unscheinbar zu sein, ein Schatten, von dem sich niemand beleidigt fühlen konnte, der nicht auffiel. Sie wollte nichts anderes, als ihren täglichen Routinen nachgehen; die Straßen vor verantwortungslosen Rasern schützen und sich in aller Stille zu Hause vom Leben fernhalten, bis ihre Zeit auf dieser Erde vorbei war und sie ihre Sünden büßen konnte. Wie hatte sie zu einer … Nein, sie konnte es nicht aussprechen, nicht einmal denken konnte sie es. Zu einer *Mörderin* werden können.

Da, jetzt habe ich es gedacht.

Ihre Schritte waren so schwer, als wären ihre Schuhe mit Blei ausgegossen. Einen Moment lang blickte sie auf Kristinas Haus. Die dunklen Fenster wirkten wie leere Augenhöhlen. Dicke Wolken ballten sich grau und regenschwer über dem Haus zusammen, als wäre es heimgesucht. Was es auch war, denn dort lebte die Frau, die Marias Absturz in den Abgrund zu verantworten hatte.

Maria hatte keine Ahnung, ob Kristina und sie sich in der Tiefe aneinanderklammern oder ob sie sich beide unversehrt nach oben kämpfen, Mira retten und Robert der Gerechtigkeit übergeben würden. Doch tief in ihrem Inneren wusste sie, dass dieser Ausgang unmöglich war. Wenn Robert in Untersuchungshaft käme und vernommen würde, würde er alles verraten.

Nein, sie und Robert mussten in den Abgrund stürzen. Es gab keine Hoffnung auf Rettung mehr. Nicht einmal, wenn Mira wohlbehalten zurück und in Sicherheit wäre, könnte sie ihr altes Leben wieder aufnehmen. Mit drei Menschenleben auf dem Gewissen wäre sie nie wieder dieselbe. Die Einzige, die vielleicht mit heiler Haut aus dieser Geschichte herauskam, war Kristina.

Der Gedanke entlockte ihr ein Lächeln. Die düstere Wahrheit schenkte ihr Frieden. Sie hatte nichts mehr zu verlieren. Sie hatte den Weg beschritten und konnte ihn ebenso gut bis zum bitteren Ende gehen. Maria überquerte die Spiköbron. Die Autos fuhren so dicht an ihr vorbei, dass sie kaum den Arm ausstrecken brauchte, um sie zu berühren. Aber sie besaß genug Verstand, dem Impuls nicht nachzugeben.

Wenn es ihr gelingen sollte, Robert umzubringen, durfte sie keine Verletzungen riskieren. Zwar hatte sie noch keine Ahnung, wie sie es bewerkstelligen sollte, aber es würde ihr schon eine Lösung einfallen. Einen Moment lang spielte sie mit dem Gedanken, nach Hause zu gehen und ihre Dienstwaffe zu holen, aber das kam ihr zu klischeehaft vor. Bei der Vorstellung musste sie unwillkürlich kichern.

Sie wagte nicht, die Straße zu überqueren und den Fagerstrandsbacken hochzulaufen, obwohl es der kürzeste Weg war. Der Verkehr war zu dicht. Stattdessen ging sie weiter und überholte eine Traube Paparazzi, die Kristinas Haus von der Brücke aus im Auge behielten. Niemand interessierte sich dafür, wohin *sie* ging. Sie war unbedeutend, niemand, den man bemerkte. Genau, wie sie es wollte. Ein Drohnenpilot verstaute sein Fluggerät gerade in einem Rucksack. Maria hatte keine Ahnung, ob er aufgegeben hatte oder Akkus aufladen musste. Es spielte auch keine Rolle. Die Leute beobachteten das Haus, das auch sie im Auge behalten sollte, bis Robert auf der Bildfläche erschien.

Denn er würde kommen, ganz gleich ob Kristinas Haus umlagert war. Wenn er klug war, bestellte er sie zu einem anderen Treffpunkt. In dem Fall würde Kristina sie informieren. Sie hatte unmissverständlich klargemacht, dass sie Robert nicht treffen wollte, ohne Maria in der Nähe zu wissen, falls er handgreiflich werden würde.

Und sobald das, was sie tun musste, ausgeführt war, würde sie, Maria, für immer in Vergessenheit geraten.

71

Robert fuhr am Hackschnitzelheizwerk in Sylte vorbei. Das Getriebe jaulte, als er das Tempo im Kreisverkehr widerwillig drosselte, bis er ihn in Richtung Sjuntorpsvägen wieder verließ. Danach schoss er sämtliche Geschwindigkeitsbegrenzungen in den Wind. Der Motor röhrte glücklich auf, und die Fliehkräfte pressten Robert tief in den Sitz, als er aufs Gas trat und Kurs auf Göteborg nahm.

Die Bebauung wurde von lichtem Fichtenwald und einer zweispurigen, schnurgeraden Straße abgelöst. Robert verfluchte das Tempolimit, begnügte sich aber mit hundertzwanzig. Er sah Marias entsetzten Blick vor sich, als säße sie neben ihm auf dem Beifahrersitz und bezichtigte ihn der Fahrlässigkeit im Straßenverkehr.

Maria.

Was war mit ihr passiert? Hätte Kristina Erik in der Badewanne ertränkt, wäre er nicht überrascht gewesen. Aber Maria? Sie war immer ein Angsthase gewesen. Nicht im Traum wäre ihm eingefallen, dass sie sich in eine Mörderin verwandeln könnte.

Und Kristina … Was führte sie eigentlich im Schilde? Vor ihm zockelte ein Sonntagsfahrer, der nicht einmal sechzig fuhr.

Ungeduldig überholte er und musterte den Mann hinterm Steuer. Das war ja klar, Opi mit Hut weigerte sich, seinen Führerschein abzugeben.

Seine Gedanken wanderten zurück zu Kristina. Wie konnte sie einerseits zu Hause festsitzen, weil Fotografen ihr Haus umlagerten, andererseits aber immer genau dann einen Weg finden, sich davonzustehlen, wenn es *ihr* in den Kram passte? Dass ihr Trottel von Ehemann keinen Verdacht schöpfte, wunderte ihn nicht. Ihr Göttergatte war noch nie besonders helle gewesen. Irgendetwas musste Kristina in ihm sehen, aber offenbar nicht genug. Robert spürte, wie sein Puls in die Höhe schnellte. Beim Gedanken daran, was sie vorgestern Nacht getan hatten, wurde er von einer Mischung aus Verlangen und Scham erfasst. Die eine Hälfte von ihm bereute, dass er sich von Kristina hatte verführen lassen, die andere Hälfte wollte es wiederholen. Und dann diese Sache mit seiner plötzlichen Vaterschaft: dass Mira seine Tochter sein sollte, gezeugt in der einen Nacht, in der sie Johan betrogen hatten. Konnte das tatsächlich die Wahrheit sein?

Während die Fichten auf beiden Seiten der Straße an ihm vorbeirauschten, rief er sich die Nacht vor ungefähr dreizehn Jahren ins Gedächtnis. Wie war er noch mal genau in Kristinas Hotelzimmer gelandet? Seine Erinnerung war extrem verschwommen und bruchstückhaft, und der viele Alkohol, den sie an dem Abend intus gehabt hatten, machte die Sache nicht besser.

Eins stand jedoch fest: Kristina war die treibende Kraft gewesen. Genau wie vorgestern in seinem Hotelzimmer. Auch da hatte er sich nicht direkt geweigert, aber hätte sie nicht die Initiative ergriffen, wäre nichts passiert. Je länger er darüber nachdachte, desto offensichtlicher wurde, dass Kristina dafür gesorgt hatte, dass er trank, während er sich nicht erinnern konnte, ob sie dabei mit ihm Schritt gehalten hatte.

Kristina hatte schon immer Spielchen gespielt, Intrigen gesponnen und Geschichten erfunden. Überwiegend harmlose Kindereien oder kleine Streiche. Aber damals, in jener Nacht, war es etwas anderes gewesen. Roberts Gedanken rasten. Hatte sie diese ganze Sache eingefädelt? Hatte sie gewollt, dass er der Vater ihres Kindes wurde? Nein, so berechnend konnte sie doch nicht gewesen sein, nicht kurz vor ihrer Hochzeit mit Johan.

Auf der rechten Seite tauchte das graubraune Reetdach des Motels Rasta Lilla Edet auf. Robert trat aufs Gas und überholte einen braunen Volvo, um sich gleich darauf in die Ausfahrtsspur einzufädeln. Er bog auf den Hof der Tankstelle ein und hielt vor den Zapfsäulen.

Kalter Schweiß rann ihm den Rücken hinunter. Seine Gedanken rasten. Kristinas Leben schien geplant zu sein wie ein billiger Krimi. Sie wusste ganz genau, wann und wem sie irgendetwas erzählte. Also, warum hatte er ausgerechnet jetzt von seiner Vaterschaft erfahren? Maria hatte gesagt, sie vertraue Kristina nicht, und er wusste selbst, dass man ihr nicht über den Weg trauen konnte. Dennoch hatte er Mira ohne den leisesten Zweifel als seine Tochter akzeptiert. Es war ganz bestimmt kein Zufall gewesen, dass Kristina es ihm genau in dem Moment erzählt hatte, weder früher noch später. Als sie nackt nebeneinander auf dem Bett lagen, hatte er keinen Grund gesehen, an ihren Worten zu zweifeln. Aber das bedeutete nicht, dass sie der Wahrheit entsprachen.

Kristina könnte ihn genauso gut angelogen haben, damit er, ohne mit der Wimper zu zucken, einen Mord beging, um seine Tochter zurückzubekommen. Dass letztendlich Maria die Tat ausgeführt hatte, hatte sich vermutlich noch nicht mal Kristina ausmalen können, aber das spielte nur eine untergeordnete Rolle.

Es gab einen Weg, die Wahrheit herauszufinden, auch wenn er zeitaufwändig war: Ein Vaterschaftstest würde Gewissheit bringen. Robert fuhr an der nächsten Ausfahrt ab und nahm wieder Kurs auf Trollhättan. Während er mit Tempo hundertsechzig über die Autobahn bretterte, schickte er Kristina eine SMS:

Wir müssen uns sehen. Jetzt.

72

Maria lief rastlos durch Kristinas Wohnviertel. Sie war nicht oft in Strömslund, erst recht nicht in den Gässchen zwischen Alberts Restaurant und dem Fagerstrandsbacken. Trollhättans Sahnehäubchen. Die Immobilienpreise in dieser Gegend waren aus gutem Grund astronomisch. Zentrumsnahe und gleichzeitig ruhige Lage. Die Häuser waren ehrwürdige Jahrhundertwendehäuser, keine Pfuschbauten aus den Neunzigern, sondern Familiensitze, die auf der Anhöhe über dem Fluss thronten, mit der schönsten Aussicht der Stadt und unweit von Naherholungsgebieten und Wasserfall.

Maria fühlte sich allein durch ihre Anwesenheit als Eindringling. Sie wohnte in einem schlichten Reihenhaus zwischen Tingvalla und der Hochschule. Sie bekleidete weder einen Aufsichtsratsposten noch besaß sie geerbtes Geld wie so viele Anwohner hier. Sie war hier, weil Kristina sie angewiesen hatte, Robert im Auge zu behalten, sobald er aufkreuzte. Sie war die Dienstmagd, der es nur gestattet war, sich zwischen der Herrschaft zu bewegen, wenn sie eine Aufgabe zu erledigen hatte.

Oder wenn sie gerufen wurde, dachte Maria, als ihr Handy in der Hosentasche vibrierte. Seufzend zog sie es hervor und las:

– Robert will sich mit mir auf der Strömkarlsbron treffen. Bin auf dem Weg dorthin. Habe ein mulmiges Gefühl.

Maria textete zurück: *Was soll ich tun?*

– Bleib in der Nähe, aber zeig dich nicht. Ich melde mich, wenn du ihm folgen kannst.

Zeig dich nicht? Was sollte das?

– Okay.

Maria schob das Telefon zurück in die Hosentasche und machte sich auf den Weg. Ihre Gedanken wirbelten durcheinander. Warum hatte Robert ausgerechnet die Strömkarlsbron als Treffpunkt gewählt? Weil es vor Kristinas Haus von Presseleuten wimmelte, oder hatte er einen Hintergedanken? Robert tat nichts ohne Hintergedanken, dachte sie. Warum sonst hätte Kristina sie als eine Art Sondereinsatzkommando dabeihaben wollen?

An der großen Kreuzung vor der Brücke blieb sie stehen, warf einen Blick auf die Uhr und wartete. Hin und wieder lief sie ein paar Schritte auf und ab und betrachtete die umliegenden Häuser. In der protzigen Villa auf der anderen Straßenseite hätten gut und gerne vier Familien Platz gehabt.

Wie lange sollte sie sich hier die Beine in den Bauch stehen?

73

Robert bog ins Stadtzentrum ein und fuhr am Drottningtorget vorbei in Richtung Kanal. Die Klappbrücke ging gerade auf, er musste an der Ampel warten. Seufzend schaltete er den Motor ab. Aus dem Beifahrerfenster war der Wintergarten des Swania zu sehen. Es war keine Stunde her, seit er diesen Ort verlassen hatte, und schon war er wieder zurück.

Während er darauf wartete, dass die Schranken hochgingen, rief das Warnsignal alte Erinnerungen wach an die Hunderte Male, an denen er im Lauf seines Lebens an dieser Stelle aufgehalten worden war. Seit er alt genug gewesen war, um zu verstehen, dass es eine Welt außerhalb von Trollhättan gab, hatte er etwas anderes sehen wollen. Und dieser Drang war mit jedem Jahr stärker geworden, mit jedem ewig gleichen »Tag der Wasserfälle« mit seinen Bierzelten und dem Öffnen der Schleusen des alten Flussbetts, dem einzigen Wochenende im Jahr, an dem seine Heimatstadt Ansätze von Leben zeigte.

Und trotzdem hatte es ihn erneut ins Kaff seiner Kindheit verschlagen. Er war im Stadtzentrum aufgewachsen, in einer Wohnung im Tingvallavägen mit Aussicht auf den Bahnhof, der inzwischen Reisezentrum hieß, und auf die damals existierende *Trollhättans Tidning*, die über Anna Fridhemssons tragischen Unfall berichtet hatte. Dass er es nicht weiter als bis Göteborg geschafft hatte, war nur ein weiteres Versagen in dem Debakel, das sich sein Leben nannte.

Jetzt war er zurück am Tatort, um die Frau zur Rede zu stellen, die behauptete, die Mutter seines Kindes zu sein. Robert schüttelte den Kopf. Die Klappbrücke senkte sich, und die Schranken gingen in die Höhe. Er überquerte die Brücke, fuhr links über die Malgöbron und bog anschließend auf den kleinen Parkplatz an der Strömkarlsbron ab. Es war dunkel geworden, und außer ihm war niemand dort. Robert blieb im Auto sitzen und atmete ein paarmal konzentriert ein und aus, bevor er zum vereinbarten Treffpunkt ging.

Dieselbe Stelle, an der sie am Dienstag zu viert zusammengekommen waren. Kristina hatte den Ort bestimmt, wie üblich. Er hatte nicht widersprochen. Es hätte keinen Sinn gehabt. In ihrem Viererbund war er der Macher gewesen, derjenige, der die Dinge ausführte, aber ausgeheckt hatte sie Kristina. Maria hatte die Rolle der Mitläuferin bekleidet, die ihnen widerspruchslos überallhin folgte, einfach um dabei zu sein. Erik hatte eigentlich keinen von ihnen gebraucht, aber trotzdem immer versucht, sich zum Wortführer aufzuschwingen und sie dazu zu bringen, das zu tun, was er wollte. Doch diese Konstellation hatte sich verändert. Erik war tot, Maria die Gefährliche, und das Einzige, was er über Kristina wusste, war, dass er ihr nicht vertrauen konnte.

Robert stieg aus dem Auto und lief über die Brücke. In der Mitte, auf Höhe der Strömkarl-Skulptur, blieb er stehen. Es war niemand da. Ein abendlicher Wind unternahm den fruchtlosen Versuch, das Rauschen des Wassers, das unablässig in Richtung Kraftwerk strömte, zu übertönen, zusätzlich verstärkt durch das Getöse, mit dem der Wasserüberschuss des Vänern durch die Schleuse in das alte Flussbett geleitet wurde. Robert ging weiter und blickte am Wasserfall entlang auf die ein Stück entfernte Oskarsbron. Das grelle Licht der Scheinwerfer, die den Touristen zuliebe am Flusslauf montiert worden waren, färbte die schäumende Gischt weiß. Er blieb stehen, beugte sich über das Geländer und studierte den Mechanismus, der die massive, grün gestrichene Schleuse öffnete und schloss. An den Stirnseiten des Wehrs schimmerten die Umrisse gigantischer Zahnräder. Für Wartungsarbeiten verlief längs des Damms und einen guten Meter oberhalb des Wasserfalls eine Stahlnetzbrücke. Die Kräfte, die dort entfesselt wurden, bereiteten ihm eine Gänsehaut, schaudernd wandte er den Blick ab.

In diesem Moment nahm er eine Bewegung wahr. In dem großen Tor des Sandsilos ging eine separate Durchgangstür auf, und eine vertraute Gestalt trat heraus. Kristina. Was hatte sie im Silo gemacht? Sie sah ihn, legte den Kopf schief und kam mit selbstsicheren Schritten auf ihn zu.

»Du bist also gekommen?«, rief sie, um das Tosen des Wasserfalls zu übertönen. »Ich dachte schon, du würdest kneifen.«

Robert hatte keine Ahnung, wie er das verstehen sollte. »Was meinst du?«, fragte er.

»Ich war vor dir hier«, antwortete Kristina und zuckte mit den Schultern. »Also habe ich die Zeit genutzt, um … etwas zu kontrollieren.«

»Im Silo?« Robert deutete mit dem Kopf auf das in der Bergwand eingelassene Tor. Abgesehen von der Durchgangstür war es mehr als doppelt so hoch, wie sein Körper lang war. Lastwagen fuhren dort ein und aus, aber er hatte keine Vorstellung, wie es im Inneren des Berges aussah.

»Ja.« Kristina lächelte. »Aber du wolltest über unsere Tochter reden?« Sie sah ihn fragend an, hielt seinen Blick fest.

»Woher weiß ich es?«, stieß er hervor und schluckte einen Kloß im Hals herunter. Plötzlich konnte er keinen klaren Gedanken mehr fassen. Warum war Kristina im Silo gewesen? »Ich meine, woher weiß ich, ob Mira wirklich meine Tochter ist? Ich habe sie nie getroffen. Ich weiß nicht einmal, ob sie mir ähnlich sieht.«

Kristina lächelte. »Sie hat deine Nase«, sagte sie. »Und deine Sturheit.«

»Das sagst du«, entgegnete Robert. »Aber ich brauche Gewissheit.« Er hob die Hand, um Kristinas offensichtlicher Erwiderung zuvorzukommen. »Ich habe nicht vergessen, dass Mira entführt wurde, aber ich will *Gewissheit*. Egal ob wir sie finden oder nicht.«

»Okay«, sagte Kristina. »Was willst du tun?«

»Ich will einen Vaterschaftstest.«

Kristina begann zu lachen. Der Wasserfall verschluckte das Echo. Ihr Lachen klang hohl und blechern. Trotzdem versetzte es ihm einen Stich ins Herz, wo seine Gefühle für Kristina noch immer lebendig waren, sosehr er sich auch dagegen sträubte. Kristinas Lachen verstummte, und sie strich sich eine Haarsträhne hinters Ohr. »Robert«, sagte sie sanft. »Vertraust du mir nicht?«

Jetzt war es an Robert zu lachen, aber es war ein leeres, freudloses Lachen. »Tut mir leid, aber nein, das tue ich nicht. Erst will ich Gewissheit. Dann können wir besprechen, wie wir weiter vorgehen, gemeinsam.«

Er begriff selbst nicht, was er da sagte. Hatte er gerade angeboten, Verantwortung zu übernehmen? War es wirklich das, was er wollte? Nach all den Jahren?

Kristina nickte. »Einverstanden«, sagte sie. »Wenn du eine DNA-Probe von Mira willst, dann finden wir einen Weg. Hier.« Sie hielt einen Schlüssel mit einem roten Plastikanhänger hoch. Der Anhänger war mit *Sandsilo* beschriftet.

»Was soll ich damit?« Robert riss den Blick von dem Schlüssel und sah in Kristinas blaue Augen. Ihre Miene war weicher geworden, und in ihrem Blick lag eine Zärtlichkeit, wie er sie nie zuvor gesehen hatte.

»Du hast so viele Fragen, Robert Silver«, sagte sie und deutete mit dem Kopf auf die Durchgangstür im Tor des Sandsilos. »Du willst so viel wissen. Wie deine Tochter aussieht, was ich im Silo gemacht habe, ob ich die Wahrheit sage oder dich mit Lügen manipuliere. Geh und sieh nach.«

Robert nahm Kristina den Schlüssel aus der Hand, das Metall war noch warm von ihrer Haut. Sie legte ihm eine Hand auf die Wange, zog sein Gesicht zu sich heran und küsste ihn. Dann lächelte sie, sah ihn an, drehte sich um und ging in Richtung Innenstadt davon.

Widerstreitende Gefühle flammten in ihm auf. Einen kurzen Moment verspürte er den Impuls, ihr zu folgen, doch dann blickte er auf das Tor des Sandsilos und ballte die Hand um den Schlüssel.

74

Ungeduldig blickte Maria immer wieder auf die Uhr. Sie durfte die Straße nicht überqueren, bevor Kristina ihr grünes Licht gab. Aber sie konnte nicht mehr still stehen.

Um ihr Herzklopfen zu beruhigen, atmete sie tief durch und beschloss, dass der Zeitpunkt gekommen war, egal was Kristina gesagt hatte. Sie wartete die nächste Lücke im Verkehr ab, dann ging sie eilig über die Straße, durchquerte die Unterführung unter der Spiköbron, blieb am anderen Ende im Schatten verborgen stehen und spähte zur Strömkarlsbron hinüber. Da standen sie, Robert und Kristina, einige Hundert Meter entfernt, aber Maria hätte sie auch noch aus einem Kilometer Abstand erkannt. Sie standen sich direkt gegenüber, fast reglos. Maria wünschte, sie hätte ein Fernglas und eins dieser Richtmikrofone, wie ihre Kollegen sie hin und wieder bei Observierungen einsetzten. Vielleicht hätte sie dann verstanden, was sie sah, denn auf dieses sonderbare Schauspiel zwischen ihren beiden ehemaligen Schulfreunden konnte sie sich keinen Reim machen.

Kristina streckte die Hand aus und schien Robert etwas zu geben. Dann küssten sie sich, woraufhin Kristina sich umdrehte und in Richtung Innenstadt davonging. Robert blieb allein auf der Brücke zurück. Maria begriff nicht, was da ablief, es war völlig absurd. Gerade noch hatte Kristina behauptet, Robert hätte Mira entführt und dass er gefährlich sei, und jetzt verhielt sie sich so, als wären die beiden ein Liebespaar.

Maria wich in die Fußgängerunterführung zurück. Sie zögerte. Sie hatte versprochen, sich nicht zu zeigen, Kristina nicht nachzuspionieren. Ihr Puls raste. Sie presste sich an die Betonwand und lehnte den Kopf zurück, um Ordnung in ihre Gedanken zu bringen. *Was für ein Spiel spielten die beiden?*

Maria zauderte eine gefühlte Ewigkeit, doch dann traf sie eine Entscheidung. Sie ging auf die Brücke und lehnte sich über das Geländer, um nachzusehen, wo Robert abgeblieben war, doch der schmale Pfad, der am Flussbett entlanglief, war verwaist. Robert war spurlos verschwunden.

Wo zum Teufel konnte er sein? Sie drehte sich langsam im Kreis. Die Antwort lag vor ihr. Das Tor des Sandsilos, da musste er verschwunden sein. Der Spalt unter dem Tor war breit genug, dass ein Erwachsener sich hindurchzwängen konnte. Andererseits war die Vorstellung, dass Robert in seinem eleganten Anzug und seinem feinen Mantel unter dem Tor hindurchkroch, absurd. Doch irgendwie musste er dort hineingelangt sein. Maria ging zum Silo und rüttelte an Tor und Durchgangstür. Beide waren verschlossen. Als sie einen Schritt zurücktrat, wurde ihr klar, was Kristina Robert gegeben hatte. Vor lauter Verblüffung blieb ihr der Mund offen stehen.

Kristina hatte Robert den Schlüssel zum Silo ausgehändigt.

Maria versuchte sich zu erinnern, ob es noch einen zweiten Ausgang gab. Soweit sie wusste, gab es nur diesen einen Weg. Was bedeutete, dass Robert an derselben Stelle herauskommen musste, an der er hineingelangt war. Sie musste nur warten, dann würde sie ihn zur Rede stellen.

75

Der Schlüssel passte. Die Scharniere quietschten, als Robert die Tür aufzog. In dem in den Berg gehauenen Silo war es stockfinster. Robert tastete an der Wand entlang nach einem Lichtschalter. Auf der linken Seite wurde er fündig. An der Decke flackerte eine Neonröhre auf und erhellte einen kurzen Tunnel. Dieser mündete in einen gigantischen Stollen, der groß genug für den Wendekreis eines Lkw war und in dessen Mitte sich ein meterhoher Berg aus feinkörnigem Straßensand türmte. In den Wintermonaten bediente sich hier der städtische Streudienst. Doch jetzt, im Herbst, kam niemand her.

Feine Sandkörner knirschten unter Roberts Ledersohlen, als er tiefer in das Silo hineinging. *Was wollte Kristina ihn hier sehen lassen?* Einen kurzen Moment erwog er, umzudrehen und ihr nachzulaufen. Aber dafür war es zu spät, er hatte keine Ahnung, wohin sie gegangen war. An der Stelle, wo der Tunnel sich weitete, blieb er stehen und starrte auf den gigantischen Sandberg. Es roch nach feuchter Erde. Von den Lampen hingen Spinnweben herab. Im Wendekreis der Lkws war der Sand von unzähligen Reifenspuren durchzogen. Unter der Stollendecke baumelte eine Schaufel von einem Brückenkran. Alles war auf den bevorstehenden Winter eingestellt.

Doch der Sandberg war wohl kaum der Grund, warum Kristina ihn hierhergeschickt hatte. Robert blickte sich um, bis er in der linken Wand eine Tür entdeckte. Dahinter verlief ein schmaler Gang mit einem kleinen Büro und einer Reihe massiver Eisentüren, die verrieten, dass das Silo im Zweiten Weltkrieg, als Schweden sich in permanenter Kriegsbereitschaft befunden hatte, als Schutzraum gedient hatte.

Langsam ging er an den Türen entlang, fragte sich, was er hier tat, wonach er suchte. Dann hörte er etwas. Eine Stimme.

»Hallo?!«, rief die Stimme.

Roberts Puls schnellte in die Höhe. Es war eine Mädchenstimme. Es konnte nur Mira sein.

»Hallo?!«, antwortete er. »Ist hier jemand?«

Er zog eine der Metalltüren auf und betrat einen winzigen Raum, der einer Gefängniszelle glich. An einer Längsseite stand ein Etagenbett, dem Anschein nach aus alten Militärbeständen, an der Stirnseite befanden sich eine schlichte Toilette und ein Waschbecken. Auf dem Fußboden, neben etlichen leeren Wasserflaschen, stapelten sich Schachteln mit Essensresten. Es roch muffig und unsauber. Auf dem unteren Etagenbett lag eine fleckige Matratze mit einer zusammengeknüllten Decke und einem geblümten Kopfkissen.

Auf der Matratze kauerte ein blondes Mädchen. Als sie ihn sah, richtete sie sich auf und starrte ihn hasserfüllt an. Ihr Anblick verschlug Robert die Sprache. Die Sprungfedern der

Matratze quietschten, als sie sich bewegte. Sein Herz quoll über. Dies war seine Tochter, schmutzig und verängstigt, aber heil und gesund. Sie starrte ihn unter verfilzten Stirnfransen hervor an und hob abwehrend die Hände. »Fassen Sie mich nicht an!«, schrie sie.

»Mira?«, stieß er hervor. Sein Herz schnürte sich zusammen. Er hatte sie gefunden. Das zu Tode verängstigte und verwirrte Mädchen auf dem Bett musste Mira sein. Seine Tochter, sofern Kristina die Wahrheit gesagt hatte. Robert machte einen Schritt in den Raum hinein und hob beschwichtigend die Hände.

»Kommen Sie nicht näher!«, rief Mira. Sie hatte Angst, das war nicht zu übersehen. »Wer sind Sie?«

»Ich … Mein Name ist Robert«, sagte er und wich einen Schritt zurück, um Mira keine Angst zu machen. »Ich tue dir nichts, ich möchte dir nur helfen.« Als Zeichen, dass er nicht gefährlich war, hob er abermals die Hände. »Geht es dir gut?«, fragte er.

»Hat *sie* Sie geschickt?«, fragte Mira.

»Sie?«

»Die Frau, die mich hier eingesperrt hat.«

»Nein. Weißt du, wer diese Frau ist?« Roberts Gedanken überschlugen sich. Kristina? Hielt sie ihre eigene Tochter gefangen? Das klang absolut absurd, aber es war die einzige logische Erklärung. Vor allem, seit sie ihm den Schlüssel gegeben hatte.

Mira schüttelte den Kopf. »Sie bringt mir Essen und zwingt mich, Videos aufzunehmen. Sie flüstert, um ihre Stimme zu verstellen.«

Robert schüttelte den Kopf. »Hat sie dir etwas getan?«

»Nein, noch nicht.«

»Das ist gut. Aber du musst keine Angst vor mir haben, Mira. Ich bin dein Vater.« Der letzte Satz sprudelte unbedacht aus seinem Mund. Am liebsten hätte er sich auf die Zunge gebissen, die Worte zurückgenommen, ehe sie Miras Ohren erreichten, doch es war zu spät. Mira hatte keine Ahnung, dass Johan nicht ihr Vater war – wenn es überhaupt stimmte. *Es musste stimmen.*

Mira hob den Kopf, griff nach seiner Hand und ließ sich von ihm aufhelfen.

»Alles wird gut«, sagte Robert. »Jetzt verlassen wir diesen Ort, und alles wird wieder gut.« Er musterte Mira. Er kam sich vor wie ein Idiot. Für Mira spielte es keine Rolle, ob er ihr Vater war. In ihren Augen war er nur ein fremder Mann, der behauptete, ihr helfen zu wollen. Jemand, vor dem er selbst sie unter anderen Umständen eindringlich gewarnt hätte.

»Sie lügen!«, rief Mira, als sie draußen auf dem Korridor standen. Sie ließ seine Hand los und rannte an ihm vorbei in den Stollen mit dem Sandberg und in Richtung Freiheit.

Roberts Muskeln erstarrten. Die eine Hälfte von ihm wollte Mira nachlaufen, ihr erklären, dass er wirklich nur Gutes im Sinn hatte. Die andere Hälfte von ihm, die, die überzeugt war, dass Mira seine Tochter war, wusste, dass er zuallererst ihr Vertrauen gewinnen musste. Und das würde ihm nicht gelingen, indem er sie jagte. Stattdessen rief er ihren Namen und ging ihr mit langsamen, ruhigen Schritten nach.

Miras Zopf flatterte hinter ihr her, als sie durch den Tunnel zum Tor rannte. Sie rüttelte an der Durchgangstür, bekam sie jedoch nicht auf. Sie musste zu schwer für sie sein. Als er sich ihr näherte, starrte sie ihn voller Angst an. Ihre Augen suchten nach einem Fluchtweg, bis ihr Blick an dem breiten Spalt unter dem Tor haften blieb.

»Keine Angst, ich tue dir nichts«, sagte Robert. Er hörte selbst, wie falsch er klang. Wie ein Axtmörder, der sein Opfer bat, still stehen zu bleiben, während er zum Schlag ausholte. Hast du wirklich nicht mehr auf dem Kasten, Robert? Er ging vor Mira in die Hocke und fasste sie sanft an den Schultern, aber sie begann sich zu wehren und auf ihn einzuschlagen, sodass er ihre Handgelenke packte, damit sie sich beruhigte.

»Lassen Sie mich los!«, schrie sie und trat ihn gegen das Schienbein. Robert schrie auf und fiel auf den Rücken. Mira nutzte die Gelegenheit und kroch unter dem Tor hindurch ins Freie. Robert fluchte innerlich. Das hatte ja wunderbar geklappt. Doch andererseits, solange Mira frei und in Sicherheit war, spielte es keine Rolle, dass sie ihn für gefährlich hielt. Sie konnten die Dinge später klarstellen, wenn Mira zu Hause und zur Ruhe gekommen war.

Er trat hinaus und wurde von einem kalten Regen empfangen. Mira stand einige Schritte von ihm entfernt und kehrte ihm den Rücken zu. Sie starrte Maria an, die an der Wartungsbrücke stand und ebenso beschwichtigend die Hände hob wie er gerade eben. Ihr Lächeln verriet, dass sie versuchte, Mira zu sich zu locken.

Maria! Was tat sie hier? Einen Moment lang konnte er sich ihr unvermitteltes Auftauchen nicht erklären, doch dann traf ihn die Erkenntnis wie ein Blitz, und er wunderte sich, dass er es nicht längst durchschaut hatte: Die beiden hatten ihn reingelegt! Ihm hätte klar sein müssen, dass Kristina und Maria gemeinsame Sache machten, als sie Annas Grab geöffnet hatten. Kristina hatte ihn manipuliert, und Maria hatte bewiesen, dass sie zu Dingen imstande war, die er niemals für möglich gehalten hätte. Außerdem hatte Mira gesagt, eine Frau hätte sie entführt, aber nicht ihre eigene Mutter erkannt. Also musste Maria Mira in ihrem Gefängnis versorgt haben. Das erklärte, warum sie hier war, nachdem Kristina ihm den Schlüssel für das Silo gegeben hatte. Sie hatten ihn in eine Falle gelockt.

So musste es sein.

Dennoch nagte ein leiser Zweifel in seinem Hinterkopf.

Er konnte dem nicht weiter nachspüren, denn in diesem Moment ging Maria in die Hocke und breitete die Arme aus. »Komm her zu mir, Mira«, lockte sie.

»Nein!«, schrie Robert. »Sie ist gefährlich!«

Für den Bruchteil einer Sekunde wanderte Marias Blick von Mira zu ihm. Die Abscheu, die sie für ihn empfand, war nicht zu übersehen. »Hör nicht auf ihn«, sagte sie. »Bei mir bist du in Sicherheit.«

Mira blieb zwischen ihnen stehen und sah Robert an. Ihre hellen Augen durchbohrten ihn wie Speerspitzen. Er stand mit offenem Mund da, unfähig, etwas zu sagen, er schüttelte nur stumm den Kopf, in der Hoffnung, die Verzweiflung in seinem

Blick würde Mira zu verstehen geben, dass Maria log, dass von ihr die Gefahr ausging, nicht von ihm. Er trat einen Schritt vor und streckte ihr bittend die Hand entgegen.

Er und Maria glichen zwei Hundebesitzern, die denselben Welpen anlockten. Miras Blick flackerte. Sie schien weder ihm noch Maria zu trauen. Unvermittelt löste sich ihre Erstarrung. Sie machte einige schnelle Schritte zur Seite und schwang sich über das niedrige Tor zur Wartungsbrücke oberhalb des Wasserfalls.

76

Kristinas Körper kribbelte vor Spannung, und ein triumphierendes Lächeln glitt über ihr Gesicht, als sie Robert am Sandsilo zurückließ. So fühlte sich ein Sieg an. Sie hatte ihr Puzzle gelegt, gründlich und mit Bedacht, und jetzt fehlten nur noch die allerletzten Teile. Am Ende waren alle Pläne aufgegangen.

Seit Miras Geburt hatte das Geheimnis, das sie mit den anderen drei Pechvögeln teilte, zunehmend schwer auf ihr gelastet, und mit der Zeit hatte sie das Unausweichliche an der Situation erkannt. Wenn sie nichts dagegen unternahm, würde die Wahrheit früher oder später ans Licht kommen. Anfangs hatte sie mit dem Gedanken gespielt, die anderen schlicht und einfach umzubringen, einen nach dem anderen und auf unterschiedliche Weise, damit ihr niemand auf die Schliche käme. Die nötigen Kenntnisse hatte sie sich im Lauf der zahlreichen Recherchen für ihre Bücher angeeignet, doch sie war keine Mörderin, das wusste sie. Aber eine begnadete Manipulatorin. Möglicherweise konnte sie die anderen dazu bringen, sich gegenseitig umzubringen – dasselbe Ergebnis, ohne die eigenen Hände zu beschmutzen.

Es dauerte nicht lange, bis diese Idee Oberhand gewann und ihre täglichen Spaziergänge nicht mehr dazu dienten, ihre

Bücher zu planen. Irgendwann waren ihr das Sandsilo und der Schutzraum eingefallen und der Schlüssel, den sie nicht zurückgegeben hatte.

Und so kam es, dass Mira Stare an einem Freitag im November verschwand und zur gleichen Zeit ein Echo der Vergangenheit in die Gegenwart hallte, bekleidet mit Miras Jacke. Miras Entführung, das Auftauchen von Anna Fridhemssons sterblichen Überresten und das dunkle Geheimnis ihres Viererbunds waren die Voraussetzung dafür, dass sie, Kristina, sobald die anderen drei unter der Erde weilten, ein für alle Mal von ihrer Vergangenheit befreit wäre.

Kalter Regen prasselte auf sie herab. Kristina blieb an dem alten Wachhäuschen der Klappbrücke stehen, setzte ihre Kapuze auf und nahm ihr Handy aus der Tasche. Regentropfen ließen die Anzeige des Displays verschwimmen, während sie die Nummer ihrer Kontaktperson wählte und weiter in Richtung Polizeirevier lief.

Nach zwei Klingelzeichen meldete sich die erschöpfte Stimme der leitenden Ermittlerin Josefin Jansson. »Kristina, was kann ich für Sie tun?«

Kristina gab sich Mühe, ihre Stimme angemessen zittern zu lassen. »Ich weiß, wo Mira ist. Sie müssen Ihre Leute hinschicken, bevor es zu spät ist.«

»Was sagen Sie da? Woher wissen Sie, wo Mira ist?«

»Das erzähle ich Ihnen später, aber bitte, schicken Sie Ihre Leute zu meinem Kind. Jetzt!«

77

»Mira!«, rief Robert, als Mira auf die Wartungsbrücke kletterte. Er machte Anstalten, ihr zu folgen, doch als er das graugrüne Wasser sah, das unterhalb der halb geöffneten Dammschleuse toste, stockte er.

Der Regen steigerte sich zu einem Wolkenbruch. Marias Gesicht glänzte vor Nässe, und ihre Pagenfrisur klebte in tropfenden Strähnen an ihrem Kopf. »Ich wusste die ganze Zeit, dass du dahintersteckst«, sagte sie und deutete anklagend auf ihn. »Aber ich lasse nicht zu, dass du Mira noch mehr Schaden zufügst.«

Robert zögerte. Marias Reaktion passte nicht zu seinen Schlussfolgerungen. Sie schien im Gegenteil überzeugt zu sein, dass *er* Mira entführt hatte. Das ergab keinen Sinn, es sei denn … Er drehte sich zu Maria um, hob die Hände und hoffte, dass sie es als beschwichtigende Geste verstand. »Hör mir zu«, sagte er.

Mira verharrte auf der anderen Seite des Tors und starrte sie an wie ein paralysiertes Reh im Scheinwerferlicht.

In Marias Augen lag ein unbehagliches Funkeln, als sie ihn ansah, dasselbe Funkeln wie in dem Moment, als sie Eriks Kopf unter Wasser gedrückt hatte. Gerade schien keine unmittelbare Gefahr von ihr auszugehen, aber er wagte nicht, sie noch einmal zu unterschätzen.

»Ich weiß nicht, was Kristina dir erzählt hat, damit du glaubst, ich hätte Mira entführt«, fuhr er fort und schielte dabei aus dem Augenwinkel zu Mira, damit sie begriff, dass nicht er ihr Peiniger war.

»Ich habe euch gesehen!«, rief Maria. »Es ist genau wie früher. Ihr beiden habt schon immer unter einer Decke gesteckt, aber damit ist jetzt Schluss!«

»Ich habe keine Ahnung, was du gesehen zu haben glaubst«, erwiderte Robert. »Aber bis gerade eben habe ich geglaubt, *du* hättest Mira entführt. Jetzt weiß ich, dass *sie* dahintersteckt.«

»Halt den Mund!«, schrie Maria und trat einen Schritt auf ihn zu. »Du lügst. Ich habe gesehen, wie ihr euch geküsst habt. Da drüben!« Sie zeigte auf die Stelle der Brücke, wo Kristina ihm den Schlüssel gegeben hatte. »Erzähl mir nicht, dass es nicht so ist, wie es ausgesehen hat!«

Robert gab sich Mühe, die Ruhe zu bewahren. »Glaub mir, bis vor ein paar Minuten hatte ich keine Ahnung vom Silo. Du weißt, wie sie ist. Diese Situation ist vermutlich genau das, was sie erreichen wollte. Kapierst du nicht, dass sie uns gegeneinander ausgespielt hat?«

Maria lachte laut, die Wangen regenüberströmt. Die kalten Wassermassen durchnässten auch seine Kleidung, der Stoff klebte ihm kalt am Körper. Mira starrte sie beide unverwandt an. Ihre Finger, mit denen sie die Metallstreben des Tors umklammerte, waren weiß vor Kälte.

»Du musst mir nicht glauben.« Robert hob die Hände und deutete auf Mira. »Das Spiel ist vorbei. Die Details können wir später klären. Das Einzige, was wir jetzt tun müssen, ist, Mira in Sicherheit zu bringen.«

»Es ist nicht vorbei, Robert.« Maria schüttelte den Kopf. »Verstehst du das nicht? Es wird nie vorbei sein, solange wir leben.«

Plötzlich nahm Robert ein Licht im Augenwinkel wahr und wandte den Blick in Richtung Fußgängerunterführung. Ein Wagen rollte den Gehweg hinunter. Blaulicht flackerte durch den dichten Regen. Auch vom anderen Ende der Strömkarlsbron, aus Richtung Innenstadt, näherte sich Blaulicht. War Maria so dämlich gewesen, die Polizei zu rufen? Behutsam ging er auf Mira zu. Das Mädchen ließ das niedrige Tor los und wich weiter auf der Stahlnetzbrücke zurück. »Die Polizei ist auf dem Weg«, sagte er und deutete mit dem Kopf in Richtung Streifenwagen.

Marias Blick flackerte. Sie stand da wie ein lebendiges Fragezeichen. Also hatte nicht sie die Polizei alarmiert. Verstand auch sie langsam, was hier gespielt wurde? Aber wenn nicht Maria die Polizei gerufen hatte, wer dann? Kristina? *So musste es sein.*

»Bleib ganz ruhig«, sagte Robert. »Ich spreche mit der Polizei, wenn du dich um Mira kümmerst.«

»Nie im Leben«, entgegnete Maria. »Du willst ihnen nur weismachen, ich hätte Mira entführt.« Sie sah sich um. »Aber das Spiel kann ich auch spielen.«

Der erste Streifenwagen hielt an, und die Türen gingen auf. Robert hatte keine Zeit für Diskussionen, er musste Mira in Sicherheit bringen. Er ließ Maria stehen und schwang sich rasch über das Tor der Stahlnetzbrücke, doch in dem Moment, als er die Füße aufsetzte, packte Maria ihn am Handgelenk. Robert verlor den Halt und schlug der Länge nach hin. Maria sprang über das Tor und war über ihm, bevor er wieder aufstehen konnte. Sie setzte sich rittlings auf seinen Brustkorb, packte ihn bei den Mantelaufschlägen und blickte ihm fest in die Augen. Mira drehte sich um und rannte über die Brücke auf die beiden Polizeibeamten zu, die aus Richtung Innenstadt kamen. Ihre schnellen Schritte brachten das Metall zum Klingen.

»Ich habe ihn!«, rief Maria triumphierend, dann zog sie sein Gesicht zu sich heran. Sie war stärker, als er erwartet hatte. »Ihr werdet für etliche Jahre hinter Gitter wandern, du und deine verlogene Geliebte.«

Roberts Herz hämmerte gegen seine Rippen. Er hörte, wie Mira um Hilfe rief. Er wandte den Blick von Marias wütend funkelnden Augen ab und sah, dass Mira über das Tor am anderen Ende der Wartungsbrücke kletterte und auf die Strömkarlsbron sprang. Sie wäre bald in Sicherheit.

»Es tut mir leid, dass es so enden muss«, sagte er. Dann holte er tief Luft und rief, so laut er konnte, um Hilfe.

»Polizei!«, erklang eine Stimme. »Lassen Sie den Mann los!«

»Was soll das?« Maria packte ihn wieder bei den Mantelaufschlägen.

»Du hast Erik ermordet«, keuchte er. »Ich sorge dafür, dass du dafür in den Knast wanderst.« Die Polizeibeamten kamen näher, ihre eiligen Schritte ließen die Stahlnetzkonstruktion erzittern.

»Ich reiß dich mit in den Abgrund«, zischte Maria. »Ich erzähle alles. Alles, hörst du?«

»Sie werden dir nicht glauben«, erwiderte Robert. »Denn ich weiß etwas, was du nicht weißt.«

»Lassen Sie den Mann los!«, wiederholte einer der Polizeibeamten, die jetzt im Regen auftauchten. Zwei schemenhafte Gestalten mit gezückten Dienstwaffen. Die auf die einzige Person zielten, die eine Gefahr darstellte.

»Ich kann Mira nicht entführt haben.« Robert hob den Oberkörper und raunte Maria die letzten Worte ins Ohr. »Denn Mira weiß, dass sie von einer Frau entführt wurde.« Dann sank er zurück, um Maria in die Augen zu sehen, wenn ihr aufging, dass die Polizei wegen *ihr* gekommen war. Sie presste die Kiefer aufeinander, nickte, ließ ihn los und stand mit erhobenen Händen auf. Robert drehte sich um und kam auf die Beine. Er atmete aus, es war vorbei.

Der erste Polizeibeamte schob seine Waffe zurück ins Holster und schickte sich an, Maria festzunehmen, als diese sich unvermittelt nach vorn warf, Robert um den Hals packte und ihn mit sich zu Boden riss. Vor den Füßen der Polizisten rollten sie über das Stahlnetz. Robert bekam keine Luft, und in seinem Nacken knackte etwas, als er mit dem Hinterkopf auf das Metall schlug. Maria verstärkte den Klammergriff um seinen Hals, rollte sich zur Seite weg, unter dem Geländer der Brücke hindurch und riss ihn mit sich in den Abgrund.

»Für Anna«, flüsterte sie ihm ins Ohr. Ihre Worte verschwanden nahezu im Tosen des Wasserfalls. Aber Robert hörte sie. Und verstand.

SAMSTAG

Mira wieder zu Hause

78

Miras gleichmäßige Atemzüge drangen an Kristinas Ohr und legten sich wie Watte um ihr Herz. Sie ordnete die frisch gewaschenen Locken ihrer Tochter, stand von der Bettkante auf und sah sich in Miras Zimmer um.

Die ersten Sonnenstrahlen fielen durchs Fenster und wärmten den weichen Teppich. Trollhättan erstreckte sich auf der anderen Flussseite, als wäre in der vergangenen Woche rein gar nichts geschehen. Sonnenlicht glitzerte im Hafenbecken, Fußgänger flanierten die Uferpromenade entlang.

Lächelnd atmete sie die stickige Zimmerluft ein. Sie hatte so oft hier gestanden, hatte so viel vom Duft ihrer Tochter eingeatmet wie nur möglich, während Mira in dem Schutzraum eingesperrt gewesen war, und gehofft, dass ihr Plan schnell aufgehen würde. Das hatte er getan, wenn auch nicht ganz so schnell wie erhofft. Mira war fast genau sieben Tage nicht zu Hause gewesen. Sieben Tage voller Schuld und Angst für Kristina. Wobei es Mira kaum besser ergangen war. Doch trotz der Qualen, die sie beide ausgestanden hatten, war es die Sache wert gewesen.

Die Polizei war genau zum richtigen Zeitpunkt am Sandsilo eingetroffen. Robert hatte Mira befreit, und auch Maria hatte ihre Rolle erfüllt, unerwartet, aber passend. Eigentlich hatte ihr Ausgang der Geschichte vorgesehen, dass Robert seine Hände mit Blut besudelte und sie selbst Mira befreite, aber dass es anders gekommen war, fiel nicht weiter ins Gewicht.

Die Polizei hatte Roberts und Marias zerfetzte Körper aus dem Wasser geborgen. Die Strömung hatte sie halbwegs bis Lilla Edet getrieben. Seit dem dramatischen Ende von Miras Entführung hatten die Medien Kristina in Ruhe gelassen. Fernsehleute und Paparazzi waren längst auf der Jagd nach neuen Sensationsmeldungen. Vielleicht würden sie nicht lange warten müssen. Sobald Anna Fridhemssons sterbliche Überreste identifiziert waren und ihr Vermisstenfall neu aufgerollt wurde, würde die Presse womöglich auch wieder vor ihrer Tür stehen, doch über dieses Problem könnte sie sich immer noch Gedanken machen, wenn es so weit war. Niemand errichtete bessere Lügengebäude als Kristina Stare, und die anderen drei Pechvögel konnten ihr nicht mehr gefährlich werden.

Sie war endlich frei.

»Liebling?«, erklang Johans zögernde Stimme in der Tür. Kristina antwortete nicht, blickte weiter schweigend aus dem Fenster, während Johan an sie herantrat und von hinten die Arme um ihre Taille schlang. Mit dem Daumen streichelte sie seinen Handrücken. Johan vergrub die Nase in ihrem Nacken und flüsterte: »Schläft sie noch immer?«

»Ja«, sagte Kristina.

»Ich bin so froh, dass sie heil und gesund wieder zu Hause ist.«

Kristina nickte.

»Wie konnten sie das tun?«, fragte Johan. »Wie kann man ein kleines Mädchen einsperren und gefangen halten?«

»Ich weiß es nicht. Ich bin nur heilfroh, dass sie ihr nichts angetan haben. Mira wird darüber hinwegkommen. Es wird dauern, aber sie wird es verarbeiten«, antwortete Kristina, während Johans Worte in ihr widerhallten. *Wie kann man ein kleines Mädchen einsperren und gefangen halten?* Wie hatte sie ihr eigenes Kind einsperren und gefangen halten können? *Weil es notwendig gewesen war.*

Damit ihre Vergangenheit ihr keine Fallstricke mehr legen konnte. Damit sie, die *True-Crime*-Königin von Schweden, daraus den Stoff für ein neues Buch machen konnte, ein Buch über vier Freunde, eine Entführung und ein schreckliches Geheimnis, das ihr Leben seit fünfundzwanzig Jahren überschattete.

Behutsam wand Kristina sich aus Johans Umarmung und blickte zu Mira, die sich im Schlaf umdrehte. Sie nahm Johans Hand und führte ihn aus dem Zimmer.

Auf dem Flur schluckte sie den Kloß in ihrem Hals herunter, gab Johan einen Kuss und ging in ihr Arbeitszimmer, wo sie sich an den Computer setzte, das Romanmanuskript öffnete und den Text betrachtete, den sie geschrieben hatte. Er kam ihr uninspiriert und klischeebeladen vor. Sie brauchte eine bessere Einleitung, etwas, das die Leserschaft von der ersten Zeile an in den Bann zog. Kristina sprang mit dem Cursor an den Anfang des Dokuments, und ehe sie wusste, wie es zuging, hatte sie zwei Worte getippt, mit denen ihres Wissens noch nie ein Buch begonnen hatte.

Erste Seite.

DANKSAGUNG

Jetzt verlasse ich das Trollhättan meiner Fantasie. Denn auch wenn vieles in *Moosgrab* der Realität entspricht, so entspinnt sich nicht die komplette Handlung an realen Schauplätzen. Beispielsweise ist der Fagerstrandsbacken nicht vom Hotel Swania aus zu sehen, außer vielleicht von einem vereinzelten Fenster im obersten Stock. Und wer sich in Trollhättan auskennt, dem werden weitere Details auffallen, die nicht mit der Wirklichkeit übereinstimmen. Aber das spielt keine Rolle, denn dies ist meine Version Trollhättans, ein Produkt meiner Fantasie, eine Mischung meiner Erinnerung an die Stadt, in der ich aufgewachsen bin, und ihrer wahren Geografie. Allen, die wissen möchten, wie es *wirklich* in Trollhättan aussieht, empfehle ich einen Besuch an einem schönen Sommertag.

Der Löwenteil dieses Buchs entstand im Pandemiejahr 2020, einem Jahr, in dem wohl jeder dann und wann den Wunsch verspürt hat, der Realität für eine Weile zu entfliehen, und während dem die ganze Welt darum gekämpft hat, die Ausbreitung des Virus durch mehr oder weniger umfangreiche Isolierungsmaßnahmen einzudämmen. Und selbst halb introvertierte Schriftsteller, wie ich es bin, spürten die Auswirkung des eingeschränkten sozialen Kontakts. Die Zuflucht zur Welt meiner Fantasie war gleichermaßen wichtig wie schwierig ein Umstand, der sich auf meinen Schreibprozess ausgewirkt hat. Wie sehr es dem Buch anzumerken ist, mögen andere entscheiden.

Ich möchte allen Menschen danken, die auf ihre Art gegen Covid-19 und dessen Folgen kämpfen. Von Ärzten und Pflegekräften, die Schwererkrankte betreuen, bis hin zu allen Bürgerinnen und Bürgern, die, wann immer möglich, zu Hause geblieben sind, um sich und andere nicht zu gefährden, und die vielleicht die Gelegenheit genutzt haben, das eine oder andere gute Buch zu lesen, anstatt sich in Fußgängerzonen zu drängen. Ein großes Dankeschön an euch alle!

Ich danke auch meinen Eltern für alles. Ich bin euch auf ewig dankbar. Ich danke Edith, Maria und Josefine von der Enberg Agency, die wahre Wunderwerke vollbracht haben. Ich danke Louise Bäcklin, Camilla Molin und Emma Andersson vom LB Förlag, die ihre Autorinnen und Autoren mit unerschöpflicher Energie und nie versiegendem Enthusiasmus betreuen. Und ich danke Ann Pålsson für ihre abermalige scharfsinnige Hilfe während der Korrekturdurchgänge.

Ich danke allen, die frühe Manuskriptversionen gelesen und kluge Ratschläge beigesteuert haben. Darunter verdient mein Schriftsteller- und ehemaliger Podcast-Kollege Pål Eggert meinen besonderen Dank, weil er seine Erfahrungen aus seiner Arbeit als Sozialbetreuer mit mir geteilt hat. Natürlich stimmt auch diese Schilderung nicht ganz mit den realen Abläufen überein. Aber dank Pål ist dieser Teil nicht völlig aus der Luft gegriffen. Ein besonderer Dank gebührt auch Marcus Olausson und Markus Sköld, ebenfalls ehemalige Podcast-Kollegen sowie exzellente Testleser.

Obwohl dies ein Roman ist, in dem Polizeibeamte nur am Rand vorkommen, sollte auch bei diesem Aspekt Gründlichkeit walten. Ein riesiges Dankeschön geht deshalb an Håkan Klingborg von der Verkehrspolizei für seine überaus sympathische und kompetente Beratung und seinen unschätzbaren Input. Ich hoffe, dass ich dir beim Lesen hier und da ein Lächeln entlocken konnte.

Ein großes Dankeschön auch an alle anderen, die meine Fragen zu Sachverhalten beantwortet haben, mit denen ich mich nicht auskenne. Etwaige Fehler sind entweder bewusst der Handlung zuliebe gesetzt (wie die Geografie Trollhättans), oder sie sind mir unbewusst unterlaufen und gehen daher einzig und allein auf meine Kappe.

Und zuletzt, aber vor allem gebührt mein Dank meinen Leserinnen und Lesern. Ihr seid die besten, die man sich wünschen kann!